越境する作家たち

田野勲

彩流社

目次

第一章　リービ英雄と越境文学

1

一九九〇年前後から越境をテーマとする文学が台頭してきて新たな潮流を形成することになった。これからその代表的な作家であるリービ英雄を取り上げて、越境文学とはいかなるものなのか検証していきたいと思っている。

リービ英雄はいろんな所で自分の生い立ちについて書いているので、それらを参考にしながら、彼がどのように生きて作家として身を立てることになったのかみておこう。リービ英雄は一九五〇年にカリフォルニア州のバークレーで生まれたが、父親が東欧系のユダヤ人だったので、自らユダヤ系のアメリカ人と呼んでいる。ヒデオ（＝英雄）は父の友人の日系人に由来するものであって本名である。父は外交官であり、そのために幼少期から台湾、香港、日本などの国々への移住を繰り返していた。その後十二歳の時に父と母が離婚したために、彼は母と共にアメリカに帰国してワシントンに隣接するアーリントンに転居することになった。彼はそこに五年間住んで、高校を十七歳で卒業したが、大学に進学する前に日本で過ごすためにプレジデント・ウイルソン号に乗って日本に再上陸したのである。父は駐日領事になっていて横浜にある領事館に住んでいたので、彼はその領事館に仮住まいしていたが、日本語を学びたいという欲求に駆られて早稲田大学の国際研究所に週に三日間通うことになった。彼は激しい学園闘争の中で様々な経験をしながら、最後は父の領事館を出て自由な新宿へ逃走して拠点を定めることになったが、その経緯を書いたのが『星条旗の聞こえない部屋』であり、これが野間文芸新人賞を獲得して、作家として活動することになったのである。

このようにリービ英雄はアメリカ人でありながら日本語で『星条旗の聞こえない部屋』を書いて作家活動を開始したのだが、先ず最初に彼がどのようにして日本語を習得したのか確認しておこう。

英語を母語として生まれたぼくが、若き人生の途中で、日本語に目がさめた。学校で日本語を覚えたのではない。ごった返す日本の都市のなかへひとりで歩み込み、おびただしいほどの声を聞き、あふれる文字を見て、日本語に近づき、日本語に染まった。声と文字に触れつづけて、そのうちに日本語を書くようになった。

古い日本語を読み、最先端の日本語を読んだ。そして読めば読むほど書きたくなった。

先に述べたように、リービ英雄は一九六七年に再来日して横浜のアメリカの領事館に住んでいたが、しばらくして日本語を学ぶために早稲田大学の国際研究所に入学した。だが彼はすぐに大学に行くのを止めて新宿に通うようになって、歌舞伎町の深夜喫茶店でアルバイトを始めたのである。かくして彼は新宿という場所で「おびただしいほどの声を聞き、あふれる文字を見て、日本語に近づき、日本語に染まった」のである。この時十七歳だったが、これは重要なことであった。というのも十七歳は「母語が感性を独占支配する前の状態」であり、それゆえに「日本語の世界に身を投げ出すような入り方」が可能だったからである。

（リービ英雄　二〇一〇年　二一九頁）

それではリービ英雄は東京でどのような生活を送っていたのであろうか。

十七歳のころ、誰かの下宿に行って朝まで話し込んだことがある。十人のうち、ぼく一人だけが日本人ではなかった。話は一、二割しか理解できなかったが、黙って聞いていた。下宿の六畳間の空気の中で、言葉が形となって飛び交っているのが見えたような気がした。教科書の言葉ではなくて、感情を伴った言葉だった。これは何だろうと好奇心以上のものに衝き動かされた。これを自分のものにしたいという思いにかられた。

（リービ英雄　二〇〇一年　一六〇頁）

ら書かなければならないのである。このように日本語には「選択」という作業が介在していて、そのために独特の「緊張感」が生まれてくるのであり、ここに日本語の独特の豊かさがあるのである。リービ英雄はジョン・ネイスンとの会話の中で「日本語は美しい」と言っているが、その時イメージしていたのは「縦書きで、漢字、平仮名、片仮名の混じり文を、自分の目で読み、自分の手で書く、ということだった」のである。

その後リービ英雄はアメリカに帰国してプリンストン大学の東洋学専攻科に入学したが、そこでの学生生活を回想して次のように書いている。

> 赤レンガと、イギリスの城をまねた大理石の校舎からなる、古典的な西洋の香りが漂うプリンストン大学の中で、ぼくは谷崎潤一郎の『春琴抄』を読み、大江健三郎の『個人的な体験』を解釈し、そしてはじめて日本語の古文を学んだ。三十歳になる前の頃から、赤レンガの数学部の中に作られた東洋図書館にとじこもり、一万里離れた実際の大和を思いだしながら『万葉集』の短歌と長歌を英訳してみた。
>
> （リービ英雄　二〇一九年　二一一頁）

ここで銘記すべきはリービ英雄がプリンストン大学に入学して「古い日本語を読み、最先端の日本語を読んだ」ことである。つまり、彼はある時は『万葉集』を読み、ある時は谷崎潤一郎の『春琴抄』や大江健三郎の『個人的な体験』を、さらに川端康成や三島由紀夫達の作品を読んでいたのである。このようにリービ英雄は新進の研究者として幅広く日本文学の作品を読み漁っていたが、同時に日本語を読み書く作業を通じて日本語を学習して理解を深めていたに違いないのである。

さらにリービ英雄は当時自分がプリンストン大学でどのような生活を送っていたかについて次のように書いている。

違うということを確認するために、プリンストン大学在籍中は、奨学金という奨学金を受け、時間という時間を融通して日本に通った。アメリカの学期が六月一日で終わると、六月二日にはもう、格安航空券で日本に「帰る」。大学、大学院、後に教授在職の約二十年間を通して、再来日を二十回、三十回、四十回と繰り返し、日本に「帰る」。日本に「居る」ことにこだわり続けた。日本との一体感を求めることに、青春時代をついやした。

（リービ英雄　二〇一〇年　一七〜一八頁）

このようにリービ英雄は十七歳から約二十年間、日本とアメリカで、学生として、研究者として、教師として、日本語に関わり、日本語を学習して、日本語をマスターして自由に使い熟すことができるようになったのである。かくして彼は日本語で書くようになったのであり、さらに一歩進めて日本語による日本文学の創作に取り組んで書き上げたのが『星条旗の聞こえない部屋』だったのである。

リービ英雄は二〇〇四年にそれまでの自らの作家活動を振り返って次のように書いているのである。

2

日本語の作家になる前に、ぼくはアメリカで日本文学を研究していた。日本語の書き手になる前に、まず日本語の読み手だった。そして読んだ日本語で感動をおぼえると、それを英語に翻訳することもあった。

(リービ英雄　二〇〇四年　一頁)

これで分かるように、リービ英雄は先ずプリンストン大学で日本文学の研究に、つまり『万葉集』の研究に携わって、日本語を読んで感動した時には、それを英語に翻訳していたのである。その後リービ英雄は「日本語の書き手」になって『星条旗の聞こえない部屋』を上梓して「日本語の作家」になったのである。このようにリービ英雄は『万葉集』の研究と日本語による文学の創作に取り組むことになったが、ここでは敢えて研究と創作を切り離して、それぞれがいかなるものであったか検証しておこう。

先ずはリービ英雄の『万葉集』の研究からみていくが、それにしてもなぜ『万葉集』だったのであろうか。彼はプリンストン大学に入学して日本語の古文を学んでいたが、当時「古文」の最高の傑作は『源氏物語』であった。先ずアーサー・ウェイリーが一九二五年から三三年にかけて英訳して出版し、その後サイデンステッカーが一九七六年に新たに全訳を出版すると、欧米では平安中心主義的な日本文学観が形成されて、平安以前のものはまだ本物の文学ではないという偏見が生まれてきた。換言すれば、『万葉集』は「前文学的」な作品であり、そのために『万葉集』の研究をめざす研究者はいなかったのである。このような事態を前にして、彼はここに「誰も登ったことのない山がある」と考えて、それならば自分が最初にこの山を登ってやろうと決心したのであり、その結果「新しい文学」つまり『万葉集』の研究に取り組むことになったのである。

このようにリービ英雄はプリンストン大学に入学して、日本語の古文を学んでいるうちに『万葉集』に出会ったのであり、その研究の過程で機会があれば日本に帰ってきてリュックの中に『万葉集』の文庫本とイギリスの詩人ラルフ・ホジソンが翻訳した『万葉集英語抄訳』を入れて大和路を歩き回ったのである。かくして英雄は『万葉集』の研究に邁進することになり、その後東洋図書館に閉じ籠り、「一万里離れた実際の大和を思いだしながら」『万葉集』の短歌と長歌を読み、分析検討して、それを現代の英語に翻訳し、一九七八年に柿本人麿論で博士号を取得し、一九八二年には『万葉集』の翻訳を出版して全米図書賞を獲得することになったのである。

このようにリービ英雄は『万葉集』の研究家として画期的な業績を挙げてきたのだが、ここでは『英語でよむ万葉集』(岩波新書、二〇〇四年)を取り上げて、さらに『Manyo Luster』(二〇〇二年)

を参考にしながら、彼が『万葉集』をどのようなものと理解して受容してきたのかを考察していくことにする。

さて『万葉集』であるが、これは日本最古の歌集であり、全二十巻から成っていて、約四五〇〇首の歌が収録されている。舒明朝（六二九〜六四一）から淳仁朝（七五八〜七六四）に至る約百三十年の間に、天皇、貴族、下級官人、大道芸人、農民、防人など多種多様な身分の人物達が詠んだ長歌や短歌を、大伴家持が中心になって編纂したものである。これは飛鳥、藤原、奈良の時代であったので、『万葉集』は大和の文学であるということができる。

リービ英雄は多くの歌人達を選んでその代表作を英訳しながら解説している。彼は具体的に持統天皇、額田王、柿本人麿、山部赤人、大伴旅人、山上憶良、大伴家持達を選んでいるが、中でも柿本人麿と山上憶良を高く評価して重視しているので、これから二人の歌人をリービ英雄に準じて紹介していくことにする。その前に申し添えておけば、歌はすべて漢字で表記されており、次に読み下し文があり、それに現代語訳が続き、最後はリービ英雄が英訳したものである。なお本文の出典は『萬葉集一』（『新日本古典文学大系』岩波書店）であり、読み下し文と現代語訳の出典は『英語でよむ万葉集』である。

先ずは柿本人麿であるが、ここでは代表的な二首の歌を取り上げて検討しておく。

最初は、近江の荒れたる都に過りし時に、柿本朝臣人麿の作りし歌である。

……大宮者　此間等雖聞　大殿者　此間等雖云　春草之　茂生有　霞立　春日之霧流

百磯城之　大宮処　見者悲毛

……大宮は　ここと聞けども　大殿は　ここと云へども　春草の　しげく生ひたる

霞立ち　春日の霧れる　百磯城の　大宮処　見れば悲しも

……大宮はここだったと聞くけれども、その大殿はここだったと言うけれども、

春の草が深く生え、霞が立って春の日がかすんでいるのだ。

たくさんの石で築かれた大宮の跡を見ると悲しいことであるよ。

リービ英雄はこの歌を次のように英訳している。

……Though I hear

this was the great palace,

though they tell me

here were the mighty halls,

now it is rank with spring grasses.

Mist rises, and the spring sun is dimmed.

Gazing on the ruins of the great palace,

its walls once thick with wood and stone,

I am filled with sorrow.

ある時柿本人麿はかつて栄えた近江の都を通り過ぎたが、今は都は見るも無残に荒れ果てていて、

当時の豪壮な大宮や大殿は春の雑草に深く覆われてしまっている。霞のためにかすんだ春の光の中で、たくさんの石で築かれていた大宮が廃墟になっているのを見ていると悲しさが募って来るのを禁じ得ないである。リービ英雄はこの人麿の作品を最初に読んだ時、「力強く自信に満ちた確実な声」を聞き取って、「メジャーな表現者」に出会ったことを察知した。それは「表現の大きさと成熟度においてはレベルが違う」のであり、その結果、彼はこの世の無常を認識することになったし「圧倒された」のであり、それゆえに、この作品を翻訳することになったのである。

リービ英雄は近江の都の大宮と大殿が荒れ果てた様子を「now it is rank with spring grasses」と訳しているが、ここで「rank」という言葉を使うことによって悪臭が漂う程の不潔な状態であることを表現しているのである。さらに「百磯城の　大宮処」を「the ruins of the great palace, its walls once thick with wood and stone」と訳しているが、ここで「ruins」という言葉を挿入することによって都が「廃墟」と化していることを明確に表現して読者の理解を促しているのである。

次は柿本朝臣人麿、岩見国より妻と別れて上り来たりし時の歌である。

……弥遠尓　里者放奴　益高尓　山毛超来奴　夏草之　念思奈要而　志怒布良武
妹之門将見　靡此山

……いや遠に　里は離りぬ　いや高に　山も越え来ぬ　夏草の　思い萎えて　偲ふらむ　妹が門見む　なびけこの山

……いよいよ里は遠ざかり、いよいよ高く山も越えて来た。夏草のように思いしおれて私をしのんでいるだろう、妻の家の門口を見たい、平らになびけ、この山よ。
リービ英雄はこの歌を次のように英訳している。

……my village has receded
Farther and farther in the distance.
Higher and higher
are the mountains I have crossed.
That I might gaze on my wife's door
where she in her longing
wilts like the summer grass,
mountains, bend down!

柿本人麿はこのように妻への愛を詠った感情のこもった歌も創作しているのである。人麿は妻を家に残して京に向かった。里は増々遠ざかり、高い山をいくつも越えて来た。妻は今頃夏草のように思いに萎れて自分を偲んでいるだろう。人麿は愛する妻のいる家の門が見たいという衝動に駆られて、山々に向かって、平らになびけと命ずるのである。それにしてもこれは極めて理不尽な主張だと言わなければならない。山々が物理的に平らになびくことなどありえないからである。だが人麿は妻のいる家の門が是非とも見たいのであり、そのために敢えて山々は邪魔だから平らになびけと命ずるのである。そして私達はこれに共感して了解する。というのも愛とは本質的に感情的な衝動なのであり、不条理にも山々に平らになびけと要請するものだからである。人麿はここでそのような愛を率直に謳い上げて讃美しているのである。

リービ英雄は「夏草の　思い萎えて偲ふらむ、妹が門見む」を先ず「That I might gaze on my wife's door」の構文にして、次いで「夏草の　思い萎えて偲ふらむ」を「she in her longing wilts like the summer grass」と意訳しているのであり、その結果私達はこの一節の意味を理解して鑑賞することができるのである。このようにリービ英雄は実に手堅く着実に翻訳の作業に取り組んでいるのである。

これまで柿本人麿の二首の歌を選んで考察してきたが、実は人麿は雑歌と相聞と挽歌という三つのジャンルにわたって作家活動を展開した才能溢れる歌人だったのであり、そういった意味で『万葉集』を代表する歌人だったのである。

次に山上憶良を取り上げるが、憶良は人間的に様々な事情を抱えた人物なので先ずはその辺から議論を始めたいと思う。憶良を考える際に重要なのは彼が渡来人だったことである。憶良は六六〇年に生まれたが、三年後四歳の時に　百済が滅びてしまったので、父親の億仁に連れられて日本に渡ってきたのである。父親は有能な医者であり、天智天皇の侍医を務めていたので、それなりに恵まれた生活を営んでいたものと想像されるが、若い頃の資料が皆無なので、憶良が四十二歳までどのような生活をしていたのか知る由もないというのが現実である。憶良の名前が記録に最初に登場したのは七〇一年であり、この年に発行された『続日本紀』に「无位山於憶良を遣唐少録となす」

と記されているのである。「无位」とは位がないことであり、「遣唐少録」とは遣唐使の末席につらなる書記役である。実際憶良はお経を書き写す写経生だったのでこれは適役であった。かくして憶良は翌年の七〇二年に唐に渡り、七〇七年に帰国して、その後は国家公務員として官僚の道を歩むことになり、七一六年には伯耆(＝鳥取)の国司(＝知事)になり、さらに七二五年には筑前(＝福岡)の国司になっているのである。このような出自を考慮して、中西進は憶良の歌人としての独自性について次のように書いている。

ところが憶良はきわめてユニークな歌人で、ほかの歌人たちと大いに作風がちがいます。ほかの人たちが得意とする恋愛の歌は一首もない。自然や季節の美しさ、変化もよまない。反対に人間の生と死に目を向け、社会を鋭く見つめ、男子としての人生を歌の課題とします。

(中西進　二〇〇九年　三頁)

このように憶良は「人生」を課題とし、「人間の生と死」を直視し、「社会」を観察しながら、歌人として活動してきたのであり、この事実を勘案しながら、山上憶良の代表的な二首の歌を選んで考察していくことにする。

最初は好去好来歌一首である。

神代欲理　云伝久良久　虚見通　倭国者　皇神能　伊都久志吉国　言霊能

佐吉播布国等　加多利継　伊比都賀比計理
神代より　言ひ伝て来らく　そらみつ　倭国は　皇神の　厳しい国　言霊の幸はふ国と
語り継ぎ　言ひ継がひけり……
神代より言い伝えてきたことに、そらみつ倭の国は、皇神の厳しい国、
ことばの霊力に恵まれた国と語りつぎ言いついできた……
リービ英雄はこの歌を次にように英訳している。

It has been recounted
down through time
since the age of the gods:
that this land of Yamato
is a land of imperial deities'
stern majesty,
a land blessed with the spirit of words……

先に述べたように、憶良は下っ端の書記役として七〇二年に唐に渡って、五年後の七〇七年に帰国しているが、これはその時の経験に基づいて書かれた作品である。「好去好来歌」とは遣唐使が無事に唐に渡り無事に日本に帰国することを願う長歌なのである。ここで注目すべきは、憶良が半島からの渡来人として大陸（＝唐）と島国（＝倭国）の存在を意識しながらこの歌を創作していること

である。つまり、倭国は皇神の厳しい国なのであり、さらに「言葉の霊力に恵まれた国」なのであり、そのように神代より語り継がれ言い継がれてきたのである。このように憶良は渡来人として倭国は「言葉の霊力に恵まれた国」であると考えて、さらに自らが歌人として「言葉の霊力」を発揮して多くの優れた歌を創作して倭国の文化の発展に貢献しているのである。

リービ英雄は枕詞の「そらみつ」を省略し、「皇神の　厳しい国」は難解な表現であるが「厳しい国」を「a land of imperial deities' stern majesty」と論理的に意訳して、さらに「言霊の幸はふ国」は「言霊の幸がいきわたる国」という意味であるが大胆に「a land blessed with the spirit of words」と訳しており、その結果私達は憶良が深い見識を備えて優れた作品を創作した歌人だったことを承認することになるのである。

次は男子、名古日を恋ひし歌である。

……漸漸　可多知都久保里　朝朝　伊布許登夜美　霊剋　伊乃知多延奴礼　立乎杼利

足須里佐家婢　伏仰　武祢宇知奈気吉　手尓持流　安我古登婆之都　世間之道

……漸漸に　形崩ほり　朝な朝な　云ふこと止み　霊きはる　命絶えぬれ　立ち躍り

足すり叫び　伏し仰ぎ　胸打ち嘆き　手に持てる　吾が子飛ばしつ　世間の道

……子どもは次第にその生の形が崩れて、朝ごとにことばを口にすることも少なくなり、たましいがきわまる命も絶えてしまった。私は立ち上がって躍り上がり、足をすり叫び、伏しては天を仰ぎ、胸を打って嘆き、手に持っていたわが子を飛ばしてしまった。人の世の道よ。

リービ英雄はこの歌を次のように英訳している。

……Time slowly
ravaged his features,
morning after morning
he spoke less and less
until his life,
that swelled with spirit, stopped.
In frenzied grief
I leaped and danced,
I stamped and screamed,
I groveled to the earth
and glared at heaven,
I beat my breast and wailed.
I have let fly the child
I held in my hands.
This is the way of the world.

ここで憶良は父親と息子の関係について書いている。父親は幼子を可愛がりその成長を期待していた。ところが子供は突然病に倒れてしまったのである。父親は子供の回復を祈るが、子供は次第に面変りして、喋らなくなり、ついに命は尽きてしまう。父親は悲しみのあまり、立ち上がり、足摺りし、泣き叫び、地に伏し、天を仰ぎ、胸を叩いて嘆き、抱いていた子供を飛ばしてしまった。これが無常な人の世の習いなのである。このように憶良は子供を突然失った父親の耐え難い悲しみを畳みかけるような身体表現によって巧みに表現しているのである。そこで問題なのは「我が子を飛ばしてしまった」という一節である。これに関しては諸説があるようだが、ここでは亡き子を天に送ったと解釈しておく。というのも、この長歌には二首の反歌が添えられていて、その中で父親が冥土の使者に我が子を天上の国へ連れて行ってくれと嘆願しているからである。

リービ英雄は「漸漸に、形崩ほり」を「Time slowly ravaged his features」と見事に意訳して、次いで「霊きはる」を「swelled with spirit」と訳しているが、これは「霊がきわまる」と解釈して「spirit ended」と訳すべきだったと思う。その後で「In frenzied grief」という句を挿入して、子供を突然失った父親の悲しみを激しい身体表現を通じて表現しているのである。リービ英雄はこの長歌を「古代日本文学の中でも、これほどパーソナルな悲劇を歌い、その表現がこれほど力強く維持されたものはほとんど類をみない」と絶賛して最高の評価を与えているのである。これまで山上憶良の二首の歌を考察してきたが、憶良が「人生」を課題にして「人間の生と死」を直視し、「社会」を観察しながら、独特な創作活動を展開してきたことが了解できるだろう。

最後にリービ英雄は憶良に対して格別の興味をそそられていたようなので簡単に説明しておこう。

これまで論じてきたように、憶良は百済からの渡来人でありながら、官人として勤めそれなりの出世をしただけでなく、文才を発揮して独自な歌を創作して、日本の文化の発展に寄与しているのである。リービ英雄は山上憶良には「自分の置かれている立場も重ね合わせて関心をもっている」と述べて、それがいかなるものであるかを次のように具体的に解説している。

朝鮮半島出身者が万葉集の一級の歌人となった、ということになるが、もしそうであれば「帰化人」や「渡来人」の歴史的なイメージに、もう一つ違った像が見えてくる。つまり、大陸の先端文化を島国に導入しただけでなく、逆に島国そのもののことばの表現に、メジャーな形で参加し、日本語の歴史そのものを創る立場にまわった、という「逆転」も考えなければならない。

（リービ英雄　二〇〇四年　二〇六頁）

このように憶良は渡来人でありながら、歌人として日本語の表現に参加して、日本語の歴史を創ることになり、その結果、『万葉集』の中で柿本人麿と並ぶ中心的な存在になったのである。リービ英雄はこのような憶良の人生と業績を確認して、その憶良に「自分の置かれている立場」を重ね合わせて、自らも日本語の表現に参加して、日本語の歴史を創る作業に挺身しようと決意することになったのである。

3

その後リービ英雄は一九八〇年代の後半に入ると、日本語を「読めば読むほど書きたくなった」のであり、その強い衝動に駆られて、小説家として、批評家として、多彩な活動を展開することになったのである。彼は当時自分がどのような状況に置かれていたのかに関してこのように説明している。

そこで簡単に二十世紀を振り返ると、文学を書くということは、一つの共同体、一つの文化を一つの言葉のなかで書くということなのか、それとも、ぼくはよく「越境」というキーワードを使っているんですが、一つの文化ともう一つの文化とのあいだの動き、極端にいうとバイリンガルに近い感覚で書くということなのか、現代文学にはこの二つのモデルが混在している。そして後者は非常に「新しい」と考えられているわけです。

（リービ英雄　二〇〇七年　九九頁）

このように二十世紀の文学には二つのモデルが混在しており、リービ英雄は自ら「バイリンガルに近い感覚」で書いて「新しい」文学を創作するようになったが、ここで確認すべきは当時「新しい」文学が台頭して大きな潮流となって文学界を席捲しようとしていたことである。それにしても「新しい」文学とはいかなるものだったのであろうか。ここでは沼野充義の『屋根の上のバイリンガル』(一九八八年)と李良枝の『由熙』(一九八九年)を取り上げて検証しておくことにする。

沼野充義は一九八八年に『屋根の上のバイリンガル』を出版したが、これを読めば一九九〇年前後の文学的状況を窺い知ることができる。沼野は多くの言語に通じる才人であり、いろいろな言語現象を解説して読者を楽しませてくれる。たとえば「ブライトン・ビーチのロシア語街」ではニューヨークに滞在中に経験した出来事について書いている。彼はマンハッタンのモーテルに宿泊していてビールやつまみを買うためにしばしば近所の食料品店に立ち寄っていた。そんなある日店の主人と息子が英語ではない言葉で会話をしていたので、聞き耳を立てていると、彼らがスラヴ系の言葉で話し合っているのがわかった。沼野が好奇心に駆られて質問すると、息子が「クロアチア語」だと教えてくれた。翌日沼野は店に行ってクロアチア語の単語を寄せ集めて「Kako ste danas? = How are you today?」と挨拶すると、主人は破顔一笑して英語で口も軽く喋り始めて、最後にはクロアチア語と日本語でおやすみなさいと言い交わして別れたのである。

さらに沼野はマンハッタンの南のブルックリンに住むロシア系ユダヤ人の集団について書いている。彼等はアメリカに移住してきて、ブライトン・ビーチで集団を成して暮らしているので、ロシア語だけを話していればよいし、それで日常生活をなんの不便もなく営んでいくことができた。だがアメリカで生きて行くためには公用語である英語を学ばなければならない。ユダヤ人達は英語を習得するために努力を重ねたが、その目的を達成して流暢に話すことは至難の業であった。その結果ブルックリンのユダヤ人が住んでいる街を歩いていると、会話は大半がロシア語なので、まるでロシアに来たような錯覚にとらわれることさえあるのである。

沼野はこのような言語事情を踏まえて人種の坩堝論に異論を唱えることになった。確かにニューヨークでは多くの民族が共存しているが「溶け合っている」と考えることはできないので、大胆にも新たに「つぎはぎ細工」と呼ぶことを提唱しているのである。アメリカ人はこういった特異な集団を「つぎはぎ」としてパッチワークに加えることができるのであり、これがアメリカ社会の活力の源になっているのである。

沼野は本書の中で三章を割いてバイリンガルについて論じている。バイリンガルとは二つの言語を操ることであるが、沼野は二つの言語の社会的地位や二つの言語の間の文化的・民族的関係を考慮して、水平的バイリンガリズムと垂直的バイリンガリズムがあると指摘して、後者の垂直的バイリンガリズムについて詳しく論じている。垂直的とは一方の言語が他方の言語よりも高い地位を持っていることであり、アメリカの場合には英語とマイノリティーの言語が垂直的な関係を形成している。マイノリティーは母語を維持しながら真面目に英語を学習するが、現実は厳しくて英語を習得して使い熟すことはほぼ不可能なのであり、その結果バイリンガリズムは怠惰、無能、貧困などと結びつけられて偏見に晒されることになるのである。

沼野は「バイリンガル作家はつらい」において水平的バイリンガリズムをさらにグレードアップ

したエリート・バイリンガリズムについて書いている。これは二つの言語を自由に使い熟すことであるが、それを実践して見せてくれているのが作家達であり、沼野はその例としてウラジミール・ナボコフを選んで解説している。ナボコフは一八九九年にペテルブルグに生まれ、ロシア革命後に亡命し、ドイツでロシア語作家としてデビューし、ナチを逃れてアメリカに渡り、一九五五年に『ロリータ』を発表して一躍英語作家として名を成すことになったのである。当然のことながら多くの批評家達がバイリンガル作家であるナボコフに注目して論じることになった。たとえば、ジョージ・スタイナーはナボコフは「言語の放浪者」であり、行く先々で言語を習得して、それを駆使して作品を書き続けた天才であると結論付けている。沼野は様々な資料を提示してそれに反論を加えることになった。ナボコフは幼少の頃からロシア語のみならずフランス語と英語を習得していたのであり、それを活用して『ロリータ』などの傑作を書き上げたのである。さらにナボコフはバイリンガル作家として決して満足していたわけではなかった。それどころかロシア語を捨てて「二級品の英語を取らねばならなかったのは」「悲劇」そのものであったと慨嘆しているのである。沼野に言わせれば、「ナボコフはロシア語を本当に捨て去ったのではなく、むしろロシア語だけが自分の母語であることを再確認したのである。」確かに「バイリンガル作家はつらい」ものなのである。

次は李良枝であるが、彼女は一九八九年に『由熙』を発表して芥川賞を受賞しているので、先ずはこれがいかなる作品なのか検討しておこう。由熙は在日韓国人であるが、真の韓国人になるために「母国」へ渡った。つまり、由熙は日本のW大学を二年生の時に中退して、その後韓国に渡って一年間韓国語を学習して、三年生の時に韓国の名門校S大学に入学して学問に精励していた。ところが卒業間際に胃炎に罹ったために中退することになり、急遽日本に帰国してしまったのである。由熙は一時期老婦人の家に下宿していたが、隣の部屋に住んでいた老婦人の姪と親しく付き合って充実した共同生活をエンジョイしていた。その姪(オンニ=お姉さん)が由熙の「母国」での波乱に満ちた行動を回想して語ったのがこの作品なのである。

由熙は大きな期待を懐いて「母国」に渡ったが、予想外の事態に直面して幻滅させられることになった。学生たちは床に唾を吐き、ゴミをくず入れに捨てず、トイレに行っても手を洗わず、教科書にはボールペンでメモを書き込む。そして人々は外国人には高く売りつけ、足を踏んでもぶつかっても謝らず、すぐ怒鳴るし、譲り合うことをしないのである。由熙はこのような「母国」の実態に期待を裏切られて不信感に囚われることになった。

このような状況で由熙は大学で言語学を専攻して韓国語の学習に励んでいたが、どうしても目覚ましい成果を収めることはできなかった。オンニは由熙の韓国語について「由熙の発音はあまりにも不確かで、文法でも初歩的な間違いが目立ち、気になってしかたがなかった」と述べている。このように由熙は韓国語を十分に修得することができなかったのだが、それにはしかるべき理由があったのである。

由熙は試験がある前と、提出しなければならないレポートがある時以外、ほとんどハングルを書きもせず、読みもしなかった。由熙の部屋の本棚には、大学で使う教科書や資料以外は、すべて日本語の本が並んでいた。すでに引っ越してきた日に驚いた事だった。日本語の本ばかり、十箱ほどの箱に詰められていた。本は床の上にも積まれていた。本棚に入りきらないそれらの本も、すべて日本語の本だった。

（李良枝　一九八九年　五八頁）

オンニが述べているように、由熙の部屋には多数の日本語の本が並び積まれていたのであり、由熙はハングルを書きもせず、読みもせずに、それらの日本語の本だけを読んでいたのである。だがそればかりではなかった。由熙は同時に日本語を書き続けていたのである。

由熙は帰国間際のオンニへの電話で部屋のタンスの引き出しに封筒を入れてきたから預かってくれと依頼していた。オンニはその封筒から中味を取り出して机の上に置いた。四百四十八枚の事務用箋が黒い細紐で綴じられていて、そこには初めから終わりまで日本語の文字が書き連ねられていたのである。由熙は毎日これを書いていたのだろうが、ここで注目すべきは「文字には表情があった」ことである。オンニはそれに関して次のように感想を述べている。

日付はなく、ところどころ一行か二行空けられて書き綴られていたが、表情の変化がその時々の由熙自身の心の動きを想像させるように、鮮やかだった。ある部分やある文字は泣きながら書いているのではないかと思わせ、ある箇所やある文字は、焦り、怒りもし、また由熙が時折見せていた幼児のような表情や、甘えた声を感じさせるところもあった。

（李良枝　一九八九年　七三頁）

最初に述べたように、由熙は真の韓国人になるために「母国」に渡って、それを実現するために試行錯誤を繰り返したが、「母国」の嘆かわしい実態に幻滅させられたし、期待に反してハングルを習得することもできなかった。そしてそれゆえに由熙は「母国」の下宿していた部屋に日本語の本を収集して読み漁り、事務用箋に日本語を、それも「表情」のある日本語を書き殴っていたのである。由熙はこの時の状況を酔いに任せて即興的に次のように書いている。

オンニ
私は　偽善者です。
私は　嘘つきです。

（李良枝　一九八九年　八二頁）

これまで見てきたように、由熙は「母国」に来て真の韓国人になろうと真摯に努力したが、不本意にも「母国」を「愛すること」はできなかったし、韓国語を習得することもできなかったのであり、その結果、日本語の本を収集して読み耽り、事務用箋に日本語の文字を書き連ねていたのである。つまり、自ら認めているように、由熙は叔母やオンニにとって「偽善者」であり「嘘つき」だったのである。このように由熙は「母国」にやって来たが、韓国と日本に、ハングルと日本語に、引き裂かれて解体の危機に晒されていたのである。換言すれば、由熙は「ことばの杖」を掴めなくなっていたのである。

それならば由熙どのような道を歩むべきなのであろうか。リービ英雄によれば、「もっとも深いところ、つまり言語構造において、由熙は日本語で生きているという事実が次第にあきらかになっていく」のであり、このような認識に準じて、由熙は日本に帰国して「日本語を書くことで自分を晒し、自分を安心させ、そして何よりも、自分の思いや昂ぶりを日本語で考えよう」とすべきなのであり、このように書き続けていけば、新たな世界を切り拓くことになり、その結果在日の韓国人としてのアイデンティティーを確立することができるはずなのである。

これまで沼野充義の「屋根の上のバイリンガル」と李良枝の『由熙』を取り上げて検討してきたが、これで一九九〇年前後が文学的にどのような時代であったか明らかになったであろう。このような状況の中でリービ英雄は『由熙』を強く意識しながら一九九二年に『星条旗の聞こえない部屋』を出版して野間文芸新人賞を受賞して、「新しい」文学の旗手として精力的に活動することになったのである。

4

リービ英雄は一九九二年に『星条旗の聞こえない部屋』を出版したが、これは『星条旗の聞こえない部屋』『ノベンバー』『仲間』の三篇から成る短篇集である。先ずは『星条旗の聞こえない部屋』について考察しておこう。これはリービ英雄が日本語で書いた最初の「新しい」小説であり、彼の日本文学界への登場を告げる画期的な作品だったのである。

先に述べたように、リービ英雄は十七歳の時に再来日して、父の領事館に住み込んで、早稲田大学の国際研究所に入学して日本語を学び始めた。その後父を説得してアパートを借りて下宿住まいを始めて、自由闊達な生活を送ることになって、その挙句に決定的な行動に出るのである。十七歳で三千円と身分証明書だけを携帯して父の世界(＝アメリカ)から脱出して新宿(＝日本)に移住したのである。そして英雄は二十年後にこの時の経験を題材にしてこの作品を書いたのであり、そういった意味でこれは自伝的な私小説なのである。

それではこのような事実を前提にして『星条旗の聞こえない部屋』がいかなる作品であるのか検討していくことにする。先ずこの作品の形式であるが、大枠としては、冒頭はベンの家出、つまり、父の領事館から出て、桜木町駅から電車を乗り継いで、高田馬場で下車して、坂道と路地を抜けて、友人の安藤義晴の下宿に転がり込んで一夜を過ごすことになるのであり、巻末はベンの新宿への流入、つまり、その翌日ベンは早朝に安藤のアパートを出て新宿駅で下車して南口から出て「一気に新宿の街まで駆けおりた」のである。かくしてベンは父の家を出て新宿で新たな生活を始めることになったのである。これがこの作品の大枠であり、この間にベンがいかなる人物なのか、なぜ父の家を出て新宿に入り込んだのか、その後そこでいかに生きたのかの説明がなされることになるのである。

主人公はベン・アイザックであり、父はアメリカ領事であり、ブルックリン出身のユダヤ系のアメリカ人であり、母はウエスト・バージニア出身のポーランド系のアメリカ人である。ベンは外交官の息子として、幼少の頃から数年あるいは数か月ごとに、香港、プノンペン、台北などに転居しながら、アジアに住む白人の子供として「美国」と称えられ「白鬼」と貶められながら育ってきたのである。ベンが十二歳の時に父と母が離婚したので、母とアメリカに帰国して、アーリントンの町に移住して、小さくて狭い家で質素な生活を送ることになった。母は仕事を見つけて働き、ベンはバージニア州の高校に入り、一九六七年に卒業すると、政府が設けていた「扶養家族訪問者」という資格を得て、旅費を出してもらって、サンフランシスコからプレジデント・ウイルソン号に乗って、ホノルル経由で横浜にきて、五年ぶりに父と一緒に領事館で暮らすことになったのである。

父ジェイコブ・アイザックは領事になっていて、横浜のアメリカ領事館に、貴蘭という二十歳年下の中国人の妻と二人の間に生まれた四歳のジェッフリーと住んでいた。ベンは領事館の二階の居間と父の書斎の間の部屋を与えられて新たな生活を始めたのである。

ところでこの領事館は関東大震災の時に崩落したが、その後ホワイトハウスを小型に模して再建されたものである。屋上から見ると領事館の左右に大通りが伸びていて、この通りのこちら側には領事館、香港上海銀行、米海軍クラブ、ホテル・ニュー・グランドなどが立ち並んでいて、この通りのあちら側は山下公園であり、日曜日には多くの日本人がやってきて散歩を楽しみ、異国情緒を駆り立てる小型のホワイトハウスの領事館を眺めたり写真を撮ったりするのである。

ベンは八月末の日曜日の夕食の時に東京の大学で日本語を習いたいと申し出た。父は不本意であったが承諾してくれた。かくしてベンは東京のW大学の日本語コースで週三回授業を受けることになった。その際父は授業の日には必ず夕食までに領事館に帰るという条件を付け加えた。端的に言えば新宿のような悪所に出入りすることを禁じたのである。

ベンはW大学の国際研究所に通って非現実的な机上の日本語を学ぶことになったが、その間に二階にある留学生控室に出入りして多くの留学生や日本人の学生達と交流することになった。たとえば、ベンは英会話クラブの会員達にとって貴重な存在であった。彼等はベンの姿を見るとすぐに取り囲んで英語で質問を浴びせてきた。「What is your name?」、「Ben Isaac」、「あなたは何系ですか」、「半分ポーランド系で、半分ユダヤ系です」、「ジューイシュ……」、「じゃ、あなたはシオニズムについてどう思いますか」、「どうも思っていません」、「でも、あなたはイスラエルを支持するでしょう」、「ぼくは関係ない」、「でも、あなたはユダヤ人でしょう」、「ぼくはイスラエルの夢を持っていないユダヤ人です」。このような会話が交わされたが、それはあくまでも英会話の練習のためであり、そういった意味でベンは格好の話し相手だったのである。

そんなある日控室でそれまで見掛けたことのない日本人の学生が一人でぼんやり立っていた。その黒い学生服を着た学生は突然ベンに向かって日本語で「すみません、どこの人ですか」と訊ねたので、ベンは「アメリカです」と答えて、逆に「あなたは、どこの人ですか」と聞き返すと、その学生は「日本の愛知県です」と答えて、さらに「日本に来て、どうして英語で喋っておるんですか」と質問した。ベンと英会話クラブの学生達はこの質問に当惑して黙り込んでしまったが、その学生は失礼かもしれんがと断ってから、ベンを「あなたはかざりものにすぎない」と決め付けて、「あなたは、かれらにとって、舶来のリングとか、ペンダントにすぎない」と断罪したのである。ベンは木刀で殴られたような気持になって茫然としていたが勇気を奮い起こして「じゃ、私と日本語で話して下さい」と言うと、学生服の学生はにこりと笑って「おらが教えてやるよ」、「おれが教えてやる」と答えた。しかしベンは「おら」も「おれ」もわからなかったので黙り込んでいると、学生は「私が、あなたに、教えます」と丁寧に言い直してくれた。かくしてベンは安藤義晴と出会うことになったのである。

ベンは翌日から授業が終わると留学生控室に行かずに安藤の下宿に通うようになった。安藤はベンを新世界の探検に連れ出したが、その際日本語しか使わなかった。というのもベンが日本にいる以上「日本語で喋るべきだ」と考えていたからであった。書店に行けば一冊一冊指さしながら「これがよしもとりゅうめい、これがはにごろう、これがみしまゆきお」と教えた。パチンコ屋に行けば、台の選び方や一番上の釘に注意することやさらに景品の交換所まで教えたし、銭湯に行けば、風呂の入り方を教えた。寒い日には喫茶店に入ったが、ベンがかなの勉強をしていると、時にはベンの手を取って「ぬ」の書き方を教えてくれた。このようにベンは安藤に導かれて新世界に参入して様々な経験を重ねながら、日本語の学習に精励したのである。

ある日安藤はベンを大学の高台の麓に建っている体育館の裏へ連れて行って細いアスファルトの道を指しながら「ここはな、新宿へ出る近道だ」と言い「今度は新宿へ連れて行ってやるよ」と約束した。この時ベンは安藤の「しんじゅく」という声に動揺を聞き取って「しんじゅく」は「説明のつかない引力のある場所に違いない」と考え、さらにこの「しんじゅく」に「自分もいつかは参加することが許されるだろう」と確信したのである。

十一月に入ると、ベンは日に日に遅く帰宅するようになったし、自室に籠ってカタカナやひらがなや漢字の学習に熱中し、さらに「KOKORO」や「THE TEMPLE OF THE GOLDEN PAVILION」を読んでいた。父はこのような事態に直面してベンのことを懸念して厳しく懲戒した。

お前がやつらのことばをいくら喋れるようになったとしても、結局やつらの目には、ろくに喋れないし、喋ろうと思ったこともない私とまったく同じだ。たとえお前が皇居前広場へ行って、完璧な日本語で『天皇陛下万歳』と叫んでセップクをしたとしても、お前はやつらのひとりにはなれない。

（リービ英雄　一九九二年　七一頁）

父はこれまで様々の経験をしてきて、外人が日本語をうまく喋れるようになっても、あるいは、皇居前広場で「天皇陛下万歳」と叫んでセップクしたとしても、「やつらのひとりになれない」という現実を知り尽くしているのであり、それゆえに厳しく諌めて反省を促したのである。だがベンはそのような父の訓戒を無視してその後もたびたび夕食に遅れて帰宅した。父はアメリカに返すと脅したが、ベンがその意見を受け容れて従うことはなかった。ベンは「おれは絶対に違う」と自分に言い聞かせながら自らの道を歩んで行こうと意を決したのである。

ある時領事館の前に百人位のデモ隊が詰めかけてきて「ヤンキー・ゴーホーム」と拳を振り上げて叫んでいたが、しばらくすると指導者の合図で赤旗と幟を巻いて軽トラックに積んで「ホーム」に帰ってしまった。ベンは彼らの家を、モルタルの二階家を、建ち並んでいる団地を、小さな木造家屋を思い浮かべたが、彼らはその家でよそ者を排除して団欒を楽しんでいるに違いないのであり、そのように想像をめぐらしていると「かれらに対するはげしい嫉妬に襲われた」のである。

このようにベンは父とは「違う」ことに固執しながら、同時に、彼ら日本人を強く「嫉妬」することになったのであり、その結果その夜「父の家を出よう」と決意したのであり、それがどのようなものであったかはこの作品の冒頭と巻末で描かれている通りである。つまり、この夜ベンは父の家を出て安藤のアパートに転がり込み、翌日「説明のつかない引力」に惹かれて「一気に新宿の街まで駆けおりた」のである。

それにしても新宿とはいかなる場所なのであろうか。リービ英雄はあちこちで新宿について書いている。彼は「新宿とは何か」の中で「日本の中で最も日本的な場所が、日本の中で最も自由な場所でもあった」と言い、さらに『我的日本語』の中で、新宿には相反する二つの要素があると言っている。ひとつは最もアジア的な「真っすぐでない路地」で「危なさがある」ことである。もうひとつはよそ者が自由に出入りできるニューヨークの「ブルックリンやグリニッチ・ヴィレッジのような空間」である。つまり、新宿はアジア的な路地とニューヨーク的な空間を兼ね備えていて、その結果どんな家出人をも迎い入れてくれる自由な場所なのである。

リービ英雄は一九九一年に『仲間』を発表しているが、この中でベンの新宿での生活を描いている。ベンは十一月末に父の館である領事館を出て安藤のアパートに転がり込んで泊めてもらい、翌朝早くアパートを出て「新宿の街まで駆けおりた」のである。その日は一日中新宿の街を彷徨ってから広場にたどりついて、その夜はベンチで野宿することになった。翌朝ベンは未明の広場で目を覚ますと、父が捜索を始めているかもしれないので見つかる前に逃げだした。広場を横切って、横丁に入って二つ目の路地と交差する角で、喫茶店の「Cassle」というネオン・サインが見えたので、近づいてみると、ポスターが貼ってあって、「月一万五千円」という真っ赤な漢字が目を引いた。ベンは逡巡しながらも「キャッスル」のドアを開けて中に入ると、レジのところに中年男がいた。ベンは話しかけようしたが、中年男は外人のベンを見ると片手を振りながら「クローズ」と言った。ベンが「ぼしゅうの看板をみたんですが」と言うと、中年男は驚き狼狽して手を激しく振りながら「クローズ、クローズ」と言ったので、ベンは諦めて外に出ると、中年男はまるで呪文を唱えるかのように「おお、サンキュー、ケネディ、偉い、グッドバイ」と言ったのである。その夜ベンは安藤をつれて再び喫茶店に行った。安藤がマネージャーの中年男と交渉して自ら保証人になってくれて話をまとめてくれた。ベンは翌日夜七時に店に行って中年男に挨拶して白い制服に着替えて中二階で同僚のますむらと一緒に働き始めた。ますむらは取っ付きにくい男だったが、仕事をてきぱきとこなしているのを見て、ベンは「ますむらさん、あなたになってやるぞ」と決意することになった。ベンは新宿に憧れて入り込んできたが、その新宿について次のように語っている。

「キャッスル」の中二階に立っていると、一夜が過ぎてゆくうちにしんじゅくが次々と異なる相貌を現わし、その真只中にいる自分がむしろ恵まれている、とさえ思えたのである。しんじゅくが無償で自分の方へ寄ってきてくれている、という気がしたのである。

(リービ英雄　一九九二年　一七四頁)

おそらくベンにとって、新宿とは「最も日本的な場所」であり「最も自由な場所」だったのである。

三日目の十三時過ぎ、暇な時間帯に、ますむらが本を読んでいるのに気付いた。ベンが肩越しに覗き込んでみると、彼は怒ったように本を閉じた。その瞬間カバーが見えたが、そこには「吉本」と、それに続いて読めない漢字が刻まれていた。つまり、ますむらは「吉本隆明」の本を読んでいたのであり、そういった意味で、知的な人間だったのである。

四日目の夜、見習のたちばなが魚料理を乗せたお膳を運んできて三人で食事をした。ベンは魚の赤い皮と白い肉を口に詰め込んだが、すぐに皿の上に吐き出した。そこには大小の骨がいくつもきらめいていた。たちばなが魚の食べ方を教えてくれて、難儀しながら魚を食べ終えたのである。

六日目の朝、閉店前にベンは路地に出てたちばなと一緒にビニール袋をゴミの山に押し込んだ。しばらくするとますむらとやすだが出てきて同じようにビニール袋をゴミの山に投げ捨てた。四人は店に戻らず、露地の裏の方へ行って料理店の前で足を止めた。ますむらがまわりを見まわしてから上段の容器を開けて卵を一個取り出して、まるで手品師のように卵をひざで割って中味を口に放り込んだ。それに続いてやすだとたちばなが卵を割って中味を呑みこんだ。ベンが三人の卵を割って飲み込む動作を見ていると、ますむらの「あんたたちにはできないだろう」という声がこだました。それを聞いてベンは「言いようのない感情にとらわれて」容器に手を伸ばして卵を一個握って、シャッターで割って、中味を口に放り込んで、全部呑み込んだのである。ベンはますむらを睨みつけてから、勝手口から中へ飛び込んだが、その時たちばなの「やったね」という歓声が聞こえてきたような気がした。彼らはこれを予め計画していたのであり、今その目的を達成したのである。つまり、ベンはこの瞬間にしんじゅくという場所で彼ら三人の真の「仲間」になったのである。その後ベンはアメリカの服に着替えて、踊り場に立って長い階段を見下ろすと、そこには「領事館の大理石の階段」があったし、新宿に初めて下りた「すりへった小さな石段」があった。ベンはこれらの階段と石段を踏み越えて、新宿に入り込んで、仲間を作って、自立した新宿人になったのである。

リービ英雄は一九九二年に短篇集『星条旗に聞こえない部屋』を出版したが、その「あとがき」の中で、これはベン・アイザックの「日本への越境の物語」であり、この物語を「ぼくは日本語でしか書くことはできなかった」と解説しているが、これはまさにアメリカ人であるリービ英雄が「日本語」で「日本への越境の物語」を書いた作品だったのであり、これが高く評価されて第十四回野間文芸新人賞を受賞することになり、その結果リービ英雄は一九九〇年代前後に台頭してきた越境文学の旗手として精力的に文筆活動を展開することになったのである。つまり、「原稿から原稿へ、締め切りから締め切りへ、発言から発言へ、対談から対談へ、取材から取材へ」(リービ英雄『アイデンティティーズ』)多忙な日々を送ることになり、豊かな才能を発揮して、次々と文学論を執筆し、多くの作家や評論家たちと対談を行うことになったのである。

先に述べたように、リービ英雄は十七歳の時に三千円と身分証明書を持って父の領事館を出て新宿に飛び込んだが、これが二十年後に彼の文学の原点になったので、この家出についてあちこちで言及している。彼はこの家出を越境と呼んでいるが、それにしてもなぜそのように呼ぶことになったのであろうか。彼は十七歳の時横浜の領事館に住んでいたが、その周囲には香港上海銀行や米海軍クラブやホテル・ニュー・グランドなどがあって、その一帯は言わば租界だったのであり、日本に在りながら「アメリカ」だったのである。そしてその先に山下公園が広がっていたが、そこは「日本」なのであり、いつも数百人の日本人たちが集まってきて散策を楽しんでいたのである。とすればこのような状況下で家出をするとは、「領事館＝日本語をほぼ排除した世界」から「新宿＝ひとつの民族がほかの民族の参加なしに日本語を使っている世界」へ移動することであり、換言すれば、「アメリカ」から「日本」へ「越境」することだったのである。

リービ英雄は越境とは境を越えていくことであると言っているが、彼の場合は「アメリカ」から「日本」へ、あるいは、「英語」から「日本語」へ境を越えて入りこんでいくことであった。そしてその際重要なのは、越境した後に二つの文化の狭間にとどまって、その矛盾に耐えながら「バイリンガルに近い感覚」で創作活動に取り組んだことである。今更断るまでもないが、その具体的な成果が『星条旗の聞こえない部屋』であった。

リービ英雄は多くの作家や評論家と対談を行っている。たとえば大江健三郎との対談の中で、リービ英雄は山上憶良に関して憶良の日本語の出発点は「バイリンガル・エキサイトメント」であると指摘しているが、それを受けて大江は自らの経験に則して「バイリンガル」の「エキサイトメント（高揚感）」について説明している。大江はピエール・ガスカルの『けものたち・死者の時』を読んでいた。まず渡辺一夫の翻訳で読み、次いで丸善で原書を手に入れて一語一語辞書を引きながら読んでいくと「新しい言語の森」が、「新しい日本語の森」が立ち上がってきたので、すぐに小説を書き始めたのである。つまり、大江は「フランス語という外国語を読むことで、自分のなかに日本語の世界を新しく切り開くことができそうに感じた」のであり、その時書いたのが最初の小説『奇妙な仕事』だったのである。

さらにリービ英雄は多和田葉子とも対談を行っている。多和田は早稲田大学文学部のロシア文学科を卒業し、その後ハンブルグ大学で修士課程、チューリッヒ大学で博士課程を修了して、現在はベルリンに在住して文筆活動に励んでいる。彼女は日本語で小説を書いているが、同時にドイツ語でも小説を書いており、一九九三年には『犬婿入り』で芥川賞を受賞している。このように多和田はバイリンガル作家として活躍しており、二〇一八年には『献灯使』で全米図書賞を受賞し、二〇一九年にはノーベル文学賞の有力候補に選ばれたのは周知の事実である。

多和田はバイリンガルの作家であり、日本語で書き、ドイツ語で書いているが、それに関して次のように述べている。

> 言葉そのものよりも二か国語の間の狭間そのものが大切であるような気がする。私はA語でもB語でも書く作家になりたいのではなく、むしろA語とB語の間に、詩的な峡谷を見つけて落ちて行きたいのかもしれない。
> （多和田葉子　二〇一二年　三六頁）

このように多和田は二つの言語を持ち続けながら壊そうとしているのであり、具体的に言えば、ドイツ語を母国語にしている人とは違ったドイツ語を書くことであり、そうすることによって、母国語で書く時に、上手い日本語、綺麗な日本語を崩すことをめざすのである。その結果、多和田は独特の文体を形成して、その文体を駆使しながら独自の文学世界を構築することになったのである。

これまで見てきたように、リービ英雄は「新しい」文学を発表して、「新しい」時代を切り拓いてきたが、そのような作業を通じて日本の文化に大きな影響を及ぼすことになったのである。これまで日本では「言語＝文化＝人種＝国籍」というイデオロギーが隠然と存在していて、外国人が日本語で書くことを規制し退けてきたのである。無論外国人たちはこれに抵抗し排除しようとしたがその都度跳ね返されて追いやられてきたのである。リービ英雄はこのような不幸な事態に挑んで打破しなければならぬと考えていたのであり、一九九二年に『星条旗の聞こえない部屋』を上梓することによって、そのイデオロギーの解体という目的を達成することになったのである。つまり、リービ英雄はアメリカ人であるが日本語でこの作品を書いたのであり、その結果「言語＝文化＝人種＝国籍」というイデオロギーのイコール・サインを打ち破ることになったのである。これが「日本語の勝利」であるが、これをキッカケにして多くの越境者たちが日本語で書くようになり、アーサー・ビナードのようなアメリカ出身の詩人や温又柔のような台湾出身の作家が登場してきたし、さらに芥川賞や多くの新人賞には韓国人、中国人、イラン人などが名を連ねるようになってきたのである。

このようにリービ英雄は先陣を切って作家活動を推し進めて越境文学の世界を開拓して主導してきたのである。彼はその後九・一一を題材にした『千々にくだけて』を書き、近年は中国を足繁く訪れるようになって、日本語で中国を主題にした作品を精力的に書いて発表しているが、これらの作品については場を改めて論じてみたいと思っている。

第二章　多和田葉子——日本語とドイツ語の狭間で

1

多和田葉子は一九六〇年に東京都に生まれ、一九七八年に早稲田大学第一文学部に入学したが、専攻はロシア文学であった。一九八二年に早稲田大学を卒業すると、三月にインドへ旅立ち、ニューデリーに行き、更に足を延ばして、ローマ、ザグレブ、ミュンヘンを経由して、五月にハンブルグに到着した。それ以降同市に在住して、ドイツ語本の輸出取次会社グロッソハウス・ヴェグナー社に就職して、夜は語学学校に通ってドイツ語の学習に励んだ。それと並行してハンブルク大学講師で日本文学研究者のペーター・ペルトナーや同じくハンブルク大学ドイツ文学科教授のジークリット・ヴァイゲルと知合いになり活動範囲を拡大したのであり、そのような状況で一九八七年に初の著書を出版することになった。日本語（多和田葉子）ドイツ語訳（ペルトナー）併記の詩文集『あなたのいるところだけ何もない・Nur da wo du bist da ist nichts』である。その後も日本語とドイツ語を巧みに使い分けながら独自の作品を書き続けた。一九八八年にはドイツ語で短篇小説『Wo Europa anfangt』(『ヨーロッパの始まるところ』)を、そして、一九八九年には日本語で書いた短篇小説『風呂』をベルトナーがドイツ語に訳した『Das Bad』を、そして、一九九〇年にはドイツ語で『Das Fremde aus der Dose』(『缶詰めの中の異質なもの』)を発表しているのである。そして注目すべきは多和田がその後日本文学に専念して次々と問題作を創作したことである。一九九一年に『かかとを失くして』を書いて、第三四回群像新人文学賞を受賞することになり、一九九二年には『犬婿入り』を書いて、これによって一九九三年に第一〇八回芥川賞を受賞することになった。かくして多和田は日本文学界に華々しく登場して、それ以降毎年のように着実に作品を発表し続けて独自で生産的な作家活動を展開することになった。その結果として多和田は現在までに約三十五冊の作品を出版しているのであり、これらの作品をいくつかのテーマに分類して考察することによって、多和田文学の全体像を解明して提示したいと考えている。

さらに一つだけ確認しておくべきことがある。それは多和田がドイツ文学・文化の優秀な研究者であることである。多和田は一九九二年にハンブルク大学大学院修士課程を修了したが、修士論文は『ハムレット・マシーン』論であった。さらに二〇〇〇年にチューリッヒ大学で博士号を取得したが、博士論文は『Spielzeug und Sprachmagic in der europaischen Literatur』(『ヨーロッパ文学における玩具と言語魔術』)であった。このように多和田は日本語とドイツ語で小説を書きながら、同時に研究者として修士論文と博士論文を書き上げているのである。そして多和田はその過程で豊富な知識と情報を習得することになったのであり、それを自由に大胆に駆使しながら何冊ものエッセイ集を出版してきたのであり、それらは多和田の多彩な業績の重要な部分を構成することになったのである。

それにしても多和田は自らの文学をどのように捉えて、どのように展開しようとしていたのであろうか。先にも書いたが、多和田は一九八二年にハンブルグに住み着いたが、五年もたつとドイツ語でも小説を書きたいと感じるようになったのであり、「これは、抑えても抑えきれない衝動で、たとえ書くなと言われても書かずにいられない」(多和田葉子　二〇一二年　一二九頁)ような切迫した状況だったのであり、そのような強烈な衝動に駆り立てられて小説を書き始めたのである。

多和田の著作リストを見れば分かるように、彼女は最初から並行して日本語とドイツ語で書いてきたのであり、一九八七年に発表した第一作『あなたのいるところだけ何もない・Nur da wo du bist da ist nichts』はそのような彼女の作家的立場を端的に示すものであった。このように多和田は作家として異例で困難な生き方を選択したのであるが、二〇〇三年に出版した『エクソフォニー』の中でそれに関して詳細に解説している。多和田は二〇〇二年にセネガルのダカールで開かれたシンポジウムに参加したが、その時この会の主宰者であったロベルト・シュトックハンマーから「エクソフォンな作家」という言葉を初めて聞いたのである。それにしても「エクソフォニー(exophony)」とはいかなる意味なのであろうか。ここではリービ英雄の説を紹介しておく。つまり、これはexit（出口、外へ向かうところ）とphone（音、もしくは、声）の造語なのあり、「外へ出る声」の状態なり現象を意味しているのである。そして多和田はそのような文脈の中で自らの経験を踏まえて「エクソフォニー」とは「母語の外に出た状態一般を指す」と規定して、そのような観点から自らの作家的立場について次のように書いている。

それに、わたしはたくさんの言語を学習するということ自体にはそれほど興味はない。言葉そのものよりも二か国語の間の狭間そのものが大切であるような気がする。わたしはA語でもB語でも書く作家になりたいのではなく、むしろA語とB語の間に詩的な峡谷を見つけて落ちて行きたいのかもしれない。

（多和田葉子　二〇一二年　三六頁）

このように多和田は日本語とドイツ語のバイリンガル作家として活動することになったが、その時彼女は「二か国語の間の狭間」が大切と考えて「詩的な峡谷を見つけて落ちて行きたい」と望んでいたのである。これからこのような多和田の作家活動を、先ずは言語レベルで、次いで文学レベルで、考察していきたいと思う。

多和田は言語レベルでどのように作家活動を進めているのであろうか。彼女は何をするにも「言語を羅針盤」にして進む方向を決めていると述べて、さらに次のように説明している。

しかも言語は一つではない。二つの言語が別々の主張をして口論になることもあるが、独り言をぶつぶつ言っているよりも自分の頭の中で二つの言語に対話してもらった方が、より広くより密度の高い答えが生まれてくるのではないかと思う。（多和田葉子　二〇一三年　五頁）

このように多和田は日本語とドイツ語の「狭間」に立って、二つの言語に「対話」してもらっているのであり、そのような作業を通じて多くの興味深い言語現象を発掘して紹介している。

こんな笑い話がある。「駄目」をローマ字で「Dame」と書くと、ドイツ語では「婦人」の意味になる。日本人の旅行者がドイツでトイレに入ろうとすると、一つのドアには「ダメ（Dame）」、もう一つのドアには「ヘーレン（Herrenn）」と書いてあったので、その女性はどちらにも入ることができなかったのである。

ある時多和田は小説を書いていて「本番」に当たる単語を思い出せなかったので、オンラインの和独で「本番」を調べてみた。先ず「die Auffuhrung（本当の上演）」が載っていたが、それと並んで「Geschlechtsverkehr（性交）」が載っていたのである。もし日本語ができない人が放送局のスタジオのドアに「本番中、静かに！」という札が掛かっているのを見て、オンラインの辞書を引いて意味を捜して「性交中、静かに！」という意味だと誤解してしまう可能性はゼロではないのである。

多和田は福島の原発事故に触れて、日本の新聞の書き方がドイツの新聞の書き方と比べて曖昧だったと指摘している。たとえば、日本の新聞は「炉心溶融」という言葉を使っているが、イメージが浮かばないし、インパクトも弱くなっている。それに対して、メルトダウンは英語から派生したものだが、炉心がメルトして、崩れて、修理もできないし、対処のしかたが分からない、というイメージであり、インパクトが強くて、危うさが直接伝わってくる。さらにドイツ語では「ケルンシュメルツエ」というが、この言葉には危ないことが起るのでどうしても止めなければならないという実感が込められているのである。多和田はこのように比較検討して、それに歴史的記憶を取り入れて、新たに「ピカドン溶融」という言葉を提唱しているのである。

それでは多和田は文学レベルでどのように作家活動を進めているのであろうか。たとえば多和田はリービ英雄との対談の中で次のように述べている。

　ドイツ語を母国語にしている人とは違ったドイツ語を書くことが、私がドイツ語を書いている時の目的で、そうやって書くことによって、逆に自分の母国語で書くときも、いわゆる上手い日本語、綺麗な日本語というのを崩していきたい。つまり、二つの言語を器用にこなしている人になりたいんじゃないんです。また、一つを捨てて、もう一つに入ったんでもなくて、ふたつを持ち続けながら壊していくような、そういうようなことを一応、恥ずかしながらめざしているんです。（リービ英雄　一九九六年　二二七頁）

このように多和田はバイリンガルの作家として活動しているが、その際ドイツ語を母国語にしている人とは違ったドイツ語を書くことをめざしているのであり、同時に上手い日本語、綺麗な日本語を崩したいと望んでいるのである。換言すれば、「ふたつを持ち続けながら壊していく」という困難な作業に取り組んでいるのである。

ところで多和田はこの「壊していく」ことに関して『エクソフォニー』の中で次のように説明している。

わたしはバイリンガルで育ったわけではないが、頭の中にある二つの言語が互いに邪魔しあって、何もしないでいると、日本語が歪み、ドイツ語がほつれてくる危機感を絶えず感じながら生きている。放っておくと、わたしの日本語は平均的な日本人の日本語以下、そしてドイツ語は平均的なドイツ人のドイツ語以下ということになってしまう。その代わり、毎日両方の言語を意識的かつ情熱的に耕していると、相互刺激のおかげで、どちらの言語も、単言語時代とは比較にならない精密さと表現力を獲得していることがわかった。

（多和田葉子　二〇〇三年　五〇頁）

これまで見てきたように、多和田は「二か国語の狭間」に身を置いて、日本語とドイツ語を併用しながら作家活動を進めているが、そのために日本語は「歪み」、ドイツ語は「ほつれて」、平均以下の日本語とドイツ語になってしまうのである。だがここで予想外の結果が生じるのである。彼女は二つの言語を「意識的かつ情熱的に耕している」が、その過程で二つの言語は「相互刺激」によって「単言語時代とは比較にならない精密さと表現力を獲得している」のである。そして多和田はこれらの言葉を駆使しながら独自の新たな文学を創造することになるのである。

多和田はこのようにバイリンガル作家として日本語とドイツ語で創作活動に携わってきたが、その結果深刻な問題に直面することになった。彼女は日本語をドイツ語に訳そうとした時に「なぜか」という言葉を使い過ぎていることに気が付いた。彼女はリズムを整えるためにあまり意味のない言葉を入れてしまう。つまり、「なぜか」とか「えーとですね」とか「まあ言ってみれば」とか「ようするに」などのいわゆる「詰め物言葉」を、パッキングに使う「籾殻」を使ってしまうのである。確かに「籾殻」を入れないと「言葉がきつくなって角が立ってしまう」のだが、それははっきりするということでもある。言い換えれば、「言葉にするだけの価値のある内容は、世間の人々の多くを傷つけ怒らせる可能性がある」のである。しかし作家はそのまま発表してしまうべきなのだ。というのも、言葉が籾殻にまみれてしまうのは悔やまれることだからである。

ところが多和田はこの件に関して相反する発言をしているのである。彼女は母語ではないがゆえにドイツ語を学校文法通りに書いているのではないかという疑問を常に懐いていた。日本語なら口語的要素を混ぜたり、普通の言い方からずらしたりすることも少なくない。しかしドイツ語の場合は、街角で耳にした言葉が蘇ってきても、またそれを元にして面白い表現が浮かんできても、自主検閲の段階で消えてしまって、文字にならないことがあるのだ。しかし外国人だからこそ、外国人らしいと思われているドイツ語を書くべきなのであり、日本語の場合にように、口語的要素を混ぜたり、普通の言い方からずらしたりするべきなのである。

このように多和田はバイリンガルの作家として活動していて、「詰め物言葉」を使ってしまうことがあるが、それを反省して、「詰め物言葉」を使わずに、たとえ人々を傷つけて怒らせることがあってもそのまま発表すべきだと考えている。しかし同時に多和田はドイツ語を学校文法通りに書いているので、街角で耳にした言葉を、面白い表現を文字にすることができなくなってしまう。多和田はそのような事態を回避するためには先ず自主検閲を廃棄することが必要だと考えているのである。このように多和田はバイリンガルの作家であるがゆえに独自の難問に直面して悩み苦しみながらも、大胆かつ慎重に作家活動を推進しているのである。

ここで一言申し添えておかなければならない。残念なことに私がドイツ語の知識を持ち合わせていないことである。換言すれば、私には多和田の表現を考察して解説することはできないのである。それゆえ私はこれから内容に焦点を当てて多和田の文学がいかなるものであるのか検討していく所存である。

2

沼野充義は二〇一二年に多和田と対談を行ったが、その中で多和田の文学に関して次のように述べている。

多和田さんの小説の場合、『旅する裸の眼』もそうですが、「容疑者の夜行列車」や『雲をつかむ話』などのように、移動感覚に支えられて、移動そのものを主題にしたような書き方のものと、ある種の物語性の構築を主題としているものとの、大雑把な言い方をすると、二つの系列があるような気がします。（沼野充義　二〇一三年　三一九頁）

ここで沼野が指摘しているように、多和田は「移動感覚に支えられて、移動そのものを主題にしたような書き方」をしながら、それと並行して「ある種の物語性の構築を主題にしたもの」を書いてきたのであり、これからそれらがいかなるものであったかを分析していくが、ここで銘記しなければならないのは、近年多和田がさらに一歩推し進めてこれら二つの系列を統合して止揚するような作品を書き続けていることであり、最後にこれらの作品を取り上げてその現代的意義を解明したいと考えている。

多和田は最初から作家として「物語性の構築」を目指してきたが、それがいかなるものであったのか、具体的に初期の作品の中から『ペルソナ』と『犬婿入り』を選んで検討しておくことにする。

多和田は一九九二年に『群像』の六月号に『ペルソナ』を発表した。主人公は道子であり、二年の予定で弟の和男とハンブルグの大学に留学して共同生活をしながら研究に励んできた。道子はドイツに住みドイツ語で小説を書いているトルコ人の女性作家達の研究に携わり、和男はドイツの中世文学の研究に励んでいた。それから一年経ったが、道子は研究者として厳しい事態に直面していた。というのも業績があがらずに、奨学金を延長することができなかったのであり、そのために暮らしを維持するために様々なアルバイトをしなければならなくなって、研究に費やす時間を確保できなくなっていたからである。

さらに道子は日本人なるがゆえに、あるいは、東アジア人であるがゆえに、ハンブルグで忌々しき人種問題に巻き込まれて自らが不安定な存在であることを意識させられることになった。そのきっかけになったのはセオンリョン・キムであった。彼は韓国人の看護士であり、ある精神病院で患者の世話をしていた。道子は彼とは知合いであり、優れた看護士だと考えていた。ところがレナーテという患者が突然キムを告発したのである。彼女はキムが真夜中に寝ていた彼女に近づいてきてからだを重ねたと言い、さらに彼はまっすぐな髪をしていて、腕にも胸にも脚にも毛が生えていなくてつるつるだったと、つまり、アジア人だったと主張したのである。看護婦のカテリーナはレナーテを「嘘つき」と厳しく批判して、友人の道子にその事件がいかなるものであったかを話してくれた。しかしそれで一件落着とはならなかったのである。病院内で三回も奇妙な会議が開かれたが、そこでキムを批判する意見が噴出することになった。ある者は人を外見や印象だけで判断するのはおかしいと言い、ある者はキムはやさしそうに見えるがその底に残忍さが潜んでいても見えにくいと主張したし、ある者はそれを受けてキムが善人だと決めてかかるのは間違いだと同調したりした。

その後牧師がキムは信仰心の深いクリスチャンですと言って事態を収拾したが、それでもやさしそうに見えても、仮面の下で何を考えているのか分からないと主張する人は絶えなかったし、その結果キムは胃を悪くして病院に入院してしまったのである。この事件は道子にとって他人事ではなかった、なぜなら彼女も日本人として、あるいは、東アジア人として、このような不合理な状況に巻き込まれてしまう可能性があったからである。

道子はこのような危機的な状況に置かれているのであり、その理由について自ら次のように語っている。

> 本当は行きたいところがあるのに恐ろしいので先へ先へと延ばしてるようであった。本当に行きたいところが他にあることは道子にも分かっていた。ただ、それがいったいどこなのかが分からないのだった。
> （多和田葉子　一九九八年　三二頁）

このように道子は「行きたいところが他にあること」は分かっているが、それが「どこなのかが分からない」のであり、そして翌日このような状態で道子は変圧器を買うためにアパートを出て東へ東へと歩いて行った。彼女は電気製品売り場で変圧器を買って、その後歩き続けて、エルベ河に出て、川沿いに歩いて行った。魚市場を抜けて、近くの難民の収容所に行ったが、そこにいた男たちに、韓国人か、タイ人か、フィリッピン人かと訊かれたので、日本人ですと答えると、トヨタかと言われたので、自動車なんかじゃないと抗弁した。このように道子は対自的には日本人であるが、対他的には韓国人であり、タイ人であり、フィリッピン人なのである。つまり、道子はハンブルグでは不安定な存在を強いられながら生きているのである。彼女は歩を進めて「フローテル・オイローパ」、つまり、浮かぶ宿ヨーロッパへ行ったが、ここにはポーランド人やルーマニア人やアルバニア人たちが水の上に浮かぶアパートに住んでいた。道子は「何かつかみどころにない気持ち」に駆られてアパートの方へ歩いて行った。若いアルバニア人が部屋を見たいかと誘ったが、道子はここで思い直して逃げるようにアパートから遠ざかったのである。それにしても道子は何故難民の収容所へ、「フローテル・オイローパ」へ踏み込んで行ったのであろうか。先に述べたように、道子は変圧器を買いに行ったが、その時のことを回想して次のように語っている。

変圧器ありますか。道子は家庭用品を扱う大きな電気製品売り場に入ると、落ち着きを装って尋ねた。見当外れの質問をしているような気がするのは、本当に知りたいことを尋ねずに、本当に行きたいところへ行かずに、どうでもいい用事を済まそうとしているからなのだと自分に言い聞かせながら、落ち着きを装って尋ねたのだった。（多和田葉子　一九九八年　三四頁）

これまで道子は「本当に知りたいこと」を尋ねることはなかったし、「本当に行きたいところ」に行くことはなかったが、ここで重要なのは、道子が今新たな道を歩み出そうとしていることである。換言すれば、道子は「本当に知りたいこと」を尋ねようとしたことであり、「本当に行きたいところ」へ行こうとしたことであり、その結果、難民の収容所へ行って、「フローテル・オイローパ」のアパートを訪れたのである。ところが道子はそこで予想外の事実を突き付けられることになった。つまり、自分が日本人ではなくて、韓国人であり、タイ人であり、フィリッピン人であることを知らしめられることになったのである。

道子はこのような不条理な状況に追い込まれていたのであり、まさにそのような苦境の中で深井の面に出会うことになった。この能面は目は伏し目がちで、えくぼ状の浅い皺があって、子供を失って悲しみに打ちひしがれる女性を現わすものである。佐田家の面はスペイン製の贋物の能面であったが、彼女はこの能面には「訴えかけてくる何かがある」ことを感知して強く興味をそそられることになった。そして道子はひとりこっそり居間に戻って、壁から深井の面をはずして自分の顔に被せてみたのである。すると「仮面には、これまで言葉にできずにいたことが、表情となってはっきり表れている」ように思われてきた。道子は面を被ったまま佐田さんの家を出た。二人の女の子が近づいてきて身体をくねらせて笑った。駅の近くでは年配の婦人が口を半ば開けたまま身体の動きを止めた。電車の中では乗客たちは目をそらしてしまい、精神病院という言葉さえ聞こえてきた。だが道子はこの面をつけて堂々と胸を張って歩いて行ったのである。その後彼女はレーパーバーン駅で降りて通りへ出て、和男と星先生がいるはずの中華料理店を探した。彼女は通りの端まで来ると、反対側の歩道を引き返したが、「金龍」という中華料理店を見つけることはできなかった。つまり、道子はこの時和男や星先生の世界から離脱して、ついに「行きたいところ」に到達することになったのであり、その結果「一番日本人らしく」見えていたのである。かくして道子は改めて自己を発見して確認することになったが、皮肉なことに、人々は道子が日本人であることに気づくことはなかった。つまり、道子は人々に日本人であることを認知されなかったのであり、ここに最大の問題が未解決のままに残されることになったのである。

さらに多和田は一九九二年に『群像』の十二月号に『犬婿入り』を発表して、この作品で一九九三年に第一〇八回芥川賞を受賞して、本格的に作家活動を推進することになった。

主人公は北村みつこであり、自称三十九歳で、東京郊外の新興住宅地と昔から栄えていた地域の狭間に住んで「キタムラ塾」を経営している。ここでこの町の地理的配置に関して一言申し添えておく。この町には北区と南区の二つの地区があり、北区は駅を中心に鉄道沿いに三十年前頃から発展した新興住宅地であり、南区は多摩川沿いの古くから栄えた地域である。みつこは二年前にこの町へやって来て二つの地区の中間地点に立っていた農家を借り受けて「キタムラ塾」を開校したのである。換言すれば、みつこは北区にも南区にも属さずにその狭間に住み着いて塾を経営しながら生活を営んでいるのであり、これが彼女の基本的なスタンスなのである。

みつこは独特の性格の持ち主で、話が上手くて面白いので、塾生の間で人気を博していた。ここで彼女が語った逸話を二つだけ紹介しておく。第一例。彼女は一度使った鼻紙でお尻を拭くとやわらかくてしっとりして気持ちがいいし、さらに二回使った鼻紙で拭くともっと気持がいいと滔々と話したりする。第二例。ある日彼女はむき出しの肩に土色のボロキレのようなものを載せて正座していたので、生徒がそれは何と訊くと鶏の糞を煮て作った膏薬だと言い、肩が凝って気が滅入るから「おトリさまのウンチのお世話になっている」と説明したのである。

北村みつこはこのような調子で塾生たちに「犬婿入り」について話しているので確認しておこう。昔王宮である女がお姫様の世話をしていたが、用を足した後でお尻を拭いてやるのが億劫だったので、お姫様のお気に入りの黒い犬に、お姫様のお尻をきれいになめてあげれば、お姫様と結婚できるよと言って説得した。その後話は二つの形を取ることになる。第一話。黒い犬はお姫様をさらって森に行って本当に嫁にしてしまう。そこへ猟師が出てきて黒い犬を撃ち殺してお姫様を嫁にした。お姫様は幸せに暮らしていたが、ある夜猟師が寝言の中で黒い犬を殺したことをもらしてしまったため、お姫様は眠っている猟師を猟銃で撃ち殺してしまったのである。第二話。お姫様の両親は黒い犬がお姫様のお尻をなめている現場を目撃してしまい怒りに駆られてお姫様と黒い犬を無人島に島流しにしてしまった。その後お姫様は息子を生むが、黒い犬は病気にかかって死んでしまった。するとお姫様は息子に島を回って最初に会った女と結婚しなさいと言い、自分は島を反対に回って息子を待って、母親だと気づかない息子と交わって子供をもうけて種族を増やしていったのである。このように「犬婿入り」にはいくつかヴァリエーションがあるのだが、それらに共通しているのは犬が女性のお尻を舐めることであり、これを前提にしながら、『犬婿入り』がいかなる作品であるのか考察していくことにする。

八月になって塾は夏休みに入ったが、そんなある日のこと、二十七、八歳の男がキタムラ塾にやってきた。彼は「お世話になります」と言い、「電報、届きましたか」と問い質しながら、家に上がると、まるで当然のことのように、みつこのショートパンツを脱がして、仰向けに倒れたみちこの上にからだを重ねて膣に滑り込んできた。みつこは逃れようとして身体をくねらせたが、男はみつこの身体をひっくりかえして、両方の腿を大きな手で掴んで高く持ち上げて、空中に浮いた肛門をペロンペロンと舐め始めたのである。その後男はみつこを抱き起こして顔を覗き込んだが、みつこは魅せられたように男の頭を撫で回していたのである。つまり、みつこは男の一連の猥褻な行動を受け容れて、二人で変則的な「犬婿入り」の生活を始めることになったのである。

その日から男はみつこの家に住み着いて、日中は眠っているが、夕方に起きて、食事の用意をし、雑巾がけをし、はたきを掛け、ほうきで掃き清めた。そして太郎は元気になって、みつこと交わり、その後ひとりで家を出て、町を歩き回って、夜中にみつこが寝ようとする頃に帰って来て、一晩中みつこと交わりたがるので、みつこも朝起きることができなくなり、日中うたたねするようになったのである。これが「犬婿入り」の生活の実態であった。

ある日七、八人の母親が三年生の子供たちと一緒に西瓜を持って訪ねて来た。みつこは太郎のことを案じていたが、六時になると太郎が襖を開けてゆかた一枚の姿で出てきたのである。すると折田さんが「イイヌマ君じゃないの」と呟いたのであり、これをきっかけにして男の素性が明らかになった。本名は飯沼太郎であり、東京の大学を出て、折田氏の勤める薬品会社に就職して働いていた。そして四年前に太郎は同じ課にいた良子と結婚したが、一年後には飯沼は会社にも良子にも何も告げずに姿を消してしまったのである。良子は太郎を捜索していたのであり、折田さんの仲介でみちこの家で会うことになった。八月も末のある日良子が訪ねてきて太郎に再会したが表情には変化がなかったので、みちこは太郎が良子の夫ではないことを確信して安堵した。帰り際に良子が明日家に来てくださいと懇請したので受諾して、翌日みつこは公団住宅に住む良子を訪ねた。すると良子は昨日会ったのは自分の夫であったが、今は全く別の人になってしまったと言って、太郎に対して未練も執心も示すことはなかった。

その間にみつこの生活に大きな変化が起こっていた。扶希子と出会ったのである。みつこは扶希子がいじめられているので守ってやっていたが、徐々に特別の気持ちが生まれてきて、髪の毛をとかしてやったり、爪を切ってやったり、特別に勉強をみてやったり、さらに食事をとらせるようになって、すぐにそんな生活に慣れていったのである。ところでここで注目しなければならないのは、扶希子の父親は松原利夫であり、太郎と知り合いで、二人はゲイバーで「夜遊び」をして「腰を振っていた」ことである。

その後事態は一変する。折田夫妻は九月の末の日曜日に妻の実家を訪ねて夜に上野駅で列車から降りた時、隣のプラットフォームに飯沼太郎と松原利夫が旅行用トランクを持って身を寄せ合って立っているのを見た。折田氏は「飯沼君」と叫んで隣のフォームへ駆けて行ったが飯沼君を摑まえることはできなかった。折田氏は北村先生に知らせるために電話をしたが、誰も電話に出なかったので、みつこの家へ行ってみると、家の電気は消えていて、何度呼んでも返事がなかったので中に入ってみると、柱に貼り紙が貼ってあって、そこにはピンク色のマジックペンで「キタムラ塾は閉鎖されました」と書かれていた。そして翌日みつこから電報が届き、そこには「フキコヲツレテヨニゲシマスオゲンキデ」と書かれていたのである。その後みつこの住んでいた家は壊されてアパートが建てられることになった。つまり、みつこと太郎と扶希子は町の北区と南区の狭間に住んでいたが、今はその狭間から逃亡して「ヨニゲ」をすることになり、その生活の基盤であった家＝塾は取り壊されてしまい、三人の存在そのものが忘却されることになったのである。このように狭間に住む者たちは儚い生活を営んでいたのであり、一旦事あらばその生活を放棄して行方も知れない放浪の旅を続ける流浪の民だったのである。

これまで二篇の短篇小説を取り上げて考察してきたが、これによって多和田がどのような立場に立っていて、いかなる作家活動を推進して、どのような業績を挙げてきたのか理解できたものと思う。

3

先に沼野充義は多和田の文学には二つの系列があり、その一つが「移動感覚に支えられて、移動そのものを主題」する文学であると指摘していたが、ここではこの系列に属する作品を取り上げて、それがいかなるものであったか明らかにしていくことにする。ところで多和田自身が旅と仕事に関して次のように語っているのである。

いつものことだが、二つ、三つの例外を除いては、仕事でしか旅をしなかった。仕事というのはほとんど自分の書いた本から朗読をし、読者と話をするという仕事で、つまり、わたしの書く妙な小説に関心をもってくれている人間が一人でも住んでいる町にしか行かなかったということになり、そういった意味では町の選択は偶然ではない。しかし小説に関心を持ってくれているというだけでは不充分で、その町に作家を招待して話をしようという制度や習慣がなければ招待は成立しない。

（多和田葉子　二〇一二年　一〇六頁）

多和田の作品を読めば一目瞭然だが、彼女はドイツのみならず全世界で開催される学会や朗読会に積極的に参加して自作を朗読して議論してきたのであり、そういった意味で、「仕事でしか旅をしなかった」のであり、言い換えれば、旅をしたのは常に仕事のためだったのである。かくして多和田は旅をすることになり、その間に様々な経験をすることになった。たとえば、彼女はある時アリゾナ州の町トゥーソンを訪れたが、町のあらゆるところにサボテンが並んでおり、その棘が肌に刺さると洗い流すことができず、ピンセットで一本一本抜かなければならなかった。つまり、彼女は文字通り痛い経験をすることになったのだが、それについてこのように説明しているのである。

旅は時には痛いものだが、痛いと思った時には必ず世界が少し広がっている。異文化について勉強したい時は、本を読んだ方が旅に出るより効果的なのかもしれない。しかし読書だけでは痛い経験はできない。痛さとは、自分を変える力が外部から直接働きかけてくることでもある。それによってゆっくりと身体が変化し、性格が変化する。

（多和田葉子　二〇二二年　二一〇頁）

このように多和田は仕事がらみで世界中を旅しながら様々な痛い経験をしてきているのだが、それによって「身体が変化し、性格が変化する」のであり、その結果「世界が少し広がって」くるのである。ここで多和田は作家として一歩を踏み出すことになる。つまり、それらの経験を素材にして「移動そのものを主題」とする作品を書いて発表することになったのである。ここではそれらの中から二つの作品を選んでそれらがいかなるものであったかを明らかにしたいと思う。

最初に『溶ける街　透ける路』（二〇〇七年）を取り上げる。これまで多和田は多くの街を訪れて訪問記を書いてきたが、ここではその中から三篇を選んで紹介する。

先ずは「サンテミリオン」である。サンテミリオンはボルドーから車で一時間くらい離れたところにあり、モンテーニュの所縁の町として有名である。ここにはモンテーニュの城があり、塔が聳えている。モンテーニュは一五三三年にこの城館で生まれたが、彼は豪商の息子であり、二十四歳で裁判官になったが、しばらくするとその職を離れて、書斎に籠って読書に耽って、ついには執筆に取り掛かって『エセー』の第一巻と第二巻を出版した。その後四十八歳の時に市長になり、その職務を終えてから、執筆活動を再開して『エセー』の第三巻を出版したのである。このようにモンテーニュは多才で多様な活動を展開したが、その結果『エセー』は日記や手紙のようなものから歴史分析や社説のようなものにいたる記事や文章から成る作品になっているのである。モンテーニュは人間というものは「全身がくまなくつぎはぎだらけの、まだら模様の存在」であると書いているが、多和田はそれ踏まえて「寄木細工のような『エセー』の形式は、そんな人間観にぴったりで、十六世紀のポストモダンと呼べるかもしれない」と書いている。モンテーニュはまさにポストモダンの元祖だったのである。

次は「リューネブルグ」である。多和田はリューネブルグから三十キロ離れたトスタグローペという村で一週間にわたって行なわれた子供のための絵と音楽のワークショップに参加した。多和田が先ず日本語で書いた散文詩を意味を教えずにゆっくりと音読すると、子供たちは聞き取った音を声に出してみる。すると他の子供たちがその声に対して楽器の即興演奏で応えるのであり、それを一週間繰り返しながら言葉と音のパフォーマンスを完成させるのである。多和田はこのような作業を経て次のように総括している。

自分の理解できない言語に耳を澄ますのはとても難しい作業だが、文字にこだわらず、「アメリカン」を「メリケン」と書き記したような、繊細で果敢で好奇心に満ちた耳が、かつての日本にもあったはずだと思う。それができなければ、異質な響きをすべて拒否する排他的な耳になってしまい、世界は広がらない。創造的な活動は、まず解釈不可能な世界に耳を傾け続けるところから始まるのではないか、と改めて思った。（多和田葉子　二〇二一年　一三〇頁）

このように私達は「繊細で果敢で好奇心に満ちた耳」で「理解できない言語に耳を澄ます」べきなのであり、それができなければ、「異質な響きをすべて拒否する排他的な耳になってしまい、世界を広げる」ことができなくなってしまうのである。

最後は「アウシュヴィッツ」である。断るまでもなく、アウシュヴィッツではナチスによって百数十万人ものユダヤ人が惨殺されたと言われている。それにしてもこの大量殺人はいかにして行われたのであろうか。ここで注目すべきはかつての収容所の資料館にユダヤ人のトランクや靴や切り取られた髪の毛が展示されていることである。ナチスは大量殺人を決定したが、それを実行するためにユダヤ人たちの独自性を奪って単なる物に変えることにして、そのために靴を奪い髪の毛を切り取ったのであり、その悲劇の証として現在資料館にこれらの靴や髪の毛が展示されることになったのである。ところで多和田は日本人の訪問者が「靴の展示は間接的すぎて残酷さが実感できない」という感想を書き残していることを指摘して独自の見解を表明している。つまり、日本人は個人と靴や髪の毛は関係ないものと考えているか、戦後も個人を尊重しない風潮が残っているのであり、それは極めて嘆かわしい事態であり、その結果日本が再び「全体主義に侵される危険が大きい」ことを懸念して警笛を鳴らしているのである。

次に『容疑者の夜行列車』(二〇〇二年)を取り上げる。これは十三輪(話)から成る連作であり、主人公は女流ダンサーである。彼女はオファーがあればヨーロッパを中心に時には北京やハバロフスクやボンベイなどで公演を行っている。その際彼女は公演の開催地に夜行列車で行くことにしているが、それについてこのように説明している。

ハンブルグでワークショップを終えてから、翌日の夜行でウイーンに移動する。そう思いついたら、ふるいたった。この頃、面白い人間を見かけない。面白い事件に居合わせない。それは、お金の心配がなくなって、最短距離をとるようになったせいではないのか。若い頃のように、夜行に乗れば、面白いことがあるかもしれない。(多和田葉子　二〇〇二年　九五頁)

彼女は今ダンサーとして売れっ子になって飛行機を使うようになったために面白いことがなくなってしまった。彼女はそれを反省して、これからは以前のように夜行で行こうと決めたのである。なぜなら「夜行に乗れば、面白いことがあるかもしれない」からである。かくして彼女は夜行で行くことによって「面白い人間」に出会い、「面白い事件」に居合わせて、様々な楽しく時には恐ろしい経験をすることになるのである。

先ずは第一輪（話）「パリへ」である。彼女はハンブルグの小さいホールで踊って、それからパリ行きの夜行に乗って、パリで午後二時からリハーサルをして、夜七時からの本番に臨む予定であった。彼女はハンブルグ・アルトナ駅で乗車したが車内は閑散としていたのですぐに眠ってしまった。その後突然車掌に起こされて下車するように命じられたので、その理由を問うと、フランスが深夜十二時から全面ストライキに突入したからだと言われた。彼女はパリの舞台とギャラのことを案じながら、バスに乗ってパリへ向かって、到着すると直ちにタクシーに飛び乗って劇場に駆けつけると、ドアには貼り紙がしてあって、そこにはゼネストのために出し物は中止になったと書かれていたのである。彼女はハンブルグに戻るためにパリ北駅へ行くと、ブリュッセルへ行けばそこからは電車で帰れると勧められたので、バスでブリュッセルへ向かったが、そこからはロンドン行きしかないことがわかった。彼女は途方に暮れたが、ここで大胆な決断を下すのである。

　家はどんどん遠くなる。それでもいいではないか、どうせ旅芸人なのだから。匙を投げてしまえ。箸も投げてしまえ。投げて、投げて、計画も野心も全部捨てて、無心に目の前を眺めよ、短気は損気、よく見ると、そこはユーロ・スターの乗り場だった。だから、すべてロンドン行きだったのだ。

（多和田葉子　二〇〇二年　一九頁）

このように彼女は自分が旅芸人であることを自覚して「計画も野心も全部捨てて、無心に目の前を眺める」ことを決意したのであり、そうすると「好奇心が湧いてきた」ので勇躍ロンドンに向かうことになったのである。

次は第三輪(話)「ザグレブへ」である。彼女はイタリアを訪れて、ローマ、ミラノ、トリエステを廻って、そこからユーゴスラビアのザグレブへ向かうことにした。駅の待合室にいると、二人の小柄な男が片言の英語で話しかけてきた。あの列車は酷いものだから、自分達の車で送ってやると誘ってきたが、その時彼女の腕時計を見る目に一瞬「飢えの閃光が走った」のである。彼女はそれを感知して警戒したのだが、繰り返し執拗に誘われているうちに「催眠術をかけられたかのように」車に乗り込もうとしてしまった。すると五十代の体格のよい女性が近付いてきて、この人たちは悪い人たちで、腕時計を奪おうとしているから、ついて行ってはいけないと戒め、二人の男の頭を叩いて追い払ったのである。かくして彼女は降りかかってきた災難を回避することができたのである。

その後彼女は列車に乗り込んで誰もいないコンパートメントに入っていくと、男女三人がまるでつけるようにして同じコンパートメントに入ってきた。そして三人はコーヒー豆が五百グラム入った紙袋を二つずつ内ポケットから出して、自分たちのトランクは満杯で入らないから、あなたのリュックサックに入れておいてくれと依頼したのである。彼女は人の役に立てるのが嬉しかったので快諾したのである。やがて列車は動き出して、彼女は眠り込んでしまったが、突然役人の声がして、はっと目を覚ました。制服の男が二人拳銃を肩に掛けて立っていた。彼らは先ず三人の身分証明書を確認して、ボディーチェックをして、座席の下を捜査して、トランクを開けて検査したが、何も発見することはできなかった。彼女は徐々に落ち着きを失った。というのも、コーヒーを三キロも持っていたからである。しかし役人たちは彼女のリュックサックには手も触れることなく、コンパートメントから出て行った。すると三人は彼女に笑いかけて、コーヒーの包みを彼女のリュックサックから出して自分たちのトランクに入れて、お礼として小さくて甘いビスケットを二枚くれたのである。彼女はこのような経験を踏まえて次のように語っているのである。

悪の道に入るのは、隣の町に足を踏み入れるよりもやさしい。境目が目に見えないのだから、踏み越えても気がつかない。自覚症状のないうちに悪人になっている。いや、人の役に立てる、などと思ったのがいけなかった、とあなたは反省する。自分は人の役に立つような人間ではない。夜汽車に揺られて意味もなく人生を食いつぶす人間なのだ。そのことを忘れてはいけない。天狗になれば、必ず鼻を折られる。

（多和田葉子　二〇〇二年　四五頁）

これでわかるように、彼女は安易に人の役に立てると考えたために悪人になってしまったのであり、それを自省して、自分は人の役に立つ人間ではなく「意味もなく人生を食いつぶす人間」でしかないことを改めて認識することになったのである。

最後は第十一輪（話）「アムステルダムへ」である。彼女はベルリンの振付師に耐えられなくなったので、予定を変更して二日早くアムステルダムへ向かうことになった。彼女がコンパートメントに入って寝巻きに着替えて横になっていると、五歳くらいの男の子が入って来た。彼は寝台に腰を下ろして靴を脱ぐと横になって上を睨んでいた。しばらくすると子供は急に起き上がってコンパートメントから出て行った。すると入れ違いに車掌が入って来て乗車券と寝台券を調べた。彼女は子供が乗車券を持っているのだろうかと想いを廻らしていると、子供が戻って来たので、お父さんとお母さんはどこにいるのと訊いてみたが、何も答えなかったので、推理小説を読み続けたのである。彼女は嫌な臭いを嗅いだような気がしたので、子供の方を見ると、子供は腕をしゃぶっており、そこから血が流れていた。彼女は車掌さんに連絡して救急箱を借りてこようとしたが、その時数年前に難民施設で子供が自分の腕を噛んで、皮膚が破れ、血が流れ、赤く湿った肉が現れると、「ほっとしたように微笑んだ」のを思い出したのである。そして彼女は子供が腕を噛んで血を流している痛ましい事態を次のように解釈したのである。

外から自分に向ってくる生命が存在する、という感覚、自分が生きているという感覚を取り戻すために子供は自分で自分の肉に噛みつくことがある。

（多和田葉子　二〇〇二年　一三六頁）

彼女によれば、子供は自分の腕を噛んで血を流しているが、それは「自分が生きているという感覚」を取り戻すためであった。つまり、その子供は自傷という倒錯的な行為を行っているが、それは「自分が生きているという感覚」を得るための、つまり、自分の存在そのものを確認するための必死の所業だったのである。その時役人が入ってきて子供を連れて出て行った。彼女は子供が施設に連れ戻されることになったと考えたが、車掌は子供を隠してこのような事態を引き起こしたのだと言って非難を浴びせた。彼女は子供を助けることができなかったことを悔い自責の念に苛まれることになったのである。

これまで見てきたように、女流ダンサーは夜行列車で移動を繰り返していたが、その間に多くの人々に会い、様々な事件に遭遇しながら、この世界の実態を見据えて認識してきたのである。そしてそれは新たな自己認識に導くことになった。つまり、彼女は夜行列車に乗って多くの「痛い」経験をしてきたが、その度に世界を少しずつ「広げてきた」のである。換言すれば、「面白い人間」に出会い、「面白い事件」に居合わせて、その結果、「面白いこと」を経験することになったのである。彼女は今このようなポジティブな世界観に到達して、このような立場から斬新な旅行記を執筆することになったのである。そういった意味で、女流ダンサーにとって、そして、多和田にとって、旅とは豊かな創造の源だったのである。

4

多和田は二〇一〇年代に入ると、再び「物語性の構築」に取り組むことになった。そして二〇一四年に『献灯使』を発表して、二〇一八年にこの作品で翻訳文学部門で全米図書賞を受賞した。その後二〇一八年に『地球にちりばめられて』を、次いで二〇二〇年に『星に仄めかされて』を、そして本年二〇二二年に『太陽諸島』を発表して三部作を完結することになった。ところで多和田は二〇二二年一一月二二日付けの『読売新聞』で、『献灯使』と三部作は対をなすものであり、『献灯使』では日本から世界が見えず、三部作では世界から島国が見えない」と書いているが、換言すれば、『献灯使』では「日本」が見えて、三部作では「世界」が見えるのであり、これからそれらの「日本」と「世界」を追求しながら、多和田が文学をどのように把握して、どのように展開しようとしているのかを明らかにしたいと思う。

ところで多和田は二〇一三年に原発事故の爪痕が残っている福島県を車で回ったが、その時背の高い雑草が家を覆いつくすように伸びている光景を見たり、桜がこれまでの何倍も咲くようになった話を聞いて、次のように書いているのである。

自然破壊の恐ろしさは、動植物が消えてしまうのではなく、自然のバランスが崩れるという形で現れます。ある花が異常に多く咲いていたり、大きく育ちすぎているのを見て不安を感じるのもそのせいかと思われます。

（「雪の中で踊るたんぽぽ」『文学』二〇一五年五月、六月号、第一六巻三号）

このように多和田は福島県を訪れて「放射性物質に汚染されて人の住めなくなった地区」の惨状を見届けたのであり、そのような苛酷な認識に基づいて、二〇一四年に『献灯使』を書いて出版したのである。

これから『献灯使』を考察していくが、その前に『不死の島』について一言述べておきたい。多和田が大震災の報に接して二〇一二年に一気呵成に書き上げたのが『不死の島』であった。断るまでもなく、二〇一一年三月十一日に震度六強の太平洋沖地震が発生して、東北地方沿岸は津波に襲われ、福島の原子力発電所は破損し崩壊して大気中に放射性物質を放出することになった。二〇一三年には大震災の中で内閣総理大臣がＮＨＫの「みんなのうた」に登場して「来月、すべての原発の運転を永遠に休止します」と宣言したが、その後首相は「拉致」されて姿を消してしまった。二〇一五年には日本政府は民営化され、Ｚグループが株を買い占めて政府を運営するようになった。テレビ局は乗っ取られ、義務教育は廃止された。電話やインターネットは使えず、郵便は停止して、飛行機も放射性物資が付着する可能性があるので日本へは飛ばなくなった。そして二〇一七年に私はアメリカからならば日本へ行く便があると聞いたので、マンハッタンにある旅行会社を訪ねたがその旅行社はなくなっていたのでベルリンに戻ってきたのである。
ところで日本へ密航してきたというポルトガル人が書いた『フェルナン・メンデス・ピントの孫の不思議な旅』という本が翻訳されて話題になっているが、そこにはこんなことが書かれている。二〇一一年に被爆した当時百歳を超えていた人達はその後一人も亡くならずに生存している。どうやら放射性物資によって死ぬ能力を奪われてしまったらしいのである。それに対して二〇一一年に子供だった人達は病気になり、働くことができないだけでなく、介護が必要なのである。というのも、毎日浴びる放射能は微量でも、細胞が活発に分裂していけば、あっという間に百倍、千倍に増えてしまうからである。

若いという形容詞に若さがあった時代は終わり、若いと言えば、立てない、歩けない、眼が見えない、ものが食べられない、しゃべれない、という意味になってしまった。「永遠の青春」がこれほどつらいものだと前世紀まで誰も予想していなかった。

（多和田葉子　二〇一七年　一九三頁）

これが日本の実状なのであり、このディストピアでは、老人たちは「ぴんぴん」していて働き続け、一方若者たちは「立てない、歩けない、眼が見えない、ものが食べられない、しゃべれない」という悲惨な生存を強いられていたのであり、これがこの時点での多和田の現状認識だったのである。

多和田はこのような立場から二〇一四年に『献灯使』を書いて出版したのである。これは義郎と曾孫の無名をめぐる作品であるが、義郎は現在百十五歳で作家として着実に活動を続けている。彼は鞠華と結婚したが、彼女は「他家の子学院」を開設して今も院長を務めている。これは不遇の子供たちの世話をするための施設であり山の中に設置されているので、義郎と鞠華は別居生活を始めて現在に至っている。二人の間に女児の天南が生まれたが、彼女は十八歳になると有名な大学に入学して、無農薬学を専攻した。その後彼女は結婚して沖縄に移住して現在はオレンジ園を経営している。天南は男児を生んだが、これが孫の飛藻である。彼は生まれながらの問題児であり、高校を中退すると家を飛び出して勝手気儘な生活を送っていた。ある日飛藻は美しい女性を連れてきて結婚して数か月後に無名が生まれた。しかし母親は出産の時に出血して意識を失い三日後に死去してしまった。飛藻はその時重度の依存症を治す施設に入っていて情報を遮断されていたので、病院の新生児室に飛び込んできたのは無名が生まれて十三日目のことであった。このように妻の鞠華、娘の天南、孫の飛藻は「みんなどこかへ吹き飛んでいってしまった」のであり、その結果義郎は残された曾孫の無名の世話をしながら余生を送ることになったのである。ところでここで確認しておかなければならないのは義郎と無名がどのような世界に生きているかである。義郎は日本は鎖国状態にあると指摘して新宿について次のように述べている。

廃墟というには賑やかすぎる看板たち、自動車など一台も走っていないのに律儀に赤くなったり青くなったりしている信号機、社員のいない会社の入り口の自動ドアが開いたり閉まったりするのは街路樹の大枝がしなうからか。宴会場では、冷え切った煙草のにおいが水銀色の静寂に凍りつき、テーブルがぎっしり詰まった雑居ビルのどの階も不在という名の客が飲み放題食べ放題で騒ぎたて、借りる人のいないサラ金の利子が錆びついて、誰も買わないバーゲンの下着の山が蒸れて、雨水のたまったショーウインドウに飾られたハンドバッグには黴が生え、ハイヒールの中で鼠が一匹悠々と昼寝している。道路のアスハルトはひび割れ、その割れ目からまっすぐ空に向かって伸びているぺんぺん草は高さが二メートルもある。

（多和田葉子　二〇一七年　三四頁）

言うまでもなく、新宿は日本最大の歓楽街であったが、今は廃墟と化して、人間達は姿を消してしまい、自動車は一台も走っていない。雑居ビルはどの階も不在であり、商店は商品が放置されて無惨な状態を呈している。道路のアスハルトはひび割れ、ぺんぺん草が空に向かって二メートルも伸びているのである。

このように義郎と無名は大震災後廃墟と化した世界に生きているのであり、そこで義郎は曾孫の無名を養育しているのであるが、それにしても無名はこのようなディストピアの中で生きながら心身ともにどのような状態に追い込まれているのであろうか。ここではテキストに沿って列挙しながら紹介しておく。

無名は歯がもろいので、パンは液体に浸さなければ食べられない。（二一頁）

この世代の子供たちのほとんどがそうだが、無名にはカルシウムを摂取する能力が足りない。このまま行けば人類は歯がない生き物になってしまうのではないか。（二四～二五頁）

無名にカルシウムを少しでも多く摂らせようと、毎朝牛乳をコップに半分ほど飲ませた時期もあったが、かえってきたのは「下痢」という答えだった。（二五頁）

「無名、待っていろ、お前が自分の歯で切り刻めない食物繊維のジャングルを、曾おじいさんが代わりに切り刻んで命への道を切りひらいてやるから。俺は無名の歯だ。」（四一頁）

ジュースならば十五分くらいあれば飲める。とは言うものの「飲む」という行為も無名にとっては楽ではない。無名は黒目を回転させながら喉のエレベーターを必死で上下させ、液体が下へ送り込まれていくように努力する。液体が逆流してきて喉が焼けることがある。それを押し戻そうとして気管に入り、激しい咳き込みが始まることもある。一度咳き込み始めるとそれがなかなか止まらない。（四二頁）

最近の子供の九割は微熱を伴侶にして生きている。無名もいつも微熱がある。毎日熱を計るとかえって神経質になってしまうので、熱は計らないようにと学校側から指示が出ている。「今日も熱があるね」と言えば子供は身体のだるさを思い出す。熱が出る度に学校を休ませれば、ほとんど学

校に行けなくなる子もたくさん出てくるだろう。（四四頁）

僕らには余分な力なんか一滴もない。着替えに体力を使い過ぎると、もうそれだけで学校に歩いて行く力が足りなくなって、曾おじいさんの自転車の荷台に乗せてもらうことになる。最初から乗せてもらうのは恥ずかしいから、家から出て何十歩かは自分の脚で歩くようにしているけれど、すぐに脚が重くなって歩けなくなる。（一一八〜一一九頁）

無名が立ち止まると、義郎も立ち止まる。しばらくすると無名はまた歩き始める。それでも十数歩くらい歩くとまた止まってしまう。一歩一歩が労働なのだ。（一一六頁）

無名は小学生の頃は少しなら自分の脚で歩くこともできたが、成長するにつれて脚を動かすのが難しくなり、長く立っていることさえできなくなってしまった。十五歳の自分は歩けないいんだな、と改めて認識したが、それほど驚かなかった。（一四九頁）

このように無名は肉体的に脆弱で身体を自然に動かすことができないのである。歯が脆いのでパンは液体に浸さないと食べられないし、ジュースを呑みこむのも容易ではなくてそのために咳き込むことさえあるし、常に微熱に苦しめられていて、十五歳になると歩けなくなっていたのであり、つまり、無名にとって、若いとは「立てない、歩けない、眼が見えない、ものが食べられない、しゃべれない」ことなのであり、無名は曾おじいさんの義郎に支えられて辛うじて生き永らえているのである。

無名が十五歳になった時、小学生の時の担任であった夜那谷先生が突然訪ねてきて献灯使になってほしいと要請した。それにしても夜那谷先生が属している献灯使の会とはどのような組織なのであろうか、そして、そこで選抜される献灯使とはいかなる存在なのであろか。

　国の政策は一晩のうちに変わることもある。……そうなる前に夜那谷の入っている「献灯使の会」は、ふさわしい人材を探し出して海外に送り出したいと考えている。そうすれば日本の子供の健康状態をきちんと研究することができるし、海外でも似たような現象が始まっている場合は参考になる。もはや未来はまるい地球の曲線に沿って考えるしかないことは明白だった。立派そうに見えても鎖国政策は所詮、砂でできたお城。子供用のシャベルで少しずつ壊していくこともできるだろう。そのために、一人また一人と民間レベルで若い人を海外に送り出していこうと献灯使の会は考えていた。

（多和田葉子　二〇一七年　一五二～一五三頁）

　このように夜那谷先生は国の鎖国政策に批判的であり打破すべきものと考えているのであり、若い人を海外に送り出すことによって「砂でできたお城」を少しずつ「壊していくこと」を企図しているのであり、その目的実現のために無名を選抜したのである。かくして無名は献灯使に選ばれることになったが、それに関して自ら次のように語っている。

「献灯使」として選ばれた自分は、これからインドのマドラスをめざして密航するのだ。そこには国際医学研究所があり、無名の到着を待ちかまえている。無名の健康状態に関するデータは、医学研究を通して世界中の人々の役に立つだろうし、ひょっとしたら無名の命を引き延ばすこともできるかもしれない。

（多和田葉子　二〇一七年　一五一頁）

これを読めば分かるように、無名はインドのマドラスへ行って、国際医学研究所で検査を受けて健康状態を検認するのであり、そのデータによって、世界の人々の役に立つことになり、さらに自らの命を引き延ばすことになるかもしれないのである。そういった意味で、無名は献灯使、つまり、世界を灯で照らす者であり、その結果、国の鎖国政策を打破して、新たな世界を創造することになるのである。

5

その後多和田は二〇一八年に『地球にちりばめられて』を、二〇二〇年に『星に仄めかされて』を、二〇二二年に『太陽諸島』を出版したが、これからこの三部作を順次考察しながら多和田の文学が現時点でいかなるものになっているのかを確認したいと思う。

先ずは『地球にちりばめられて』である。これは十章から成る作品であり、六人の登場人物たちが、つまり、クヌート、Hiruko（＝ヒルコ）、アカッシュ、ノラ、テンゾ＝ナヌーク、Susanoo（＝スサノオ)が自らの思想と行動について語っている。

クヌートはテレビで自分の国を失った人達の座談会を傾聴していた時に、一人の女性講師が話している言語に強く関心をそそられた。彼は大学院で言語学を専攻していたので、彼女が作った人工語に興味を惹かれて、すぐに放送局に電話をして、その女性講師(=ヒルコ)と会うことになったのである。

ヒルコは日本の新潟県の出身で、ヨーロッパの大学に留学して、あと二か月で帰国という時に、自分の国が消えてしまって家に帰ることができなくなってしまって、今はデンマークのオーデンセにあるメルヘン・センターで童話を創作してその語り部として働いていたのである。彼女はその間に「パンスカ」という人工語を作ったが、その過程をこのように説明している。

「何語を勉強する」と決めてから、教科書を使ってその言語を勉強するのではなく、まわりの人間たちの声に耳をすまして、音を反復し、規則性をリズムとして体感しながら声を発しているうちにそれが一つの新しい言語になっていくのだ。

(多和田葉子　二〇一八年　三八頁)

彼女はこの言語を「汎」という意味の「パン」に「スカンジナビア」の「スカ」を付けて「パンスカ」と命名したが、その名の通り、これはスカンジナビアの国々で通用する人工語なのである。

ヒルコはドイツのトリアーに行こうとしていたが、それはトリアーのカール・マルクス博物館で旨味のフェスティバルが開催されることになっており、その講師のコックの名前がテンゾであり、同国人かも知れないと考えたからであった。つまり、ヒルコは人工語である「パンスカ」を作って運用しながら、同時に母語である日本語に執着していて、テンゾに会って母語で話し合って日本語を追体験することを切望していたのである。

ヒルコ達はルクセンブルグ空港でトリアー行きのバスを待っている時に、インド人のアカッシュと出会った。彼は男性であるが「性の引っ越し」をして女性として生きようとしていて、クヌートと気が合ったのでトリアーへ同道することになった。

ヒルコ達がトリアーのカール・マルクス博物館へ行くと、ノラという女性がいて、講師のテンゾがオスローから戻れなくなったので、本日予定されていた出汁のイベントは中止になったと説明した。そしてノラがテンゾに会ってその実情を知るためにオスローへ行くと言うと、ヒルコたちも賛同してオスローへ行くことになった。彼らは明後日に料理人のコンペティションが行われる「シニセ・フジ」で落ち合うことになったのである。

ヒルコもノラもテンゾのことを誤解して日系の人物だと考えていたが、実はテンゾはグリーンランドの漁村で生まれ育ったエスキモーであって、その後コペンハーゲンに留学して新たな人生を送ることになった。彼は「サムライ」という店に通っているうちに日本語を覚えてまるで日本人のように振舞っていた。その後見聞を広めるためにドイツを訪れたが、フーズムの鮨屋の主人がこの店は祖父とその友人のスサノオが共同で開店したものだと説明した。テンゾはこの時福井出身のスサノオという人物の存在を知ったのである。

ヒルコはオスローへ着くとすぐに「シニセ・フジ」へ行ったが、そこにノラが来ていて、テンゾを紹介された。ヒルコはテンゾと話し始めたが、彼の日本語はたどたどしくて不正確なものだった。ノラが席を外した時に問い質すと、テンゾは実はエスキモーであり本名はナヌークであると告白した。ヒルコが同国人と自分の言葉で話せなかったことを悔やんでいると、テンゾはスサノオの名前を出して、彼は福井の出身で、アルルに住んでいると説明したのである。

クヌートはオスローに行かなかったが、アカッシュからメッセージを受け取って、ヒルコ達が日本語を話すスサノオという人物に会うためにアルルに行こうとしていることを知ったのである。

スサノオは福井の生まれで、進学塾に通っている時にスサノオという渾名を付けられた。彼はドイツのキール大学に留学したが、そこでヴォルフという男と友人になり、フーズムで鮨屋を開店すると大いに流行ることになった。ある時キールで闘牛が開催されたが、その時スサノオはカルメンという名の踊り子に出会い魅惑されてアルルまで追いかけて行ったが、男に叩きのめされて負傷して入院した。その後アルルに留まってレストランで働いていたが、店長に依頼されて鮨屋で働くようになると、鮨屋は繁盛してオーナーは大満足だった。そんなある日突然予告もなしにヒルコとクヌートとノラとナヌークとアカッシュが訪ねてきて根掘り葉掘り尋問し始めたのである。

ヒルコは日本人と日本語で話すことを望んでいたが、今そのチャンスが巡ってきたので、スサノオに執拗に話しかけた。福井の出身であることを確かめ、昔の流行歌を歌い、浦島太郎の話を持ち出し、父親と母親について問いかけたが、スサノオが反応して答えることはなかった。そのためにヒルコを含めて全員が落胆して徒労感に苛まれることになった。すると突然スサノオが立ち上がって、口を縦横に開いて、唇をとがらせ、喉仏を上下に動かしたが、言葉を発することはなかったのである。その結果クヌートがコペンハーゲンで失語症の治療をしている先輩のところで治療をさせようと提案したので、全員がそれに賛同してコペンハーゲンへ行くことになったのである。

次は『星に仄めかされて』である。ここでは九人の登場人物たちが、つまり、ムンン、ベルマー、ナヌーク、ノラ、アカッシュ、ニールセン夫人、クヌート、ヒルコ、スサノオが自らの思想と行動について語っている。

ムンンは病院に住み込んで皿洗いをしている。ある時男がやってきたが、それがスサノオだった。彼はベルマーの診察を受けていたが、その問いかけには無言で一切答えることはなかった。しかしスサノオはムンンに対して身の上話を滔々と語ったのである。というのも彼にとって「喋れないことも、思い出せないことも苦しくなってきた」からであった。

ベルマーはスサノオの担当医師であり、失語症の治療を行っていた。ベルマーは熊のぬいぐるみやウサギの剥製を使ってテストをしたが、スサノオは何も答えなかった。しかしベルマーはスサノオに言語を取り戻させるのが医師の使命であると考えて治療に取り組んでいたのである。

ナヌークはヒッチハイクでコペンハーゲンへ向かった。先ずベローナにコープレンツまで送ってもらった。次いでシュッペンアウアーに車に乗せて貰って、釣りに付き合い、近くの駅へ行ってハンブルグ行きの切符を買ってもらい、ハンブルグの植物園の入り口の所で、指定されていた男にショルダーバッグを渡して、引き換えにコペンハーゲン行きの航空券を受け取ったのである。かくしてナヌークはコペンハーゲンに到着して、病院へ直行すると、ムンンという男がいて、ベルマーがスサノオの治療をしていること、そして、スサノオは言葉を喋れることを知らされたのである。

ノラはナヌークがヒッチハイクで行くことになったのでアカッシュと同行することになった。二人は電車でロストックを目指したが、電車が故障してしまったので、コープレンツで降りて、アムステルダムへ向かって、ケルンで途中下車した。アカッシュが知合いのクリスの家を訪ねると、クリスはハンブルグへ行く連中を探しておいてくれた。トーレとクルトであり、その夜のうちにノラとアカッシュは二人のバイクに便乗してハンブルグへ向かったのである。

トーレとクルトはアウトバーンを激走して一度休憩所に立ち寄った。四人はいろいろと語り合ったが、トーレがバイクで走ることについてこのように語ったのである。


危険にさらされていると、生きようとする化学物質が体内で生産されるらしい。この物質はアルコールより麻薬よりずっといい気持ちにしてくれる。おかげで高揚感が続いて、何時間走っても退屈しない。

（多和田葉子　二〇二〇年　一七六頁）


これで分かるように、バイクで疾走することによって「高揚感」を持続させることができるのであり、これがバイクの醍醐味なのである。

その後ノラとアカッシュはハンブルグまで送ってもらい、そこからロストックへ行き、そこで船に乗り継いでコペンハーゲンへ向かい、到着後すぐに病院へ行った。ナヌークと話していると、スサノオが入ってきて再会を果たすことになった。

ニールセン夫人はこれまでの快楽と苦悩に満ちた人生を独白する。クヌートを生んで楽しい日々を送ったこと、夫が蒸発してしまったこと、グリーランド出身のナヌークを引きとって語学研修に通わせたが、大学に入る前に旅に出たまま失踪してしまったこと、クローディーという男を愛したが破局を迎えたこと。そして今彼女は医師のベルマーと愛し合っていて幸せな人生を享受しているのである。

クヌートはスサノオを見舞うためにヒルコと一緒にコペンハーゲンへ行くことになったが、ヒルコはスサノオに会って話すことを懸念していた。というのも、ヒルコはスサノオにピッチャーのように言葉をたくさん投げたが、スサノオはキャッチャーのようにその言葉を受けとめてくれなかったからである。

ヒルコは病院でスサノオに会うと言葉を取り戻させるために話し始めた。「おはよう」という言葉の意義について、天照大神について、「誰かさんが転んだ」という遊びについて話したが、スサノオは何の反応も示さなかった。さらにヒルコは自分が蛭の子であり、生き血を吸う蛭であり、だから、水に流されて捨てられたことがあったと話した。するとスサノオが初めて口を開いて「やっと自分の話をしてくれましたね」と言い、「蛭みたいに可愛くない女の子だったから海に捨てられた」と語った。さらにスサノオは弟が生まれた時はショックで、こんな国では暮らしたくないと思ったただろうと追及したのである。ヒルコは苦境に追い込まれたが、その時ノラが来たので平常心を取り戻すことができたのである。

ベルマー医師が入って来た。スサノオが「あなたは恥ずかしくないんですか」と非難すると、ベルマーは驚いて「君、失語症は治ったのかい」と問い質した。スサノオがベルマーとナヌークとの異常な関係に疑問をぶつけると、クヌートがスサノオは人の心に暴力的に入り込んでいると反駁した。スサノオがヒルコは言葉を浴びせかけてきたと非難すると、クヌートはスサノオが言葉を取り戻す手伝いをしていたのだと弁護した。ヒルコは二人の会話を聞いて、スサノオが話せるようになって嬉しいと言うと、スサノオは話すことができなかったのは彼女達の方だと言って「確かに声は出していた。でも君たちは口を開け閉めしているだけで大切な話は何もしていない」と批判したのである。それに対してアカッシュが反論を加えた。つまり、彼等はヒルコのために「連絡が取れなくなった国、世界地図から消えてしまった国を見つけるために」集まっていたのである。そしてそれに続いてクヌートが「船に乗ってヒルコの故郷を訪ねてみないか?」と提案したのであり、彼等はそれに賛同して「消えてしまった国を見つける」船旅に出ることを決断したのである。

ムンンが病室に入ると、スサノオとベルマーとナヌークとヒルコとクヌートとノラとアカッシュが集まっていた。するとクヌートが近いうちに船の旅に出るが、消えてしまったかもしれない島国を探さなければならないので長い旅になるだろうと説明した。出発は今度の日曜日であり、夕方六時にコペンハーゲン港の海外フェリー待合室に集合することになったのである。

最後は『太陽諸島』である。ここでは六人の登場人物達が、つまり、ヒルコ、クヌート、アカッシュ、ノラ、ナヌーク、スサノオが自らの思想と行動について語っている。

ヒルコ達はコペンハーゲン港から東へ向かって出港した。それは「消えた文明を掘り当てる旅」であり、ヒルコにとっては「かつて自分が生きていた場所が今どうなっているか」を見届けて現在の不安定な状態を立て直すための旅でもあった。そして彼等はヒルコのそのような意図を理解して協力する最良の仲間であり同志だったのである。

ヒルコが甲板に出てみると白い巨大な物体が見えたので思わずモービー・ディックだと叫んだが、それはリューゲン島のチョーク岸壁だったのである。彼等はその後この島に上陸して三時間滞在した。すると地元のターフェルが近づいてきて文化交流のためにレストランに案内してくれたが、スサノオがその文化交流に関して異論を唱えると、ノラとアカッシュがそれに反駁したので、両者の間で激しい議論が交わされることになった。

一人の男が乗船してきた。ヴィトルドは自分が生まれ育った国ポーランドに亡命すると言い、さらに国は消えることがあるが、町は石やレンガでできているから消滅することはないと説明した。アカッシュはそれを聞いて自分の出身国であるインドについて語り始めた。彼はガンジーの糸車に言及して解説した。ガンジーは糸車をまわして、糸にして、布にして、服を縫った。つまり、自分の着るものを自分で作ったのであり、そのような作業を通じて自立心を養って、インドの独立を実現したのである。そしてそれが今のアカッシュを心身ともに支えてくれているのである。

ノラはナヌークの室へ行って二人の関係について話し合った。その後ノラは自室に戻ると木綿のブラウスから木綿へと想いを馳せた。木綿はアメリカでは奴隷労働に支えられていたし、インドの労働者はただ同然の賃金で綿を摘んでいたのであり、それはマルクスが『木綿の話』の中で論証していたことであった。その後ノラは調理場へ行って、ある者はワインを紙パックから瓶に入替え、またある者は十台の洗濯機でテーブルクロスを洗濯しているのを目撃して、労働者の実態を再認識することになったのである。

ヒルコはクヌートと文法について議論した。次いでスサノオが「おまえは水蛭子。影っぴらの、しぞこないの長女」と言ったので、ヒルコは「おめこそ、のめしこきのくせに、なんでも壊す破壊の神」と反論した。するとナヌークが加わってヒルコの出身地の新潟とスサノオの出身地の福井について論じ合い、ナヌークはそれを踏まえて「シベリアを横断して、チャーター機に乗って、再発見しよう、君が見失った列島を」と提案したのである。

ナヌークがロシアの飛び地にあるカリーニングラードの町に上陸して軍艦の近くにいると、六人の十五歳位のちんぴら達に囲まれたので縄を拾って戦いに備えた。そこへ大柄な中年男が駆けつけてくると、ちんぴら達は逃げ去った。彼はセルゲイという人物でちんぴら達が通う学校の先生だったのである。ところでセルゲイによれば、西洋はこの飛び地に融資したり、民主主義を広めたりしているので、この地が戦場になる可能性があるのであり、それは危険で恐ろしい状況なのである。ノラが加わると、セルゲイは琥珀を見に行こうと誘った。ノラが不法な琥珀採取に言及すると、セルゲイが反論を唱えたので、二人の間で議論が展開された。その間にセルゲイが琥珀の写真を見せてくれたが、その琥珀の中に蠅が閉じ込められており、それを見てナヌークは「身体に巻きつく束縛の縄から自由になろうとして腰を屈めた自分自身の姿をその蠅に見た」のである。

彼らは今ラトビアのリガに向って航海していた。夕食時に船長のドゥーフが挨拶して、祖先の一人が書いた空想冒険物語にデジマという架空の島が登場していると指摘して、さらにその祖先は辞書をつくり、俳句も書いたと述べた。それを聞いてイギリス紳士がスウィフトの『ガリバー旅行記』を持ち出して、そこにデジマが出ているので、祖先はそれを「パクっただけです」と批判した。ヒルコはその議論を聞いていて我慢ができなくなったので「出島は実際に存在した」と指摘して二人の主張を否定したのである。

ヒルコとクヌートはリガに上陸してラトビア科学アカデミーを見て、次いで中央市場を訪れて、船に戻ってヒルコの部屋で二人は結ばれた。その後仲間達と夕食をとっていると、ヘラ・ヴォリヨキという女性が話に加わってきたが、彼女はベルトルト・ブレヒトを匿って『下田のユディット』の執筆に協力した作家であり、この作品にまつわる逸話を回想して語ったのである。ブレヒトが山本有三の『女人哀詞』を底本にしたこと、オキチがアメリカ領事館で働くことになったこと、ハリスが病に伏した時に農家で牛乳を貰ってきて飲ませるとハリスが回復したこと、しかし牛乳は禁止されていたのでオキチが罰せられたこと。これらの波乱万丈の話を聞いて、ヒルコ達は全員で「侍にはできなかった外交に成功した芸者に乾杯」したのである。

船はサンクトペテルベルクに向っていた。スサノオはナヌークと話している時浦島太郎の話を思い出した。浦島太郎は竜宮城で楽しい生活を送っていたが、故郷が恋しくなって漁村に帰ってきた。そして浦島太郎が小箱を開けると煙が立ち上って一瞬のうちに白髪の老人に変身してしまった。というか、浦島太郎は実際にはすでに老人になっていたのである。その後スサノオは旅をしながら常にこのような不安感に苛まれて苦しんでいたのである。スサノオがサンクトペテルベルクに上陸して見学しようと言うと、ヒルコがそんな時間はない、船を降りて、駅へ行って、シベリア鉄道に乗らなければならないと言明した。ところがビザがないためにロシアに入国できないことが判明した。その結果ヒルコ達はこのままフィンランドに向かうことになった。「北極を通って、地球の裏側に出る」ことができるかもしれなかったからであった。

ヒルコ達はサンクトペテルブルグに上陸できなかったが、クヌートがフィンランドも東と繋がっていると提起したので、この代案に沿って旅を続けることになった。しかしこの時ヒルコの中で大きな変化が起こっていて、自分は家であり、家船であると考えるようになっていたのである。つまり、彼女はこの家に仲間達を住まわせて、この船に仲間達を乗せて、旅を続けようと考えたのである。ここでスサノオが重大な発言をした。ヒルコは自分が家だと言い出したが、それはもう帰る家がないことを認識したからだったのである。つまり、ヒルコは失った家を求めて新潟へ帰ろうとしていたが、その家はもう存在しないのであり、そのような事実を鑑みて自ら家になろうと決断したのである。そしてこれはヒルコの旅に大きな変化をもたらすことになった。彼等は「ヘルシンキ」や「ポホヨラ」などの伝説の土地を目指して旅に出ることになったのであり、この旅は苦難の連続に違いないのであるが、ヒルコは「わたしたちはまだこのまま一緒に旅を続けていくことができそうだ」と確信することになったのである。

これまで登場人物たちの語りを通じて三部作を考察してきたが、最後にこの最新作がいかなるものであるのか総括しておくことにする。

先ずはヒルコ（蛭児）とスサノオ（須佐之男命）について簡単に説明しておく。多和田はこれら二人の人物を『古事記』から選んで主人公として登場させている。イザナキとイザナミは結婚してヒルコを生み、その後イザナキは左の目からアマテラスを生み、右の目からツクヨミを生み、鼻からスサノオを生んだのである。ヒルコは三歳になっても脚が立たなかったのでまるで穢れを払うかのように葦の船に乗せられて海へ流されてしまった。一説によるとその後ヒルコは摂津の国の西宮に漂着して、戎大明神となって富と幸福をもたらす神として敬われることになったのである。さらにヒルコは日子と表記されることがあって日る子すなわち太陽の子であり、太陽神であると考えられているのである。一方スサノオは荒れすさぶ男で乱暴狼藉のために高天原から追放されたが、その後出雲の国へ行き、悔悛して八岐大蛇を退治して、出雲の国を治めることになったのである。多和田はこのように『古事記』からヒルコとスサノオを選んで主人公として登場させたのであり、そうすることによってこの作品に大きな枠組みを設定することになったのである。私達はこのような作者の意図を意識しながらこの作品を読んで行かなければならないのである。

これまで見てきたように、この作品の主人公はヒルコであり、留学中に国を失うという悲運に見舞われてしまった。しかし彼女は語学の才能に恵まれていて、日本語、英語、スウエーデン語、ノルウエー語、デンマーク語を使い熟すことができたし、さらに「パンスカ」という独自の人工語を作って運用していたのである。つまり、ヒルコはマルチリンガルだったのであり、そのために五人の人物が、デンマーク人のクヌートが、エスキモーのナヌークが、インド人のアカッシュが、ドイツ人のノラが、日本人のスサノオが、言語と国籍を超えてヒルコの思想と行動に賛同して集まってきたのである。かくしてヒルコは彼等五人とグループを結成して一緒に行動して、ドイツのトリアー、ノルウエーのオスロー、フランスのアルル、デンマークのコペンハーゲンを訪れて、その後コペンハーゲン港から出港して、ドイツ、ポーランド、ロシアの飛び地、ラトビア、エストニア、フィンランドを経由して、北極を通って、地球の裏側へ向かうことになったのである。

ここで改めて確認しておこう。ヒルコが自分は家であると考えるようになったことである。ヒルコは新潟には帰るべき家がないことを認識したのであり、同時にナヌークとスサノオと一緒にいれば常に日本語を話すことができることを了解したのであり、その結果自ら家になることを決意したのである。そして今ヒルコはその家を確たる場所にしなければならないのであり、その目的を達成するために仲間達とヘルシンキ、ポホヨラへ行き、そこから北極を通って、地球の裏側へ向かって旅立つことを決断したのである。ヒルコは旅を続けなければならない。というのもこの旅を通じてこの家を仲間達が自立しながら目的を共有して協同して生活する場所にすることができるからである。

　先に紹介したように沼野充義は多和田の小説には二つの系列があると指摘していた。つまり、物語性の構築を主題とするものと、移動そのものを主題にするものである。そして多和田は此の度エクソフォンの作家として物語性と移動という二つの系列を統合し止揚してこの膨大な三部作を出版したのである。かくして多和田はこれまでの文学を総括することになったが、同時に新たな文学を求めて苦渋に満ちた道を踏み出すことになるのである。なぜなら三部作を振り返ってみて「一応これで完結ですが、旅はまだ続くような気がしますね」と述懐しているからである。

第三章　アーサー・ビナード――多才なバイリンガル作家

1

アーサー・ビナードは一九六七年にミシガン州に生まれて、高校生の頃から詩を書き始めた。一九九〇年にニューヨーク州のコルゲート大学の英米文学部を卒業して、その二か月後に来日した。彼は日本語学校や習字教室に通いながら日本語を学習して、一九九二年頃から日本語で詩作に取り組んで、二〇〇〇年に第一詩集『釣り上げては』(思潮社)を出版して、翌年に中原中也賞を受賞した。このようにビナードは詩人として登場して活動を開始したのだが、実は多才な能力を備えており、バイリンガルの作家として英語と日本語を自由自在に駆使しながら多彩な作家活動を展開することになったのである。その辺の事情に関して自ら次のように書いている。

日々、ぼくはなにやら書いている。日本語の詩だったりエッセイだったり、絵本の物語だったり、また英語の詩かエッセイか、あるいは日本語の詩の英訳、英語の詩の和訳、童話や昔話の英訳や和訳も。どんなものを書くにしても、まず読者と分かち合いたい発見があり、それを手渡そうと言葉をつづり始める。執筆を通して、自分の観察と思考を掘り下げるわけだが、ぼくにとってもうひとつの意味があり、書くことが生活の根幹を探る作業でもある。いや、その根幹を育てる作業といってもいいか。（アーサー・ビナード　二〇一一年　二四九〜二五〇頁）

このようにビナードは多才な作家であり多彩な活動を進めてきたが、現時点（二〇二三年）までにどのような成果を挙げてきたのか具体的に見ておこう。彼は日本語の詩を書いてこれまでに三冊の詩集を出版している。『釣り上げては』（二〇〇〇年）、『左右の安全』（二〇〇七年）、『ゴミの日』（二〇〇八年）である。さらに日本語の詩の英訳をして『日本の名詩、英語でおどる』（二〇〇七年）を、そして英語の詩の和訳をして『もしも、詩があったら』（二〇一五年）を刊行している。彼は絵本や童話や昔話に関心を寄せていて、絵本の物語も創作しており、その代表作が『ここが家だーベン・シャーンの第五福竜丸』（二〇〇六年）と『さがしています』（二〇一二年）である。さらに童話や昔話を英訳したり和訳したりしている。宮沢賢治の『雨ニモマケズ』（二〇一三年）や『花さき山』などを英訳しており、マイケル・フォアマンの『どうぶつどうしてどんどんと』（二〇一〇年）

やエリック・カールの『えをかくかくかく』(二〇年一四年)などを和訳しているが、これらはほんの一部なのであってこれら以外にも十数冊の童話や昔話を和訳していることを付記しておく。日本語で精力的にエッセイも書いていて、これまでに六冊のエッセイ集を出版している。『日本語　ぽこり　ぽこり』(二〇〇五年)、『出世ミミズ』(二〇〇六年)、『日々の非常口』(二〇〇六年)、『空からきた魚』(二〇〇八年)、『亜米利加ニモ負ケズ』(二〇一一年)、『アーサーの言の葉食堂』(二〇一三年)である。そして対談も行っていて『泥沼はどこだ』(二〇一二年)と『知らなかった、ぼくらの戦争』(二〇一七年)を出版しているのである。

これを見ればビナードが真に多才な作家であることを確認できるが、ここで注目すべきは、彼がこのような執筆活動を通して「自分の観察と思考を掘り下げる」ことになり、その結果、「生活の根幹」を探って育てていることである。そういった意味で、書くことはビナードにとって自らの存在そのものに関わる必須の作業なのである。

それにしても、なぜ日本語だったのであろうか、そして、いかにして日本語を学んだのであろうか。

ビナードはコルゲート大学で卒業論文を執筆していたが、その時に「日本語という不思議な言葉に出会った」のである。彼はトーマス・ナッシュ論を書いていて、その関連でエズラ・パウンドの長篇詩『キャントーズ』についての論文を読むことになって、その過程で、漢字を、日本語を発見することになったのである。

『キャントーズ』というのはパウンドの長篇詩で、その中に漢字がそのまま入っています。そのパウンドが使う漢字がどういう文字で、象形的な意味や部首の組み合わせなど、漢字の初歩的なことが書いてあったんです。おや、こういう文字があったんだ！　面食らいましたね。

（アーサー・ビナード　二〇一二年　六二頁）

周知のように、パウンドは『キャントーズ』の後半で大胆に漢字を導入しながら詩作を進めており、その際多くの漢字を運用している。たとえば、正、日、新、中、先、後、何、口、成、犬、仁、時、徳、心、王、本、人などの漢字を繰り返し使っているのであり、ビナードはそれらを読みながら、好奇心を掻き立てられて、その結果「こういう文字」を、つまり、日本語を発見することになったのである。

かくしてビナードは「日本語という不思議な言葉」に出会い、大いに興味を惹かれたので、早速「ビギナーズ・ジャパニーズ」のクラスに潜り込んで日本語の学習に取り組むことになったが、本来の専攻科目以上にのめり込んでしまって、その挙句に、大学院に進む予定を変更して卒業すると直ちに日本へ渡来することになったのである。この辺の事情を自ら回想して次のように書いている。

一九九〇年六月、ぼくはデトロイトから東京行きの国際便に乗って、初めて日本に上陸した。

……僕が日本ですごした最初の夜は、池袋のはずれの外人ハウス。そして池袋の日本語学校に入り、池袋の英会話スクールで教師のアルバイトを見つけ、池袋図書館の近くに六畳一間風呂無しのアパートを借りた。池袋の人びとと触れ合いながら日本語にどっぷり浸かり、自分にとっての「東京」も「日本」も池袋が土台となった。

（アーサー・ビナード　二〇一七年　一二八頁）

このようにビナードは来日してすぐに池袋の北口にあった東京ランゲージスクール池袋校に入学して、ここで二年間本格的に日本語の学習に励むことになった。担当は市川信子先生であり、辛抱強く付き合ってくれて、休憩時間でも放課後でも、質問に答え、メチャクチャな作文を読んで添削してくれた。それだけではなかった。市川先生はある時小熊秀雄の詩画集を見せてくれたが、これがビナードの人生に大きな変化をもたらすことになった。つまり、これを読んでビナードは「ぼくは日本語で詩を書くんだ」と本気で考えるようになって詩人たるべく新たな道を歩み出すことになったのである。

かくしてビナードは池袋のランゲージスクールに二年間通って日本語の基礎を習得することになったのである。しかしビナードは日本語の学習欲に燃えていたのでこの日本語学校以外でもあらゆる機会をとらえて熱心に日本語の学習に取り組んでいたのである。

ビナードは習字教室にも通うようになった。「筆と墨でかっこよく書けば」「日本語の読み書き」

を覚えられるだろうと考えたからである。

来日して、すぐに習字教室に入り、その先生に沢山の言葉を、書き順まで丁寧に教えてもらったー「いろは」をはじめ、「早春の光」だの「清新の気」だの「日進月歩」、やがて「楷書」も「落款」も。しかしまた、習字仲間の小学生たちからも、もらった言葉がある。例えば「ちくる」とか「二度書き」とか。

（アーサー・ビナード　二〇〇五年　一二一〜一二三頁）

このようにビナードは習字教室に十五年間月に一度通い続けて沢山の言葉を書き順まで覚えることになったし、仲間の小学生から「ちくる」などの流行語を教わることになったが、その間に小学生達に次々と追い越されて今では「教室で一番の古顔」になっているのである。

彼は短歌会にも入会して歌人になるべく研鑽の日々を送っているが、それにしてもなぜそのような事態に至ったのであろうか。彼はしばしば近所の「マルモ・ベーカリー」に寄ってアンパンを買って食して楽しんでいたが、ある時店のおばさんがレジの脇にノートを広げて、何かつぶやきながら綴ったり消したりしていた。何を書いているのですかと訊ねると、三十一文字について説明して、自費出版の歌集を引き出して、それをくれて、さらに「あけぼの短歌会」にいらっしゃいと勧めてくれたのである。かくして彼は短歌会に入会して短歌を詠むことになったのである。

「あけぼの短歌会」は南大塚社会教育会館の一室を借りて、椿錦一先生の指導の下、月に一回開かれる。参加者はだいたい十五人前後。例会の一週間前までに、三十一文字を一首、葉書で世話人のところへ送る。

当日、参加者の数だけの歌に番号が振られ、読み人知らず状態でプリントにずらりと載る。中から心に響いたものを、一人三首ずつ選んで点を投じる。

（アーサー・ビナード　二〇〇六年　一一五〜一一六頁）

その後司会が順番に歌を二回読み上げると、点を入れた人がその歌に関して感想を述べる。そして話が出尽くすと、椿先生がもう一度朗読して批評するのである。先生はまるで名医のように、歌の「本音の骨の髄」まで看破して問題を引き出して「無駄」を削いで「矛盾」を摘出する。その結果、ビナードの「拙詠」が「立ち直ってひとり歩きし出す」のである。ここで彼の「拙詠」を一首紹介しておく。

白鷺ののびのび飛ぶ空の下電線が仕切る街に吾が住む

彼は謡いに興味を惹かれて謡いの会にも入会して熱心に修業に励んで多くの演目を演じてきた。

謡いの「理春会」も、同じ南大塚社会教育会館の、別の一室で月に二回開かれている。金春流の仙田理芳先生の指導の下、「羽衣」「胡蝶」「鶴亀」「黒塚」「鵜飼」「俊寛」「敦盛」「鞍馬天狗」……と今まで稽古をつけていただいた演目を並べるだけでドキドキしてくる。

（アーサー・ビナード　二〇〇六年　一一七頁）

彼は「理春会」で様々な演目を習ってきたが、それにしても謡いの稽古はどのようになされるのであろうか。弟子は先生と向い合せになって、先生が一くさりずつお手本を朗誦すると、弟子はそれを真似て朗誦するのであり、そのように繰り返し謡っていると稀有なる瞬間が訪れるのである。

時間をかけて謡い込んでいくと、言葉の意味だけでなく、イメージとリズムと節とすべての要素について、納得する瞬間がある。こうでなきゃ！　といった必然性、その古典たる所以が、実感としてグッとくる。

（アーサー・ビナード　二〇〇六年　一一八頁）

このように真摯に謡いの稽古に励んでいれば必ず「納得する瞬間」が訪れてくるのであり、その時には「その古典たる所以」を強く実感することになるのである。

これまで見てきたように、ビナードは日本語学校で、習字教室で、短歌会で、謡いの会で、日本語学習に励んできたが、それに止まらず、生活のあらゆる面で積極的に機会をとらえて日本語の学習に勤しんでいたのである。彼はいろいろな学習方法について書いているので紹介しておこう。

どんなにくだらないテレビでも、こっちにとってみれば未知の表現の宝庫。和英辞典を片手に耳を澄まし、昼メロもクイズ番組も、一生懸命見た。

（アーサー・ビナード　二〇〇五年　一二一～一二三頁）

来日したばかりのころ、毎晩のようにラジオを聞いていた。蠅をねらう蜘蛛よろしく、スピーカーから飛んでくる未知の日本語を待ち構え、一つキャッチすると和英辞典を引いて調べ、ノートに書き込んだ。

（アーサー・ビナード　二〇〇九年　五五頁）

いざ改札口を通ってホームに立つと、わくわくしてくる―これから車内広告探検タイムだ。まず週刊誌の中刷りをつぶさに読み、ほかの雑誌のもチェック。塾と英会話スクールと、消費者金融の売り文句も点検。マンションの命名に用いられるカタカナ語の節操のなさに呆れたり、新発売の清涼飲料水のターゲットを当て推量したり、下車するまで読み耽る。

（アーサー・ビナード　二〇〇六年　六四～六五頁）

来日したてのころ、いつもリュックに辞書をつめて、池袋の街を歩きながら、看板を解読していた。「駐車場」という言葉には早くに出くわし、看板の立っていた場所からすぐパーキングのことと分かった。ところが、頭についていた「月極」。……

在日六年目にして、初めて青森へ出かけた。駅からとりあえず港のほうへ、観光物産館を目指して歩いていたら、「月極め駐車場」という看板が目に入った。

そのころはもう、リュックには和英と英和ではなく、国語辞典が忍ばせてあったが、「つきぎめ」を引くと、「月極め」と出た！「月ごとの約束、あるいは計算で契約すること」の定義のあとに「『月極め』と書き換える寛容も」と。

（アーサー・ビナード　二〇〇九年　一一二～一一三頁）

だれも「洗っておいで」といわなかったし、手のひらのどこに書くかによって、実は洗わなくても摩擦で早く消えるところと、そうでないところがあるのがわかった。自転車のハンドルを握ったり、カバンを持ち歩いたりすると、その差は著しい。当時のぼくの、毎日の日本語習得は、手のひらのそんな「力学」と密接につながっていた━初めて出くわす言葉を、朝から次々とハンド・メモに付する。一見、いきあたりばったりに見えるが、実は難度を考えた上での作業だ。覚えやすそうなものを摩擦の多い位置に、一筋縄ではいかなそうなものは消えにくい窪んだあたりに。そしてどの語句も、読めなくなる前に頭に入れる。それが「締切」。

（アーサー・ビナード　二〇〇八年　二〇三～二〇四頁）

このようにビナードは一九九〇年に来日して、あらゆる機会をとらえて日本語の学習に励んできたのであり、その結果、二〇〇〇年までには日本語を習得して、かなり自由に正確に使い熟せるようになっていたのである。その成果が第一詩集『釣り上げては』（二〇〇〇年）であり、エッセイ集『日本語　ぽこり　ぽこり』（二〇〇五年）であり、『出世ミミズ』（二〇〇六年）であり、『日々の非常口』（二〇〇六年）であったが、特にこれらのエッセイ集を読めば、ビナードがこれまでに日本語をほぼ完璧にマスターしていたことが了解できるし、これからも「日本語の海を泳ぎ回り」ながら有能なバイリンガルとして華々しく活躍することを予測できるのである。

ビナードは最初は言語レベルでバイリンガルとしての文筆活動を始めたが、それがどのようなものであったか具体例に則して見ておこう。

ある日ビナードは山手線に乗るために改札口を通ってホームに向かっていたが、階段の手前の壁に深い緑の山間の写真を見つけた。それは一畳位の大きさで、その真ん中に英語で次のような文章が書かれていたのである。

How silent! the cicada's voice soaks into the rocks　Basho

断わるまでもなく、これは芭蕉が立石寺で読んだ名句「閑かさや岩にしみ入る蝉の声」の英訳であった。しかしビナードはイングリッシュ・バージョンの味わいが原作のそれとまるで違うのが気になって抵抗を感じたのである。「蝉」をcicadaに置き換えているのは妥当であるが、できれば「蝉」と「声」は複数形にしてcicadas、voicesとして、それに準じて「しみ入る」をsoakとした方がよい。しかし問題は冒頭のHow silent!である。この句の「閑かさ」は音が全くない状態ではなくて、たくさんの蝉が鳴いていてもそれを包み込んでしまう「閑かさ」なのである。そこでこのsilentが問題になってくるのである。たとえば、「無声映画」はsilent movieであり、「黙秘する」はremain silentである。つまり、silentは本来無音・無声の状態を意味するのであり、それゆえhow silent!ではこの句の「閑かさ」を正当に表現することはできないのである。ビナードはこのような問題を考慮しながら自らこの句を英訳しているので参考のために引用しておく。

Up here, a stillness
the sound of the cicadas
seeps into the crags

このようにビナードは「閑かさ」をstillnessと訳し、「しみ入る」をsoakではなくより深くしみ入るseepに、そして「岩」をごつごつのcragsに変えているが、このような作業を経て芭蕉の名句を見事に翻訳することに成功したのである。
もう一例紹介しておこう。ビナードは宮沢賢治の代表作「雨ニモマケズ」について興味深い意見を表明している。ビナードは「雨ニモマケズ」を初めて読んだ時、ニューヨーク中央郵便局の正面の柱に刻み込んである英文を思い出したが、それはこれらの二つの文章が類似していたからであった。

雨ニモマケズ
風ニモマケズ
雪ニモ夏ノ暑サニモマケヌ
丈夫ナカラダヲモチ
欲ハナク
決シテ瞋ラズ
イツモシズカニワラッテヰル

Neither snow,
nor rain,
nor heat,

nor gloom of night
stays these couriers
from the swift completion
of their appointed rounds.

冒頭の四行を比較してみると、順序は違うが、「雨」と「雪」と「暑さ」は共通しているが、「風」と「夜の真っ暗闇」が異なっており、さらにそれ以下の文章はそれぞれ違ったものになっている。それにしても最初の四行の類似は偶然のものなのであろうか。ところでビナードによれば、郵便局のスローガンには原典があったのである。それは「歴史の父」ヘロドトスの『歴史』であり、そこには「雪も、雨も、暑さも、夜の真っ暗闇でさえ、そのメッセンジャーたちが、任された区間を全力疾走することに妨げにはならない」と書かれてあったのである。これらの文章を読み比べてみれば、ニューヨーク郵便局がヘロドトスの『歴史』を本歌取りして真似て書いたことは間違いないだろう。それでは賢治の名詩とニューヨーク郵便局のスローガン及びヘロドトスの『歴史』との関係をどのように考えればいいのだろうか。賢治が二つの文章を知らずに書いたということもありうるが、その可能性はかなり低いと考えるべきである。それなら賢治はどちらの文章を読んで参考にして書いたのであろうか。そこでビナードは次のように推論する。この「雨ニモマケズ」は現在名詩として受容されているが、賢治は作品として完成させていたわけではなく、本を読みながら気に入った言葉を手帳にタイトルもつけずに書き綴っていただけなのであり、賢治の死後、それが発見されて、詩の形に整えられて発表されると、予想に反して代表作と考えられるようになったのである。つまり、賢治はニューヨーク郵便局のスローガンかへロドトスの『歴史』を読んで、気に入った個所をメモ書きしていたのであり、そういった意味で、本歌取りしていたのであり、その結果、名詩「雨ニモマケズ」を創作することになったのである。

これまで二つの例を選んで検討してきたが、これらを見ればビナードが有能なバイリンガルであり、画期的な仕事を成し遂げていることを確認できるであろう。

2

アーサー・ビナードは詩人として創作活動を始めて、二〇〇〇年に『釣り上げては』を、二〇〇七年に『左右の安全』を、そして二〇〇八年に『ゴミの日』を出版している。これからこれらの詩集から何篇かの作品を選択して考察しながら、ビナードがどのような詩を書いているのかを見ていくことにする。先ずはビナードの詩人としての基本的な立場を確認しておこう。

ことば使い

「吠えろ」と怒鳴り
「芸になってない」
と鞭打つ

一行の
輪抜け跳びを
何回もさせる。

いくらおとなしく
馴れているようでもやつらは
猛獣。

（アーサー・ビナード　二〇〇〇年　九頁）

このように詩人とは「ことば使い」なのであり、サーカスの猛獣使いが、おとなしく馴れていても猛獣であるがゆえに、吠えろと怒鳴り、芸になっていないと鞭打ちながら、何度も輪抜け跳びをさせるように、詩人はおとなしく馴れていても荒々しく危険な言葉を怒鳴り鞭打ちながら昇華させて作品に仕上げていくものなのである。ビナードは冒頭で詩人としての基本的な立場を確認して詩人として生きていく覚悟を宣明しているのである。

アーサー・ビナードは二〇一四年に沼野充義と「言葉を疑う、言葉でたたかう」という対談を行っており、その中で第一詩集『釣り上げては』の表題作である「釣り上げては」に言及してその創作過程について語っている。ここでビナードは日本語で詩を書くことについて説明しているので、これを検討しながらビナードの詩がいかなるものなのかを明らかにしたいと思う。

釣り上げては

父はよく、小さいぼくを連れてきたものだ
ミシガン州、オーサブル川のほとりの
この釣り小屋へ。
そして或るとき、コーヒーカップも
ゴムの胴長も、折りたたみ式簡易ベッドもみな
父の形見となった。

カップというのは、いつか欠ける。
古くなったゴムは　いくらエポキシで修理しても
どこからか水が染み入るようになり、

簡易ベッドのミシミシきしむ音も年々大きく
寝返りを打てば起されてしまうほどに。
ものは少しずつ姿を消し、記憶も
いっしょに持ち去られて行くのか。

だが、オーサブル川には
すばしこいのが残る。
新しいナイロン製の胴長をはいて
ぼくが釣りに出ると、川上でも
川下でも、ちらりと水面に現れて身をひるがえし
再び潜って　波紋を描く——

食器棚や押し入れに
しまっておくものじゃない
記憶は　ひんやりした流れの中に立って
糸を静かに投げ入れ　釣り上げては

流れの中へまた　放すがいい。

（アーサー・ビナード　二〇〇〇年　一〇〜一二頁）

ビナードは一九九七年頃にこの詩を書いたが、その時の状況についてこのように語っている。彼は父親について詩を書こうとしていた。父は一九七九年に、つまり、彼が十二歳の時に、飛行機の墜落事故に巻き込まれて不慮の死を遂げてしまったが、彼にとっては大きな存在であり、これまでにいくつかの作品の中で父を登場させて描いている。この作品を書く時にも、父の声が聞こえてきたので英語で書こうとしていたし、タイトルも釣りの用語である「Catch and Release」と決めていた。このようにタイトルも題材も決まっていたし、それを自由詩で書くことも決めていたが、いざ書き出してみると、書けなかったし、その理由もわからなかった。そんなある日当時付き合っていた女性――今の妻が――埼玉県の羽生市で「故郷の詩」というコンクールをやっていて、その年のテーマが「故郷の川」であると教えてくれた。それを聞いた時に、もしかしたら書けるかもしれないと思ったが、この状況では英語で書くわけにはいかないので、日本語で書く可能性を探ることになったが、いろいろ思索を重ねるうちに新たな道が見えてきたのである。

ビナードは父の言葉を聞きながらそれを英語で書こうとしていたが、それを発展させて詩に昇華させることはできなかった。しかし、今回は羽生市の文学コンクールに参加するのであり、そのためには日本語で考えて書かなければならなかったのであり、これが大きな変化をもたらすことになった。つまり、対象に対してある距離を取れるようになって「言葉の向こう側に渡って考える」ようになり、「題材を突き放して、俯瞰できるように」なったのである。ビナードはその時の執筆の状況を次のように解説している。

父が言っていたあの言葉は何だったかということを、言葉だけではなくて、言葉の向うにある現象と事物と、人間関係や自然環境でつなげて、違った視点から捉えられるよう気がしてきて、それを進めていったら「釣り上げては」という言葉が見つかったし、父親と自分の関係も、父親の言葉に振り回されたり支配されたりすることなく、見つけることができたわけですね。

（沼野充義編　二〇一五年　二二四頁）

かくしてビナードは「釣り上げては」を書き上げたのであるが、ここでこの作品がいかなるものなのか簡単に検証しておこう。父は幼いアーサーを釣りに連れて行ってくれたが、その父は飛行機の墜落事故に巻き込まれて不慮の死を遂げてしまい、その時使っていたコーヒーカップも、ゴムの胴長も、折り畳み式の簡易ベッドも、すべてが「父の形見」になってしまった。無論カップも胴長も簡易ベッドも時間の経過とともに姿を消していくものであるが、それでは父の記憶もそれらと一緒に消え去っていくものなのであろうか。そうではないのである。アーサーは時々オーサブル川へ釣りに行くが、今でもすばしこい魚がいて、川上や川下で、水面に現れて身をひるがえして、波紋をえがいているのである。アーサーはこのような光景を目の当たりにしながら、次のように書くのである。

記憶は、ひんやりした流れの中に立って
糸を静かに投げ入れ、釣り上げては
流れの中へまた　放すがいい。

このようにビナードは魚を釣り上げて放すように、父の記憶を流れから釣り上げては流れの中へまた放すのであり、そのような作業を通じて、父の記憶を蘇らせて、父との一体感を確認するのである。

これまで見てきたように、ビナードは日本に来日してから様々なことに積極的に取り組みながら生きてきたが、彼が人生とどのように向き合って対応してきたかを暗示するような作品も書いており、これを読めば彼の人生に対する基本的な態度を理解することができるのである。

懐具合

気になることがあって
答えを探そうと出かけた。

すると、家の玄関のまん前に
不思議に思うことがひとつ
転がっていて、拾ってみた。
少し行くと、今度は道端に
腑に落ちないことが一個
落ちていて、拾って懐に。
そこから公園をつっきったら
なぜだろうと考えることが
ベンチにひょこんと置かれ、
それも拾って、川っぷちへ。
枯れた草の中にかさこそと
疑問に思うことがひそみ、
海辺までくだって行ったら
そこここに未知のことが
打ち上げられていた。

北風に吹かれても帰りは

この疑問符で懐は暖かい。

（アーサー・ビナード　二〇〇七年　二一〇～二一一頁）

ビナードは気になることがあると答えを探すために出かける。そして彼は道々で「不思議に思うこと」や「腑に落ちないこと」や「なぜだろうと考えること」や「疑問に思うこと」や「未知のこと」を拾っては懐に入れて持ち帰るのである。つまり、人生は多くの不可解な謎に満ちているのだが、彼は好奇心が旺盛なので、それらの様々な謎を積極的に受けとめて対応することによって、人生をますます豊かで生きがいのあるものにしていくのであり、それゆえに、北風に吹かれても「懐は暖かい」のである。これが人生における基本的な姿勢なのであり、これを基盤にして真摯に大胆に生きてきたのである。

ビナードはさらに政治や経済や自然環境などに興味を懐き、それらの問題について考察をめぐらして多くの先鋭なる論文を書いて発表している。たとえば、小森陽一との対談集『泥沼はどこだ』（二〇一一年）を読めばその一端を窺い知ることができる。ここでは深刻な自然環境問題を扱った作品を取り上げておく。

道路予定地

その札が立つ更地に

いまサクラソウやシバザクラや
ロベリア、ムスカリ、アイリスも
競うように咲き誇っている。
拡幅工事が来週にも始まって
みなアスファルトの下に
葬られる運命だというのに……
それとも、工事を
見越しての花盛りなのか。
ずっと先に待っている
アスファルトが割れて
街が土に戻るその日を。

（アーサー・ビナード　二〇〇七年　九二〜九三頁）

更地には道路予定地の札が立っていて来週から拡幅工事が始まることを告げている。その更地では今サクラソウやシバザクラやロベリアやムスカリやアイリスなどが「競うように咲き誇っている」が、工事が始まればアスファルトの下に葬られてしまうのが避け難い運命である。しかしここで想起しなければならないのは、ビナードが幼い頃から父と共に自然に親しんできたことであり、そのような体験に則って独特の自然観を形成して積極的に環境問題に取り組んできたことである。

そしてビナードはこのような観点から花盛りの花々を見ながら正反対の可能性を提唱することになるのである。つまり、花々は咲き誇りながら、拡張工事を見越して「アスファルトが割れて街が土に戻る日」を待っているのであり、換言すれば、花々は毎年芽を出して咲き続けるのであり、その間に街はアスファルトが割れて土に戻っていってしまうのである。このように自然とは不滅の生命体なのであり、多くの人為的な障害を乗り越えて生き永らえていく有機的な存在なのである。

これまでビナードの三篇の詩を選んで考察してきたが、これらの作品を読んでみれば、彼が日本語に習熟して詩作に励んで人生における様々な問題に取り組んできたことがわかるであろう。このようにビナードはバイリンガルの詩人として日本語で優秀な詩を書き、それが高く評価されて中原中也賞を受賞したりしているのである。

3

ビナードはバイリンガルの詩人として日本の詩を英訳したり、英米の詩を和訳したりしており、これはビナードらしい独自の創作活動であるから考察しておきたいと思う。

ビナードは二〇〇七年に『日本の名詩、英語でおどる』を出版したが、これは日本の二六名の詩人たちの名詩を英語に翻訳したものである。それにしても彼はなぜこの詩集を出版したのであろうか。それは日本の詩を英訳して外国へ旅立たせるためだったのであり、それに関して次のように説明している。

ぼくにとっては、翻訳作業が究極の接近で、日本語の詩と向き合って呼吸を合わせ、ふたりで英語の大ホールへと踊り出す。最初のぎこちなさを乗り越え、ステップの練習を重ねるうちに、詩はだんだんとパートナーのぼくを離れ、やがて自分ならではのダンスを繰り広げる。

（アーサー・ビナード　二〇〇七年　二頁）

このように名詩は「英語でおどる」のであり、踊っているうちに、翻訳者から離れて自立して、独自のダンスを繰り広げることになり、その結果「時代を超越した普遍的な作品」であることを立証するのである。

ビナードは独自の観点から二六名を選抜している。萩原朔太郎、山村暮鳥、山之口貘、茨木のり子、石原吉郎、中原中也、高田敏子、小熊秀雄、菅原克己、竹内浩三、岩田宏、まど・みちお、与謝野晶子、高村光太郎、石垣りん、高木恭造、鶴彬、堀口大学、柳原白蓮、金子光晴、三井ふたばこ、中村千尾、壷井範治、大塚楠緒子、黒田三郎、室生犀星である。萩原朔太郎、高村光太郎、堀口大学、金子光晴、室生犀星に関して言えば、文学史的にも無難で妥当な選択であると考えられるが、その他の詩人達に関して言えば、かなり異例で大胆な選択であって、そこにはビナードの個人的で独自な文学観を認めることができる。たとえば、竹内浩三、石垣りん、鶴彬、柳原白蓮、三井ふたばこ、中村千尾、大塚楠緒子達はこれまでこのような選集に選抜されたことはあまりなかったに違いないのであり、そういった意味で、ビナードの独特の見識を認めて高く評価しなければならないのである。そして興味深いのは小熊秀雄を選抜していることであるが、それはビナードが詩人になる過程で小熊秀雄から大きな影響を受けて詩人としての一歩を踏み出したからであった。そのような事情を勘案して小熊秀雄の作品を取り上げて検討しておくことにする。

先ずは小熊秀雄がどのような人物なのか簡単に紹介しておく。一九〇一年に北海道小樽市に生まれ、十五歳の頃から独立して、様々な職につきながら短歌を詠むようになった。一九二二年に旭川新聞社会部の記者となり、その後文芸欄を担当することになり、詩、童話、短編小説を書き始めた。一九二八年に上京して、精力的に諷刺詩と長篇叙事詩を書き、絵画論を執筆して多才な作家としての地歩を固めた。一九三五年に『小熊秀雄詩集』と『飛ぶ橇』を出版して、一九四〇年に死去した。ビナードは小熊秀雄に関してたびたび言及している。先に紹介したように、日本語学校の市川先生がビナードの人生において重要な役割を果たしていた。彼女は椎名町の塾の教室で小熊秀雄の詩画集を見せてくれたが、最初の詩は「しゃぶり捲くれ」であったが、それを読んで決定的な影響を受けることになったのである。

……
私は、いま幸福なのだ
舌が廻るということが!
沈黙が卑屈の一種だということを
私は、よく知っているし、
沈黙が、何の意見を
表明したことにも
ならない事も知っているから——
私はしゃべる、
若い詩人よ、君もしゃべり捲くれ
……

(小熊秀雄　一九八二年　八九頁)

小熊はここで厳しい検閲と無能な評論家に非難を浴びせているが、ビナードはこれに衝撃を受けて「間違ったっていい、周りを気にするな」と励まされて「ぼくは日本語で詩を書くんだ」と本気で考えるようになったのである。つまり、市川先生が見せてくれた小熊秀雄の詩画集がビナードを詩の世界へ大きく前進させることになったのである。

ビナードは日本語学校でのもう一つの経験について語っている。ある日中級クラスで、市川先生が小熊秀雄の『焼かれた魚』という童話のコピーを配り、一週間かけて全員で読破したのである。これは焼かれて白い皿の上にのせられている秋刀魚をめぐる物語である。秋刀魚は広々とした海に帰って、両親と兄妹たちに会いたいという願いに駆られて海に帰ろうと決心する。最初に飼い猫に頬の肉をやって橋の上まで運んでもらい、次に溝鼠に片側の肉をやって野原まで運んでもらい、次に野良犬に残りの片側の肉をやって森まで運んでもらい、次に烏に二つの目玉をやって丘の上まで運んでもらい、最後には蟻たちが善意で崖まで運んでくれた。そして秋刀魚は崖から海へ飛び込んだのである。秋刀魚は必死に泳ぎまくったが、両親と兄妹たちと再会するという目的を達することなく、岸に打ち上げられて白い砂に埋もれてしまったのである。これは救いようのない悲しい物語であるが、しかし、生物全体に共通する運命なのであり、小熊秀雄は尋常ならざる「洞察眼とすわった肝っ玉」を発揮してこの傑作を創造することになったのである。

このようにビナードは来日して数か月後に市川先生を介して小熊秀雄の作品に接して大きな影響を受けて、日本語で詩を書こうと決心して、数年後に『釣り上げては』を出版して、詩人として文壇に登場することになったのである。このような事情を鑑みれば、ビナードがなぜ小熊秀雄の作品を選んだのかその理由を了解することができるであろう。

馬の胴体の中で考へてゐたい

……
村をでてきて、私は詩人になった
ところで言葉が、たくさん必要となった
人民の言ひ現はせない
言葉をたくさん、たくさん知って
人民の意志の代弁者たらんとした
のろのろとした戦車のやうな言葉から
すばらしい稲妻のやうな言葉まで
言葉の自由は私のものだ
誰の所有でもない
突然大泥棒奴に、
——静かにしろ
声をたてるな——
と私は鼻先に短刀をつきつけられた、
かつてあのように強く語った私が
勇気と力を失って
しだいに沈黙勝にならうとしてゐる

私は生まれながらの唖でなかったのを
むしろ不幸に思ひだした
もう人間の姿も嫌になった。
……

（アーサー・ビナード　二〇〇七年　四六〜四九頁）

……
Years later, I left to become a poet,
And found that I needed all sorts of words
Not in a villager's vernacular.
So I set about learning them
in profusion, then tried to be a speaker
for the will of the people.
From weighty terms rumbling like army tanks
To flashy phrases, lightninglike,
all were mine to wield freely.
No one owns the language.
But suddenly, "Shut up !

You'll keep quiet
if you know what's good for you"
Chief Thief thrust his dagger in my face.
Strength and courage fail me.
I, who once spoke without trepidation,
become closemouthed, and almost
regret that I wasn't born mute.
The sight of humans sickens me.
……

ここで思い出さねばならないのは、小熊が年少の頃から極貧の生活を強いられてきたことであり、その結果、一九三二年に「日本プロレタリア作家同盟」に参加してプロレタリア詩人として活動してきたことである。彼は「沈黙」とは「卑屈の一種」であり「何の意見を表明したことにならない」と考えていたので、国家権力と対峙して「しゃべり捲くる」のであり、そうすることによって「敵を沈黙させる」ことを企図するのである。

このように小熊は「詩人」となって「たくさんの言葉」を知って、それらを自由に使い熟しながら「人民の意志の代弁者」として「敵」を風刺し批判を浴びせた。すると「大泥棒奴」なる国家権力が反撃に出て「鼻先に短刀」をつきつけて「静かにしろ、声をたてるな」と恐喝したのである。そのために「私」は「勇気と力」を失って「沈黙勝」になり自己嫌悪に陥ってしまって、ついには故郷に帰って「馬の胴体の中で考えてゐたい」などと言い出すのである。このように小熊は厳しい政治状況の中で詩人として活動していたのであり、時には国家権力からの脅迫を受けて無力感にとらわれて現実逃避を試みることもあった。それでも小熊はその度に自己反省して根本的な立場に立ち返って「しゃべり捲くって」多彩で秀逸なる業績を遺すことになったのである。

最後にビナードの翻訳について一言。ビナードは全体としては原典に準拠して翻訳しているが、必要な場合には大胆に言葉を補って理解しやすい文章に訳している。たとえば、「静かにしろ　声をたてるな」を「Shut up ! You'll keep quiet if you know what's good for you」と意訳し、さらに「私は生まれながらの唖でなかったのをむしろ不幸に思ひだした」を「(I) almost regret that I wasn't born mute」と意訳して理解がしやすいものにしている。さらにビナードは「ところで言葉が、たくさん必要となった　人民の言ひ現はせない　言葉をたくさん、たくさん知って」を「(I) found that I needed all sorts of words not in a villager's vernacular. So I set about learning them in profusion」と訳しているが、ここで「人民の言ひ現はせない」を敢えて「not in a villager's vernacular」と訳しており、その結果、全体としては行き届いた適正な翻訳になっていて、そのために「古めかしい表現がみんないったん外され、逆に中身のほうが前面に出る」のであり、その結果「時代を超越した普遍的な作品」となるのである。

ビナードは二〇一五年に『もしも、詩があったら』を出版したが、その中で多くの英米の詩人の作品を選んで和訳して紹介している。ここではボブ・シーガーの「カトマンズ」を取り上げる。彼はミシガン州デトロイト出身のロックミュージシャンであり、一九七五年にこの曲を作詞作曲して発表したのである。これはかなり長い曲であるが、ビナードはその冒頭の部分を抜粋して和訳しているので引用しておく。

Katmandu

I think I'm going to Katmandu!
That's really, really where I'm going to.
If I ever get out of here,
That's what I'm gonna do.
K,K,K,K,K,Katmandu!
I got no kick against the West Coast.
Warner Brothers are such good hosts.
I raise my whiskey glass and give them a toast.
I'm sure they know it's true.

I got no rap against the Southern States.
Every time I've been there it's been great.
But now I'm leaving and I can't be late
And to myself be true.
That's why I'm going to Katmandu!
Up to the mountains where I'm going to.
If I ever get out of here,
That's what I'm gonna do.
K,K,K,K,K,Katmandu!

カトマンズ

ぼくはカトマンズに行くんだ！
本当に本気で行くつもりなんだ。
もし、いつか、ここから出られるのなら
ぼくはきっとそうするんだ。
カカカカカカトマンズ！

アメリカの西海岸に対して
べつに不満があるわけじゃない。
ワーナー・ブラザーズはいつもあたたかく
手厚くもてなしてくれるから、ぼくは
このウイスキーグラスで彼らに乾杯をおくろう。
(おくらなくても、彼らは自信満々だろうが)
アメリカの南部に対しても
なにひとつ恨みはないぜ。
何度もお邪魔にあがって、めちゃくちゃ
楽しませてもらったんだ……でもぼくはもう
出て行くんだ、これ以上とどまっていたら
自分にウソをついてることになるからだ。
だからカトマンズへ行くんだ!
山の上のほうに、本当に行くつもりなんだ。
もし、いつか、ここから出られるのなら
ぼくはきっとそうするんだ。
カカカカカカカトマンズ!

(アーサー・ビナード 二〇一五年 一二三〜一二八頁)

ボブ・シーガーは最初の五行でアメリカを出て、ネパール王国の首都カトマンズへ行くことを宣言している。なぜアメリカから出るのか、なぜカトマンズへ行くのか、その理由を語ってくれない。彼は「本気で」アメリカを出てカトマンズへ行きたいのであり、それはこの一節が何度も繰り返されている事実からも推察することができる。

そして六行目以降のパラグラフを読むと、ボブ・シーガーがアメリカを忌み嫌っているわけではないのが分かる。「西海岸」に「不満」を感じてはいないし、「南部」に「恨み」を懐いてはいないのである。彼はただ自分自身に誠実でいたいと望んでいるのであり、そのためにはアメリカを出てカトマンズへ行かなければならないのである。

ここでビナードの翻訳に関して感想を述べておくことにする。先ずは九行目の「I’m sure they know it’s true.」の翻訳である。ビナードはここを「おくらなくても、彼らは自信満々だろうが」と訳しているが、この「it」は前の一行を受けているのであり、「きっと彼らはその通りであることを知っている」と訳すべきだと思う。次は十三行から十四行にかけての「But now I’m leaving and I can’t be late / And to myself be true.」の翻訳である。この部分を文字通りに訳せば「でもぼくはもう出て行くんだ、これ以上遅れるわけにいかない　自分に誠実でなければいけないのだ。」という風になるのだろう。ビナードはこれを「でもぼくはもう出て行くんだ、これ以上とどまっていたら自分にウソをついてることになるからだ」と訳している。つまり、「遅れる」を「とどまっている」と訳し、「自分に誠実でなければならない」を「自分にウソをついていることになる」と訳しているが、これはかなり大胆な翻訳であり、原文から乖離した意訳であると言わざるをえないのである。

この後でビナードは「カトマンズ」に関わる興味深いエピソードを語っているので紹介しておく。先に述べたように、ビナードは一九九〇年にコルゲート大学を卒業して数か月後に「ジャパンに行くんだ！」と決心して池袋の片隅に住み着くことになったのである。そして数年後にビナードはラジオの仕事で青森へ通うようになったが、そこで吉幾三の「俺ら東京さ行ぐだ」を聴いて、日本にもこんな歌があったことに驚嘆することになったのである。

テレビも無え　ラジオも無え
車もそれほど走って無え
ピアノも無え　バーも無え
お巡り毎日ぐーるぐる
朝起きて　牛連れで
二時間ちょっとの散歩道
電話も無え　瓦斯も無え
バスは一日一度来る

俺らこんな村いやだ　俺らこんな村いやだ
東京へ出るだ
……

（吉幾三　二〇〇六年）

これはまさに徹底した無い無い尽くしであるが、ビナードはこの出だしの列挙のおかしさに一気に引き込まれ「俺らこんな村いやだ」のリフレーンを経て「東京へ出るだ」に至って、突然ボブ・シーガーの「カカカカカカトマンズ」というしわがれ声を思い出し「一瞬にしてミシガンの故郷と未知のネパールへワープした」のであった。さらにビナードはこの曲に関して興味深い発言をしている。「俺ら」は村を捨てて東京へ出ることになったが、そこで何をしようとしているのであろうか。「俺ら」は「東京で牛飼うだ」、「東京で馬車引くだ」、「銀座に山買うだ」と言っているが、これで明らかなように、「俺ら」は青森の村の生活をそのまま東京へ移植しようとしているのである。つまり、これは青森に悪口を浴びせているが、実は村に捧げる讃歌なのである。そういった意味で、吉幾三の「俺ら東京さ行ぐだ」を聞いた時、ビナードはボブ・シーガーの「カトマンズ」を想起して瞬時に「ミシガンの故郷と未知のネパールへワープした」のである。

4

ビナードは好奇心が旺盛なバイリンガルの作家であり、絵本や昔話や童話を精力的に創作したり翻訳したりして画期的な成果を挙げてきたので、最後に代表的な作品をいくつか選んで紹介しておくことにする。

ビナードはこれまで日本語で多くの絵本を創作してきたが、ここでは『ここが家だーベン・シャーンの第五福竜丸』と『さがしています』を取り上げて考察しておく。

先ずは『ここが家だーベン・シャーンの第五福竜丸』であるが、ビナードはベン・シャーンの『Lucky Dragon Series』を素材にしてこの絵本を創作して二〇〇六年に出版したのであり、翌年には日本絵本賞を獲得することになった。

ここで簡単にベン・シャーンがいかなる画家であったのかみておこう。ベン・シャーンは一八九八年にリトアニアに生まれ、七歳の時に家族と共にアメリカに移住してブルックリンに住み着いた。小学生の頃から絵の才能を発揮して、中学を卒業するとリトグラフ工房で石版工の見習いとなって修業を積んで、これを基盤にして画家として活躍するようになった。

彼は画家として多彩な成果を挙げているが、その一環として何度か連作を製作している。一九三二年にはサッコ・ヴァンゼッティ事件を主題にして連作を創作した。サッコとヴァンゼッティはアナーキストであり、そのために一九二〇年にマサチューセッツ州で起きた強盗殺人事件の犯人として逮捕され、その証拠は皆無だったが、有罪判決が下され、七年後に電気椅子で処刑されてしまったのである。ベン・シャーンはこの理不尽で不当な処刑に抗議して二十三点から成る連作を創作したのである。

次いでベン・シャーンはトム・ムーニーに関する連作を制作している。ムーニーは西海岸の労働運動の指導者であり、一九一六年に起った爆破事件で冤罪を着せられて刑務所に収容されてしまった。ベン・シャーンはこの事件を取り上げて人間味溢れる連作に仕上げたのである。

そしてベン・シャーンは最後の連作に取り組むことになったが、それが『ここが家だ―ベン・シャーンの第五福竜丸』だったのである。事件は一九五四年三月一日に起った。第五福竜丸は一九五四年一月二二日に二十三人の漁師を乗せて焼津港を出港した。最初にミッドウエイ海へ行ったがマグロは見つからなかったので、マーシャル諸島へ行くとマグロの群れに遭遇して、寝る間もなくマグロを釣り上げた。そして運命の三月一日の夜明け前、西の空がまっ赤に燃えたのである。アメリカ国防総省が密かに水爆実験を行ったのである。ここでビナードは挿画として「We did not know what happened to us」を使っているが、これを見れば水爆の爆発の破壊的な威力を想像することができる。しばらくすると放射能の灰が降り注いで、二十三人の漁師たちは気持ちが悪くなり、頭痛とめまいに襲われ、顔が黒くなり、身体中にデキモノができて、髪の毛が抜け始めたのである。彼等は三月一四日に焼津港に帰還して直ちに病院へ行った。放射能は鼻の穴と耳の穴と爪の間に潜り込んで身体を蝕んでいったのである。久保山愛吉さんは第五福竜丸の無線長であり、家には奥さんと三人のかわいい娘さんがいた。しかし病状が悪化したので八月に東京の病院に移って治療を続けたが、それも空しく九月二三日に「原水爆の　被害者は　わたしを　最後にしてほしい」と語って逝去したのである。人々は久保山さんを忘れないと誓ったが、それは、ビキニの海も、日本の海も、アメリカの海も、「ぜんぶ　つながっていること」を、そして、「みんなが　まきこまれる」という冷厳な事実を認識したからであった。しかし、それで安心することはできない。なぜなら、原水爆を作っていつか使おうと考えて実験を繰り返している「ひとたち」もいるからである。私たちは久保山愛吉さんの悲劇をこれからも「おぼえていて」いつまでも「わすれてはいけない」のである。

ビナードはここでベン・シャーンの『Lucky Dragon Series』に触発されて原水爆問題に取り組んで、その危険性を認識して、それに抗議し批判を加えることになったが、その後もそのような立場を堅持し推し進めて、二〇一二年に『さがしています』を出版することになったのである。

ビナードは一九九五年に、つまり、二十八歳の時に、初めて広島を訪れたが、それ以降何度も訪れて、出会った市民と語り合い、平和記念資料館へ行って多くの展示物を検分し、被爆者の話を聞いて「ピカドン」がいかなるものであったかを認知することになったのである。たとえばビナードは二〇一五年七月に大岩孝平さんと対談をしている。大岩さんは一九四五年八月六日、十三歳の時に、広島の自宅で「ピカ」に遭遇した。B二九爆撃機が午前八時十五分に原子爆弾「リトルボーイ」を投下したのである。大岩さんは当日お腹の調子が悪かったので学校を休んで八畳間に布団を敷いて寝ていたが、突然「ピカァァァッ！」とものすごい光が飛び込んできて、爆風に部屋の反対側へ吹き飛ばされてしまった。その後外へ出てみると多くの人々がゾロゾロと歩いてきたが、彼らの顔は真っ黒に焼け、髪の毛はちりちりに焦げて、腕を突き出していたがその皮膚はむけて爪にからんでいた。彼らはこのように生身のまま焼かれて大火傷して倒れて死んでいったのである。大岩さんは「ピカ」を浴びたが、すぐに失神してしまったので「ドン」は聞いていないと証言しているが、これが「ピカ」ないし「ピカドン」の禍々しい実体なのであり、約十四万人の市民を殺戮し、多くの生き残った市民たちを放射線の後遺症で苦しめて悲惨な人生を送らせることになったのである。

このように「ピカドン」は広島の町を破壊し、約十四万人の市民を殺戮したが、その残滓たる多くの遺品が現在平和記念資料館の地下収蔵庫に収納され保存されている。その数は二万一千点に及んでいるが、今回ビナードはその中から十四点を選んでこの『さがしています』を創作したのである。

ビナードは執筆の動機について書いているので参考のために紹介しておく。先に述べたように、ビナードは広島をしばしば訪れて資料館を巡って展示物と対面していたが、その時稀有なる不思議な経験をしていた、つまり、声なき「ものたち」の声が聞こえてきたのである。このような経験に基づいて、「ものたち」をカタリベにしてそれらが発する言葉を聞いて書きとったのがこの『さがしています』という作品なのである。ここで一つの作品を選んで検討しておく。

おはよう　おはよう
　おはようございます
あなたにとって「いま」は　なん時？
わたしにとって「いま」は　いつでも
あさの　八時十五分。

もともと　わたしの
ながい　はりと　みじかい　はりは
「おはよう」の　あと　ちくたく　ちくたく
「こんにちは」「こんばんは」
「おやすみ」へ　まわっていました。
ヒロシマの　にぎやかな　とこやさんの
かべに　かかって。
わたしは　みんなに
「なん時」って　おしえるのでした。

でも　八月六日の　あさ　八時十五分に
ピカアアアアッと　きました。

あの光は　わたしの「顔」の「二」にも
「三」にも「三」にも「八」や
「九」の　数字にも　ささってきました。
わたしの「いま」は　とまったのです。

「おはよう」の
あとの「こんにちは」を
わたしは　さがしています。

（アーサー・ビナード　二〇一二年）

この時計は広島の繁華街にあった濵井理髪店の壁で時を刻んでいた。八月六日の朝、爆心地から二百メートルの店舗と住宅には主人の濵井二郎さん、奥さんのイトヨさん、長女の弘子さん、長男の玉三さんがいたが、四人は被爆して死去した。親戚の者が瓦礫の中からこの時計を掘り出して、一人だけ助かった末っ子の徳三さんが大切に保持していたのである。

時計は朝の八時十五分を指して止まっている。それまでは「ちくたく」まわって「おはよう」、

「こんにちは」、「こんばんは」、「おやすみ」と告げていたのである。だが八月六日の朝に「ピカアアアアアッ」がきて、それ以降八時十五分を指したままで止まってしまって、無言のうちに非情なる「ピカドン」と悲惨な戦争を告発し断罪しているのである。しかしそれだけで済ますことはできなかった。ビナードは「ものたち」の語りを聞きながら「新しい視点」を獲得することになって、過去を温存しながらも敢えて未来を選び取ることを決断したのである。つまり、時計は過去にとらわれたまま停止していられなくなって、未来に向かって一歩進み出して、「おはよう」のあとの「こんにちは」を「さがす」ことになったのである。

ビナードはこれ以外にも十三点の遺品を選んで、その来歴を鑑みながら作品を書いているが、それぞれがいずれも説得力のある優れた作品に仕上がっており、その結果この『さがしています』はビナードの代表的な作品になったのである。

さらにビナードは多くの昔話や童話を英訳したり和訳したりしてきているが、ここでは英訳した『雨ニモマケズ』と『花さき山』と、和訳した『どうぶつ　どうしてどんどんと』と『えをかくかくかく』を取り上げて紹介しておく。

先ずは「雨ニモマケズ」であるが、これは人気のある宮沢賢治の代表作なのでこれまで多くの人たちが翻訳を試みてきている。ここでは最初の四行を取り出して比較検討しておくことにする。

雨ニモマケズ

風ニモマケズ
雪ニモ夏の暑サニモマケヌ
丈夫ナカラダヲモチ
慾ハナク
決シテ瞋ラズ
イツモシズカニワラッテイル

Not losing to the rain
Not losing to the wind
Not losing to the snow or to summer's heat（Wikipedia version）

I will not give in to the rain
I will not give in to the wind
I will have a healthy body
that won't give in to the snow
or to the summer's heat（松香フォニックス）

Unbeaten by rain
Unbeaten by wind
Unbeaten by the snow and the summer's heat (Yasuko Akiyama 訳)

Strong in the rain
Strong in the wind
Strong against the summer heat and snow (ロジャー・パルバース訳)

Not even the rain
And not even the wind
Will stop me (NHK CD BOOK)

これまで最初の四行の五つの訳例を紹介してきたが、その中の三つの訳は基本的には本文に則して訳している。無論「losing to」とか「giving in to」とか「unbeaten by」とかそれぞれ違った言葉を選んでいるが、全体としては本文を尊重してそれに沿って訳しているのである。それに対してパルバースは本文に沿いながらも大胆な訳を試みている。具体的に言えば、「マケズ」を「strong」と訳しているが、ここにパルバースの独自性を認めることができる。このようにパルバースは翻訳を通じて宮沢賢治の新局面を切り拓くことになったのであり、これは高く評価しなければならないのである。ここで注目すべきはNHKの「Enjoy Simple English」の訳である。ここで「マケズ」を大胆に「Not……stop」と訳しているのであり、これがビナードに大きな影響を与えることになったものと思われるのである。

ビナードはこのような文脈を踏まえて二〇一三年にこの作品を次のように訳している。

Rain won't stop me.
Wind won't stop me.
Neither will driving snow.
Sweltering summer heat will only
Raise my determination.
With a body built for endurance,
　A heart free of greed,
I'll never lose my temper,
　trying always to keep
a quiet smile on my face.

この英訳を最初に読んだ時、私は「stop」という言葉を使って訳しているのに違和感を懐いた。つまり、この「stop」で「マケズ」を適切に翻訳できているとは考えられなかったのである。しかし主人公の一連の行動を思い合わせてみると、この「stop」が絶妙に機能しているのが了解できるのであり、その結果ビナードが「stop」を使っているのは正当であると考えるようになったのである。ビナードはこれ以外の個所で柔軟に大胆な翻訳を行っている。たとえば「アラユルコトヲ ジブンヲカンジョウニ入レズニ」を簡潔に「Profit must never be the issue」と訳しているし、訴訟や喧嘩があれば「ツマラナイカラヤメロトイヒ」を逆に論理的に「I'd urge all parties to come together and talk things over」と意訳して理解し易いように訳しているのである。このようにビナードは詩人としてこの作業に取り組んで、慎重かつ大胆に翻訳を進めて、『Rain Won't』という画期的な詩集を出版することになったのである。これを読めばビナードが詩人としての才能を発揮して独自な翻訳を成し遂げていることがわかるだろう。

次は『花さき山』であるが、これは一九六九年に斎藤隆介・作、滝平二郎・絵で出版された作品である。斎藤は花を見て山を見るたびに「花を咲かせ、山を盛り上げている力」は何なのだと想いを馳せていたのであり、その課題を映像化して創作したのが『花さき山』だったのである。そしてそれから五十一年後にビナードが『花さき山』を英訳して『Heartbloom Hill』として出版したのである。

あやは山菜をとりに山奥まで登って行って山ンばと出会った時、山ンばは一面に咲き誇っている花を指しながら、なぜ花がきれいなのか、花はどうして咲くのか、教えてくれた。つまり、村の人間がやさしいことをひとつすると、花がひとつ咲くのである。そして、あやの足元に赤い花が咲いていたが、それはあやが昨日咲かせた花だと言った。昨日妹のそよが祭りの赤いべべを買ってくれと駄々をこねた時に、あやは家が貧乏でべべを一枚しか買えないことを知っていたので、妹にゆずって、自分は辛抱した。そう、その時にその赤い花が咲いたのである。さらに近くに青い花が咲いていたが、それは双子の赤ん坊の上の子が咲かせたものだった。弟は片方のおっぱいから飲みながら、もう片方のおっぱいもはなさない。上の子はそれを見て辛抱していたが、目からは涙がつゆとなって落ちてその青い花を咲かせたのである。つまり、あやと上の子のやさしさとけなげさが「花になって　さきだすのだ」。山だって村の人間がやさしいことをした時に生まれるのである。この山は八郎という山男が身を挺して高波を防いで村を守った時に生まれたのであり、あの山は三コという大男が山火事になった山に被さって村や森が燃えるのを防いで焼け死んだ時にできたのである。あやは山から帰って、おとうやおっかさんやみんなに、山ンばから聞いたことを話したが、だれも信じてくれずに、夢でも見てるんだろうとか、狐に化かされているんだろうと言った。あやはまた一人で山へいってみたが、山ンばに会わなかったし、花も見なかったし、山も見つからなかった。しかし、あやはこの話を信じていて、やさしいことをした時に「あっ！　いま、花さき山で、おらの、花が、さいているな」と思うことがあるのである。

ビナードはこの作品を読んで感動して翻訳することになったが、それがどのようなものになったのか検証しておこう。先ず最初にビナードは題名の『花さき山』を『Heartbloom Hill』と訳しているが、「花さき山」とは「心が花さく山」であるので、この作品の題名として相応しい適切な訳であると考えていいだろう。

ビナードは独自の感性を発揮して、自由自在に削除したり、筋を通すために論理的な文章に意訳しながら、翻訳作業を進めている。二個所だけ選んで検証しておく。

この花は、ふもとの　村の　にんげんが、　やさしいことを　ひとつすると　ひとつさく。
あや　おまえの　あしもとに　さいている　赤い花、それは　おまえが　きのうさかせた　花だ。

If someone helps another, out of kindness,
Straight from the heart, a flower grows.
Aya, you made that red one yesterday.

（アーサー・ビナード　二〇一〇年）

ここでビナードは「やさしいことを　ひとつすると」を「If someone helps another out of kindness, straight from the heart」と訳しているが、人の心情を仔細に書き込むことによって読者の理解を促しているのである。

この　山は　八郎っていう　山おとこが　八郎潟に　しずんで　高波を　ふせいで

村を　まもったときに　うまれた。

His name was Hachiro, and he could see the future. When a big wave was coming, a tsunami, Hachiro knew it would strike his village. He warned everyone, helped them to safety, but he himself don't make it. The wave swallowed him. His body became this hill.

（アーサー・ビナード　二〇一〇年）

ビナードが本文を無視して津波の状況を詳細に描写しているので、八郎は村を救って死んでしまうが、そのおかげでこの山が生まれたことを理解することができる。これはビナードが意図したことであり、それなりに評価することもできるが、しかし問題は残るのである。ここまで本文から逸脱して意訳するのは許されるのであろうか。おそらくビナードはこの正当性を主張するだろうが、それでも私はいささか疑念を禁じ得ないということを申し添えておく。

これまでビナードが英訳した作品『雨ニモマケズ』と『Heartbloom Hill』を取り上げて検討してきたが、同時にビナードは多くの童話を和訳しているのであり、ここでは『どうぶつ　どうしてどんどんどんと』と『えをかくかくかくかく』を選んで簡単に検討しておくことにする。

先ずは『どうぶつ　どうして　どんどんどんと』であるが、マイケル・フォアマンが二〇一〇年に出版した『Why The Animals Came To Town』を、ビナードが二〇一一年に『どうぶつ　どうして　どんどんどんと』と和訳して出版したものである。

「ぼくは」真夜中に不思議な音を聞いて目を覚ました。それは足音であり、世界中の動物たちが「どんどんどんと」やって来て「ぼく」の家の前で歌い出したのである。

みんな　めざめて　はやく　めざめて　いま　めざめなきゃ　まに　あわない！
みんなの　ちきゅうが　くずれてる！　もえている！　しずんでいる！　ゴミの
やまに　うずもれる！　はやく　みんな　めざめて！　（アーサー・ビナード　二〇一一年）

世界は今危機的な状況にある。砂漠が広がり、北極と南極の氷が溶けだし、森林が焼け尽くされており、世界中の動物たちがその危機を感知して「みんな　めざめて！」と警告を発しているのである。その後「ぼく」は動物たちと町を歩き回って、夜明けとともに動物たちと別れて家に帰ってきたのである。「ぼく」は動物たちと一緒に夜を過ごすことによって、「みんなが　いきて　くらせる　ばしょが　あるから　ぼくらも　たのしいんだ」という事実を学んだのであり、そのような立場から、「どうぶつたちの　うた」を歌おう、「この　ちきゅうが　あぶないって」言おうと提唱するのである。

次は『えをかくかくかく』であるが、エリック・カールが二〇一四年に出版した『The Artist Who Painted a Blue Horse』を、ビナードが同年に『えをかくかくかく』と和訳して出版したものである。「ぼく」は「え」をかいて「えかき」になろうとするが、その際「ぼく」は「まちがったいろ」はないと考えているので、「いちばん　ぴったりの　いろ」を自由に探して「え」を「かく」ことになるのである。「ぼく」は「あおい　うま」を、「あかい　わに」を、「きいろい　うし」を、「みどりの　ライオン」を、オレンジいろの　ぞう」を、「むらさきいろの　きつね」を、「くろい　しろくま」を、そして「みずたまもようの　ろば」を「かく」のである。というのも「えかき」は「いちばん　ぴったりの　いろ」を自由に探して「かく」ものであり、そうすることによって「じぶんの　ほんとうの　えを　かく」ことになるからである。つまり、画家（＝芸術家）は本質的に自由なのであり、たとえ基準を逸脱したとしても、自信をもって「いちばん　ぴったりの　いろ」を探し出して勇気を発揮して「ほんとうの　えを」「かく」べきなのである。

これまでビナードの作家活動を全体的に分析検証してきた。彼は有能な英語と日本語のバイリンガルであり、多方面にわたって執筆活動を展開して、多彩な優れた成果を挙げてきたのである。彼は本質的に詩人であり、これまで三冊の自由詩の詩集を出版してきたが、その価値が認められて、第一詩集『釣り上げては』で中原中也賞を受賞している。それだけに止まらずに、日本の二十六人の詩人たちの作品を英訳して『日本の名詩、英語でおどる』を、そして、英米の詩人たちの作品を和訳して『もしも、詩があったら』を出版している。また彼は日本の絵本や昔話や童話にも造詣が深く、『ここが家だ――ベン・シャーンの第五福竜丸』や『さがしています』などの問題作を創作しているし、『雨ニモマケズ』や『花さき山』などを英訳し、『どうぶつ　どうして　どんどんと』や『えをかくかくかく』などの童話を和訳して出版している。さらに彼は人間や社会や世界にも強い関心を示しており、日本語を駆使して、内外の文化、政治、経済に関して精力的に論陣を張って執筆に専念して、これまでに六冊のエッセイ集を上梓しているのである。このようにビナードはアメリカ生まれの英語と日本語のバイリンガルとして、多才な才能を発揮して多彩な成果を挙げてきたのだが、ここで銘記すべきはビナードが現在五十六歳であることである。つまり、彼はこれからの長い将来を見据えて、真摯に作家活動を継続して、独自の優れた仕事を成し遂げてくれるに違いないのだ。そういった意味で、私たちはこれからもビナードの自由奔放で革新的な作家活動を注視していかなければならないのである。

第四章　カズオ・イシグロ——日系イギリス人作家の宿命

1

カズオ・イシグロ(＝石黒一雄)は二〇一七年にノーベル文学賞を受賞して一気に世界に名を馳せることになった。特に日本で関心を集めて話題を振り撒くことになったが、それはイシグロが日系のイギリス人作家だったからである。来歴を確認しておこう。イシグロは一九五四年に長崎市に生まれて、一九六〇年、五歳の時に、家族と共にイギリスに渡った。父親が優秀な海洋学者であり、イギリス政府に招聘されたからであった。当初父親は一年か二年後には帰国するものと考えていたが、予想に反してイギリスに永住することになった。その間にカズオは様々な経験をしながら、グラマースクールを経て、ケント大学で英文学を、次いでイースト・アングリア大学大学院ではマルカム・ブラッドベリー教授の指導の下で創作を学んで、作家への道を歩むことになった。その後イシグロは執筆活動に専念して、一九八二年に処女作『遠い山なみの光』を出版して王立文学協会賞を受賞し、次いで一九八六年に第二作『浮世の画家』を出版してウイットブレット賞を受賞し、さらに一九八九年に第三作『日の名残り』を出版して英国最高の文学賞であるブッカー賞を受賞して、作家的立場を確立することになったのである。イシグロはそれ以降も着実に作家活動を継続して、一九九五年に第四作『充たされざる者』を、二〇〇〇年に第五作『わたしたちが孤児だったころ』を、二〇〇五年に第六作『わたしを離さないで』を、二〇〇九年に第七作の短篇集『夜想曲集』を、二〇一五年に十年ぶりの第八作『忘れられた巨人』を出版して、その二年後の二〇一七年にノーベル文学賞を受賞することになり、二〇二一年に第九作『クララとお日さま』を出版したのである。

このようにイシグロはこれまで八冊の長篇小説と一冊の短篇集を出版しているのであり、これから年代順に数篇の作品を選んで検討していく予定であるが、先ずは日本の長崎が舞台になっている第一作『遠い山なみの光』を取り上げて、イシグロがどのようにして作家として一歩を踏み出してこの作品を書いたのか考察しておきたいと思う。

イシグロは二〇一七年に行ったノーベル賞受賞記念講演『特急二十世紀の夜と、いくつかの小さなブレイクスルー』の中で、自分が日本の長崎に生まれたこと、そして、それが自分の文学にとってどのような意味を持っていたのかについて語っている。

先に述べたように、イシグロは一九六〇年に五歳でイギリスに渡って、そのまま永住することになったが、その間に「大量で明確な記憶」を蓄積していた。祖父母のこと、お気に入りのおもちゃのこと、伝統的な日本家屋のこと、幼稚園のこと、路面電車の停留所のこと、橋の近くで飼われていた猛犬のこと、床屋さんの子供用の椅子のことなど「大量で明確な記憶」を持ち続けていたのである。

さらにイシグロの両親は一年か二年で日本へ帰るつもりだったので、それに備えて日本に関する教育を続けていた。彼らはカズオに日本で起こった事について話して聞かせたたし、さらに毎月日本の祖父母から小包が届いたが、その中には「月遅れの漫画や雑誌、教育的なダイジェスト本」などが入っていて、カズオはそれらを貪るように読んで日本に関する知識を吸収していた。その結果、イシグロの中に「日本」という名の特異な場所が、「彼が属する場所であり、彼に自信とアイデンティティの感覚を与えてくれる場所」が作り上げられることになった。しかしイシグロはこの「私の日本」という場所は極めて「脆い」ものであり、徐々に「薄れゆきつつある」と考えていたので、作家として対抗策を講じることになったのである。

私がしたことは、あの場所の特別な色彩や風習や作法、その荘重さや欠点など、その場所について私が考えていたすべてを、心から永久に失われてしまわないうちに紙に書き残すことでした。私は自分の日本を小説として再構築し、安全に保ちたかったのでしょう。今後はいつも一冊の本を指差して「そう、この中に私の日本があります」と言えるように。

（カズオ・イシグロ　二〇一七年　三七〜三九頁）

イシグロは一九八〇年前後にこのような状況に置かれていたのであり、ある時「私の日本」を再構築するために「紙に書き残す」作業に挑むことになったのである。彼は当時イギリスを舞台にして猫を毒殺しようとする思春期の少年の話を書いていたのだが、不意に抗い難い衝動に駆られて「気がつくと、私は日本について一生まれた町、長崎について、第二次世界大戦の終戦間際の話を書きはじめて」いたのである。かくしてイシグロは日本をテーマにした最初の短篇小説を書き上げて、それを指導教官のマルカム・ブラッドベリーとアンジェラ・カーターに読んでもらうと、彼らは好意的な反応を示してくれたので「私は何か新しい方向、進むべき重要な方向を見つけたと感じた」のである。その後イシグロは屋根裏部屋に籠って、新たな作品に取り組んで、四、五か月後に『遠い山なみの光』の半分を書き上げて、その後一九八二年に最初の長篇小説『遠い山なみの光』を出版することになったのである。

主人公は中年の日本人女性悦子であり、現在イングランドの郊外で一人暮らしをしていているが、実は厳しい状況の中で罪の意識に苛まれながら苦悩と悔悛の日々を送っていたのである。長女の景子が数か月前にマンチェスターのアパートで首を吊って自殺してしまったのである。その後次女のニキが母を案じて帰宅して五日間滞在することになり、これを契機に悦子はそれまでの波乱万丈の人生を語り、ニキと様々な問題について議論することによって、そのような窮状を克服して新たな道を歩み始めることになるのである。

これからこの作品を考察していくが、その前に悦子がどのような女性なのか確認しておこう。彼女は長崎に生まれて住んでいたが、一九四五年八月九日にアメリカが投下した原子爆弾で、両親と恋人か婚約者であった中村を失って、天涯孤独の境涯に陥ってしまった。しかし彼女は父の友人であった緒方さんの庇護を受けながら戦後の苦難の時期を必死に生き抜いてきたのである。そして今悦子は佐知子・万里子親子や義父の緒方さんとの交流を通じて自分がどのような人生を送ってきたかを語るのである。

先ず悦子は一九五〇年代の前半に長崎で出会った佐知子・万里子親子との交流について詳しく語っている。当時悦子は緒方さんの息子の二郎と結婚して妊娠して、新たに建設されたアパートに住んで新婚生活を満喫していた。その団地の前の空地には木造の家が一軒だけ残っていたが、そこには子連れの女が住んでおり、時々大きなアメリカ車がやって来るので、団地の人々の噂の種になっていたのである。ある日悦子は路上で佐知子と初めて会話を交わしたが、それを機縁に佐知子と親しく交際するようになった。佐知子は東京で良家の御曹司と結婚して優雅な生活を送っていたが、終戦間際の激しい空襲によって夫を失ってどん底に突き落されることになった。そのような苦境の中で彼女はアメリカ兵のフランクと出会って、アメリカへ行って新たな人生を始めようと決意して、その夢を実現するためにフランクを追って長崎にやって来たのである。

悦子は常々万里子を励ましたり慰めたりしていたが、それには二つの理由があった。一つは悦子が妊娠していたことであり、もう一つは万里子が五歳の頃に若い女に死んだ赤ん坊を見せられたことがあり、それがトラウマになって、今でも「川向こうのおばさん」がやってきて連れていこうとしているなどと話していることである。万里子はこのように正体不明の女に付き纏われて不安な生活を送っているのであり、悦子はそのような万里子を不憫に思ってまるで我が子のように甲斐甲斐しく面倒を見てやっていたのである。

ある日佐知子は二、三日以内にフランクとアメリカに行くことになったと言って準備を始めたが、数日後にはそれは取り止めになったと告げて、フランクを激しく非難して断罪した。フランクは佐知子から貰ったお金を飲んで使い果たし、その挙句にバーのくだらない女とくっついてしまったのである。しかし佐知子はフランクとアメリカへ行って新しい生活を始めるという夢を捨てることができずに一縷の望みを託していたのである。そして別の日に佐知子の家を訪ねると、荷造りを進めながら、明日神戸へ行って、それからフランクとアメリカへ行くのだと言った。とはいえこれまでの経験から彼女が疑心暗鬼でいることも事実で、実際にはアメリカへ行けないかもしれないし、万一行けたとしても難儀なことであろうと懸念していた。それでも佐知子はアメリカ行きに賭けるのである。彼女は今の生活には「なにもありゃしない」と考えていて「ここを離れられる」のが「嬉しい」ことだったからである。すると万里子はそれに対して「あたし　行きたくない。そして、あの男も嫌い。あの男なんか豚みたい」と言い放って反対の意志を表明したのである。悦子は二人の激しい口論を聞いて次のように万里子に語り掛けたのである。

「とにかく、行ってみて嫌だったら、帰ってくればいいでしょ」

こんどは、万里子は何か訊きたげにわたしを見上げた。

「そう、ほんとうなのよ。行ってみて嫌だったら、すぐ帰ってくればいいのよ。でも嫌かどうか、まず行ってみなくちゃ。きっと好きになると思うわ」

（カズオ・イシグロ　二〇〇一年　二四五頁）

このように悦子は二十数年前に万里子を説得してアメリカへ行かせようとしたが、その後佐知子・万里子親子が実際にアメリカへ行ったのか否かは知る由もなく不明のままなのである。しかしここで重要なのは、悦子が今つまり二十数年後にこの万里子との会話を思い出して語っていることである。というのも、悦子はその後七年後に二郎と離婚して、イギリス人の記者シェリンガムと出会って結婚して、イギリスに移住すべきか否か思い悩んでいたが、まず行くことが大事で、もし嫌だったら帰ってくればいいいし、好きになればそのまま残ればいいという結論に達して、景子を連れてイギリスへ移住してきたのである。つまり、ここで悦子は佐知子と万里子のフランクとの渡米のことを語りながら、それに重ね合わせて、自分と景子のシェリンガムとの渡英を回想してそれが適切な判断だったことを再認したのである。

かくして悦子は一大決心をしてイギリスへ移住してきたが期待していたような幸せな生活を築き上げることはできなかった。それには様々な原因があったに違いないが、最大のネックになったのが夫のシェリンガムだったのである。次女のニキが指摘しているが、シェリンガムは景子のことを

「考えてあげる」ことはしなかったし、景子を「相手にする」こともなかったのであり、景子に対して「ひどい」態度をとっていたのである。すると景子はそれに反発して二、三年の間寝室に閉じ籠って家族との接触を断ってしまった。景子は夜中に部屋の中を動き回っており、その部屋の中はひどい状態になっていた。衣類が山と積まれ、無数の雑誌が床に散在しており、その部屋から香水や下着の悪臭が漏れてきたのである。だが悦子はそのような悲惨な状態を為す術もなく受け容れて耐え忍ぶことしかできなかったのである。

その後景子は六年前に家を出てマンチェスターに引越していったが、悦子は平穏で充足した生活を送ることはできなかったのである。先ず夫のシェリンガムが病に倒れて死去してしまった。そして六年後に景子がマンチェスターのアパートで首を吊って自殺してしまったのである。そして悦子はその悲劇に深く傷つき苦悩しながら数か月間イングランドの郊外の屋敷で猛省と悔悟の日々を送っていたのである。そんなある日次女のニキが訪ねてきて五日間滞在することになって、母娘は厳しい現状を意識しながら次のような会話をするのである。

「あなたのお父さまは、ときどき観念的になってね。あのころだって、こっちへ来れば景子は幸せになれると本気で信じていたのよ」

ニキは肩をすくめた。わたしはしばらく彼女を見ていたが、また口をひらいた。「でもね、ニキ、わたしは初めからわかっていたのよ。初めから、こっちへ来ても景子は幸せにはなれないと思っていたの。それでも、わたしは連れてくる決心をしたのよ」

娘はちょっと考えている様子だった。「バカなこと言わないでよ」ニキはわたしのほうを向いた。「それまでわかったはず、ないじゃない。しかも、お母さまは景子のためにできるだけのことはしたわ。お母さまを責められる人なんかいないわよ」

わたしは黙っていた。化粧していないと、ニキの顔はひどく幼かった。

「とにかく、時には賭けなくちゃならない場合があるわ。お母さまのしたことは正しかったのよ。ただ漫然と生きているわけにはいかないもの」

わたしは手にしていたカップを置くと、ニキの背後の庭にじっと見入った。雨の気配はなく、空はこの数日よりも明るい感じだった。

「お母さまがそのころの生活で満足して、そのままじっとしていたとしたら、バカよ。すくなくとも、努力はしたじゃないの」

「そうかもしれないわね」わたしはややきっぱり言った。「もうその話はやめましょう」「漫然と生きている人たちなんて、みんなバカだわ」

（カズオ・イシグロ　二〇〇一年　二四九〜二五〇頁）

悦子は当時景子を連れてくることに不安を感じていたが、それでもわずかな可能性に賭けて敢えてイギリスへ移住して来たのである。しかしその期待は裏切られて、景子は縊死してしまい、そのために悦子は自責の念に苛まれながら後悔し懊悩していたのである。それに対してニキは悦子の母親としての一連の真摯な行動を鑑みて「お母さまは景子のためにできるだけのことをしたわ」と弁明し「お母さんのしたことは正しかった」と擁護したのである。その時悦子は窓外の景色に見入っていたが「空はこの数日よりも明るい感じだった」のである。つまり、おそらく悦子はこの瞬間に罪の意識から解放されて心の平安を取り戻して安堵していたに違いないのである。

これまでイシグロの第一作『遠い山なみの光』を検討してきたが、イシグロは悦子の長崎での被爆体験、二郎との結婚と離婚、シェリンガムとの再婚と渡英と死別、景子の縊死という苦悩に充ちた人生を辿りながら、人間同士の関わり合いを通じての信頼と救済という問題を追及して彼なりの解答を提示することになったのである。このような観点から私達は『遠い山なみの光』は第一作としては独自な秀作であったと認定して受容すべきなのである。

悦子は同時に義父の緒方さんについても語っているので検証しておこう。ある時義父の緒方さんが悦子のアパートを訪れてしばらく滞在することになった。義父と二郎は仕事の話をしたり、将棋を指したりしたが、その間に悦子は二郎の無様な姿を垣間見て幻滅することになったのである。たとえば、二人は将棋を指し始めて、緒方さんが有利な所で差し止めて、翌日再開しようとしたが、二郎は敗北を認めて勝負を放棄してしまった。緒方さんはまだ逆転する可能性はあると言ったが、二郎は敗者として卑屈になって挑んでくることはなかった。それをみて緒方さんは「さいしょの作戦が挫折すると、すぐ投げてしまう。守勢に立たされたとなれば、もうふくれっ面で勝負をしようとしない。まるで九つの時と同じじゃないか」と揶揄した。すると二郎は新聞を放り出して将棋盤をひっくり返すような素振りをみせたが、その瞬間にそばに置いてあった急須をひっくり返してしまって、無言のまま新聞をひったくるようにして部屋から出て行ったのである。緒方さんはその姿を見て「子供が大人になっても、たいして変わるもんじゃない」と呆れ顔で呟くだけだった。悦子は夫のこのような悪しき態度を何度も見てきたに違いないのであり、おそらくこれが遠因となって七年後に二郎と離婚することになったのである。

さらに銘記しておくべきことがある。緒方さんは息子の家を訪ねてきたが、それはある目的を果たすためであった、つまり、かつての教え子であり、二郎の同級生であった松田重夫に会って談判することであった。松田は今高校の先生になっていて『新教育ダイジェスト』という雑誌に論文を寄稿して、その中で斎藤博士や恩師の緒方さんの戦時中の言動を厳しく批判していたのである。緒方さんは「心から国のことを思って、立派な価値のあるものを守り、次の時代に伝えるよう努力した」のだが、その結果、軍国主義を容認して、軍事体制を擁護してしまったのである。緒方さんは確かに「誠実に努力」していたが、松田によれば「その努力の方向が結果的にまちがっていた」のであり、そのために軍国主義を、軍事体制を、肯定して称揚することになってしまったのである。緒方さんはこのような批判を承諾しなかったが、松田は自説に固執してその過誤を容認したからこそ日本は「新しい夜明け」を迎えられたのだと主張するのである。イシグロはここで戦争責任という問題を提起したが、それを突き詰めて解決することはなかった。しかしこの問題を放棄してしまったわけではなく、この主題を継承しそれを中心に設定して、一九八六年に第二作『浮世の画家』を発表することになったのである。

2

それでは『浮世の画家』を簡略に考察していくことにしよう。これは第一作に続いて日本を舞台にして戦争責任という問題を追及した作品であるが、イシグロはその執筆の動機について次のように語っている。

本当は、この部分は私にとって非常に重要な部分でした。しかしどういう訳か、他の部分が書き進むにしたがってふくれ上がってしまいました。そして重要と思っていた「緒方さんストーリー」が、サブ・プロットになって隠れてしまったのです。（笑）まあ、当時、私が小説家として未熟だったせいだと思いますね。（笑）とはいえ、小説というものは不思議な生きもので、話は終わるべくして終わっているのです。（平井杏子　二〇一一年　四七～四八頁）

このように第一作『遠い山なみの光』においては、「緒方さんストーリー」はサブ・プロットとして「隠れて」しまったので、イシグロは第二作において再び日本を舞台にしてこの問題に真っ向から取り組むことになったのである。それにしてもイシグロはなにゆえにこの問題をこれ程重要視することになったのであろうか。二つの理由を挙げることができる。第一の理由はイシグロが七〇年代から八〇年代にかけて様々な社会活動に参加していたことである。彼は一九七四年から七八年にかけてケント大学に在学していたが、社会へ強い関心を寄せていたので、一九七五年から翌年にかけてグラスゴーでコミュニティー・ワーカーとして働いていたし、さらに大学卒業後にはロンドンでホームレス支援の仕事にも関わっていたのである。このようにイシグロは強い社会意識を持っていたのであり、それに則って積極的に様々な活動に参加していたのである。第二の理由はイシグロの時代認識である。イシグロは八〇年代の前半に第二作を書いていたが、この数年間は変革の時代であり、対立と紛争を伴う激動の時代だったのであり、そのような状況の中で芸術家が果たすべき役割について思考を重ねて、最終的に戦争責任を主題にして書こうと決断したのである。

主人公は小野益次であり、画家としてそれなりの成功を収めて、今は水彩画を描いたり植木いじりをしながら余生を送っている。小野は終戦直前に焼夷弾によって妻の直子を亡くし、大陸の戦場で息子の賢治を失って、現在は未婚の次女紀子と二人だけで由緒ある屋敷で暮らしているが、時々他家に嫁いだ長女の節子が孫の一郎を連れて訪ねて来るのである。小野は一九四八年十月、一九四九年四月、一九四九年十一月、一九五〇年六月の時点で、自らの過去を回顧しながら語るのであるが、それを参考にしながら、小野がどのような画家であったのか、そして、戦時中にどのような行動をしたのかを考慮しながら、戦争責任という問題を解明してみたいと思う。

小野は幼少の頃から画家になることを望んでいた。彼は十五歳の時に父親から商人になって家業を継ぐよう説得されたが、「小銭の勘定」だけの生活を拒否して、画家になる道を選択して邁進してきたのである。小野は一九一三年にこの市にやって来て、屋根裏部屋を借りて絵を描いていたが、その後武田工房に就職して絵描きとして貧しいながらも満足のいく暮らしを送ることになった。小野は工房のアトリエで制作に励んだが、実際は外国人の注文に応じて「芸者、桜の花、池の鯉、寺院」などを描いていたのである。だが小野は徐々にそのような画家としての生き方に満足できなくなり、ついには「師匠の権威」を疑ってかかるようになったのである。

そんなある日小野は森山誠治画伯に出会ったのである。森山先生は本物の偉大な「芸術家」であったが、その本人が才能を生かすために「弟子にならぬか」と誘ってくれたのであり、その結果小野は武田さんと決別して、森山先生の弟子になったのである。その後小野は森山先生の下で六年間研鑽を積むことになったが、それにしても森山先生はどのような絵を描いていたのであろうか。彼は「現代の歌麿」と呼ばれていて、歌麿の伝統を「現代化」しようとしていた。つまり、彼は伝統的な技法を用いて、歌麿風に女を後ろから描いたり、女の感情を表情ではなくて着物によって表現していたが、同時に、西洋画から影響を受けて、色彩のブロックを用いたり、光と影で立体効果を出したりしていたのである。これが森山の芸術の本質なのであり、小野はこのような師匠から指導を受けて画家として名を成し、洋画塾を主宰して何人かの弟子を持つまでになったのである。

小野はその後大変身を遂げることになるが、その起点になったのが松田知州との出会いであった。

小野は松田と親しく交際することになり、その過程で決定的な影響を被ることになった。ある日小野は松田と一緒に西津留地区の臭気が立ち込めて蝿が群がって飛んでいる貧民街を訪れて、その惨状を見て「なんとかしてやりたい」と言うと、それを受けて松田は政治家や実業家達に非難を浴びせた。というのも、彼らはこの現実に「目を向けない」し「あのなかまで入り込まない」からであった。そして数日後に松田は滔々と持論を展開することになった。松田によれば、日本は未曽有の危機に瀕しているが、それは「貪欲な実業家や腰抜けの政治家」が権力を握って支配しているからであった。そして松田はこの危機から脱出する方策を提唱するのである。

革命？　なにを言い出す。革命を欲しているのは共産主義者さ。おれたちにそんなものはいらない。それどころか、まるっきり反対だ。求めてやまないのは王政復古だ。おれたちはただ、天皇陛下がふたたび祖国の元首としてふさわしい地位にお戻りになることだけを望んでいるんだ。

（カズオ・イシグロ　二〇一九年　二六七頁）

松田によれば、天皇陛下は「正当な統治者」なのであり、実業家や政治家を放逐して「大帝国」を建設すべきなのであり、芸術家達はその目的を達成するために団結して協力すべきなのである。かくして小野は先ず『独善』を描き、それを改作して『地平ヲ望メ』を描いたのだが、それらはどのような作品だったのであろうか。先ずは『独善』であるが、日本列島の海岸線が描かれており、下半分には三人の少年が描かれており、彼らはぼろぼろの服を着ているが、戦いに臨む「若武者の表情」を浮かべ、伝統的な剣道の構えで棒を振り上げており、上半分には三人の身なりのいいでっぷり肥った男達が描かれており、豪華なバーで酒を飲みながら談笑しているが、彼らの顔つきは「退廃的」で娼婦について冗談を交わしているようであった。そして右側の余白には肉太の赤い字で「独善」と書かれ、左側の余白には「ソレデモ若者ハ自己ノ尊厳ヲ守ルタメニ戦ウ覚悟ヲ決メテイル」と書かれていたのである。次に『地平ヲ望メ』であるが、これは『独善』を改作したものであり、全体の構図は同じだが、内容は違ったものになっている。下半分には三人の厳粛な顔つきの軍人達が描かれていて、その中の二人の兵士は剣付きの鉄砲を構えていて、その二人に挟まれている将校は日本刀を突き出して西のアジア大陸に向かっている。上半分には立派な服装をした三人の男達が会談をしている様子が描かれているが、三人の顔は当時の著名な政治家に似ていた。そして右側の余白には「地平ヲ望メ」と書かれ、左側の余白には「空論ヲ重ネル時ニ非ズ。日本ハ今コソ前進スベシ」と書かれていたのである。

このように小野は松田から影響を受けて天皇制、軍国主義を信奉することになり、そのような体制を牽引する画家として華々しく活動することになった。そして当然の帰結として、森山先生の絵画理念に疑念を懐くようになり、それに代わって自分の理念を編み出すことになって、森山先生に対して敢然と反旗を翻すことになったのである。

先生、現在のような苦難の時代にあって芸術に携わる者は、夜明けの光と共にあえなく消えてしまうあいった享楽的なものよりも、もっと実体のあるものを尊重するよう頭を切り替えるべきだ、というのがぼくの信念です。（カズオ・イシグロ　二〇一九年　二七七頁）

小野は画家として森山先生に抗議し「浮世の画家」であることを拒否して「もっと実体のあるもの」を求めて新たなる道を歩み始めることになり、それに付随して、内務省文化審議会の一員として、さらに、非国民活動統制委員会の顧問として、現体制擁護の活動に挺身することになったのである。

一九四五年に日本は大戦に敗れて終戦を迎えることになった。その後小野は水彩画を描いたり植木いじりをしながら安穏な生活を送っていたが、その間に数々の意外な出来事に遭遇して戦時中の自らの行動を思い出して向き合うことになったのである。三宅二郎は紀子の見合いの相手であったが、ある時親会社の社長が自殺したことに言及して、卑劣な人間は責任をとらないし命を捨てて謝罪することもないので、その代わりに社長が命を絶って崇高な責任を果たすことになったのだと慨嘆するのである。さらに素一は長女節子の夫であるが、彼は賢治の納骨式の最中に腹立たしげに退席してしまった。彼は賢治のような若者が命を奪われ、破滅に追い込んだ張本人達が責任を認めずにのうのうと生きていることがどうしても許せなかったのである。

そして小野は紀子の結婚をめぐって計らずも苦境に追い込まれることになった。次女の紀子は適齢期を迎えて見合いをすることになった。最初は三宅二郎と見合いをして順調に進展していたが、突然三宅家から破談を申し入れてきた。次いで紀子は斎藤太郎と見合いをすることになった。すると姉の節子が今度は失敗できないから、「慎重な手順」を踏むべきであり、特に相手側の調査に注意しなければならないと進言した。つまり、節子は戦時中の小野の思想と行動が結婚の障害になる可能性があるので適切に対処すべきだと警告したのである。小野はしぶしぶ同僚だった松田や弟子だった黒田に会って、戦時中の行動に関する証言を控えるよう依頼したりしていたが、そのような状況の中で決定的な行動に出るのである。ある日小野家と斎藤家の全員が出席して由緒ある春日ホテルで食事会が催されることになり、全員が和気藹々歓談していたが、その席で弟子だった黒田が話題になった。斎藤家の次男満男が大学の教師として黒田を尊敬していると言って絶賛したからである。それを聞きながら小野は黒田に関わるある事件を思い出した。小野は開戦の前年に黒田が危険な思想を信奉していると警察に進言したのであり、その結果黒田は「非国民のクズ」として逮捕され投獄されてしまったのである。小野はこのような暗い過去を思い出して全員の前で次のように告白したのである。

わが国に生じたあの恐ろしい事態については、わたしのような者どもに責任があると言う人々がいます。わたし自身に関する限り、多くの過ちを犯したことを率直に認めます。わたしが行ったことの多くが、究極的にはわが国にとって有害であったことを、また、国民に対して筆舌に尽くし難い苦難をもたらした一連の社会的影響力にわたしも加担していたことを、否定いたしません。そのことをはっきり認めます。（カズオ・イシグロ　二〇一九年　一九五頁）

このように小野は戦時中の自分の思想と行動に言及して、自分が「多くの過ちを犯し」、国家にとって「有害」なことを為し、国民に対して「筆舌に尽くし難い苦難」をもたらしたことを認めて、責任をとることになったのである。しかしここで銘記すべきは小野が当時「信念を持って行動していた」のであり、「日本国民のお役に立つこと」をしていたと弁明していることである。つまり、小野は戦時中の自らの思想と行動を否定して謝罪して責任をとったが、その推進力となった心情は根本的に純真無垢だったのであり、あくまでもそれに固執してその意義を主張することになったのである。ここで申し添えておけば、弟子の黒田はその危険思想のために逮捕されて数年間牢獄に幽閉されていたが、終戦後にその思想と行動の一貫性が容認されて、大学で美術教師として採用されて、学生達から慕われ尊敬されていたのである。それゆえに、黒田はこのような小野を容赦することができずに面会に応じなかったのである。このような問題は残されているが、小野は彼なりに戦時中の思想と行動に対して責任をとったのであり、一九五〇年六月の時点で、ベンチに座って新築のガラス張りのビル群を出入りする若く陽気なサラリーマン達を眺めながら、そして、生まれて来る孫達に想いを馳せながら、心安らかに余生を送っているのである。

これまで第一作『遠い山なみの光』と第二作『浮世の画家』を取り上げて検討してきたが、ここで重要なのはイシグロがこれら二つの作品の共通のテーマとして日本を舞台にして戦争責任の問題を提起していることである。先に述べたように、イシグロは第一作では「緒方さんストーリー」を作家としての未熟ゆえに「サブ・プロット」にしてしまって十分に論じられなかったので、第二作では「緒方さんストーリー」を「小野ストーリー」として再設定して真っ向から論じ尽くすことになったのである。そしてそれはイシグロにとってどうしても必要不可欠の作業であった。換言すれば、イシグロは小野に戦時中の思想と行動を反省させ責任をとらせることによって、「私の日本」が「彼が属する場所であり、彼に自信とアイデンティティの感覚を与えてくれる場所」であることを確認することになったのである。

3

イシグロは一九八九年に第三作『日の名残り』を出版したが、ここで注目すべきは作品の舞台を日本からイギリスに移したことである。それは日系のイギリス人作家としてはごく自然な選択であったが、これを起点にして新たな世界を切り拓いていくことになったのである。

主人公はスティーブンスであるが、彼は貴族のダーリントン卿の執事として一九一八年から一九五三年まで奉仕し、現在（＝一九五六年）は新しい主人である資産家のファラディ氏の執事として勤務している。ファラディ氏はアメリカ人であり、これから二か月間アメリカに帰国するので、その留守の間に休暇をとって自由気儘に旅行することを勧めてくれた。スティーブンスは厚意に甘んじて、フォードを借りて、バークシャー州、ドーセット州、サマセット州、デヴォン州を経てコーンウォールを目指す六日間の旅に出ることになったのである。彼はその道中で多くの人々に出会って、様々な経験をしながら、ダーリントン・ホールでの人生を回想して様々な出来事について語るのであり、それがこの作品なのである。

スティーブンスはダーリントン卿に三十五年間仕えたが、それは卿が「高潔な紳士」であり「偉大な紳士」だったからであり、それゆえに、スティーブンスは「全幅の信頼」を寄せて「能力のかぎり」奉公したのであり、その結果自ら「人類に奉仕した」と断言することができたのである。

それではダーリントン卿は「道徳的巨人」として具体的にどのような実績を残したのであろうか。スティーブンスは二つの事例を挙げている。ひとつは一九二三年三月に開催された国際会議であり、もうひとつは一九三六年に開催された極秘会議である。

前者は第一次世界大戦後に締結されたヴェルサイユ講和条約に関わるものであった。当然ながら敗戦国のドイツには莫大な賠償金が課せられることになったが、ダーリントン卿はそれは余りに過酷で不当な制裁であると考えて、それを緩和して是正するために非公式の国際会議を開催したのである。イギリスからはダーリントン卿とサー・デイビッド・カーディナル、フランスからはムッシュー・デュポン、アメリカからは上院議員ルーイス、ドイツからは伯爵夫人とエレノア・オースティン夫人が参集してダーリントン・ホールで三日間にわたる国際会議が始まったのである。ダーリントン卿が開会の挨拶をしたが、その中でドイツの惨状に言及して、道徳的観点から条項の緩和を訴えた。次いでサー・カーディナルがドイツの賠償金支払いの凍結とルール地方からのフランス軍の撤退を呼び掛けた。ここで注目を集めたのはムシュー・デュポンであったが、人々の発言に聞き入っているのか、物思いに耽っているのか、討論に加わることはなかったのである。二日目も白熱した議論がなされたが、ムシュー・デュボンが発言することはなかった。その夜の晩餐会で、ダーリントン卿は「和の精神」によって討論が「全体としては友好と善意に満ちた雰囲気の中で行なわれた」と総括して、これがスイスで開かれる国際会議に反映されるよう期待すると述べて締め括ったのである。するとそれまで無言で聞き入っていたデュポンが立ち上がって発言した。彼はこの件に関して「見解の相違」があることを認めながらも、これまでの討論が「正義であると同時に実際的でもあると確信」していると評価し、帰国したらフランスの外交政策を変更して、スイスの会議でその成果を示すと約束したのである。賞賛の拍手。かくしてダーリントン卿はドイツに対する過酷で不当な制裁を緩和し是正するという目的を達成することになったのである。

しかしこれで一件落着とはならなかったのである。ミスター・ルーイスが突然ダーリントン卿批判を始めたのである。ルーイスはダーリントン卿が上品で、正直で、善意に満ちた「古典的な英国紳士だ」と称揚した後で、だが「しょせんはアマチュアにすぎない」と決めつけて次のように批判したのである。

今回の会議にしたところで、この二日間はたわごとのオンパレードだった。善意から発してはいるが、ナイーブなたわごとばかりだ。ヨーロッパがいま必要としているものは専門家なのです。皆さん、大問題を手際よく処理してくれるプロこそが必要なのです。それに早く気づかなければ、皆さんの将来は悲観的だ。

（カズオ・イシグロ　二〇〇一年　一四八頁）

このようにルーイスはダーリントン卿を「アマチュア」と決めつけ、この会議は「ナイーブなたわごとばかりだ」と非難して、今必要なのは「専門家」つまり、「プロ」なのだと主張したのである。この発言を受けて会場は静まり返ったが、その沈黙を破るかのようにダーリントン卿が立ち上がって異論を唱えたのである。

ミスター・ルーイス、私にはあなたが「プロ」という言葉で何を意味しておられるのか、だいたいの見当はついております。それは、虚偽や権謀術数で自分の言い分を押し通す人のことではありませんか？　世界に善や正義が行き渡るのを見たいという高尚な望みより、自分の貪欲や利権から物事の優先順位を決める人のことではありませんか？　もし、それがあなたの言われる「プロ」なら、私はここではっきり、プロはいらない、とお断り申し上げましょう。

（カズオ・イシグロ　二〇〇一年　一四九頁）

このようにダーリントン卿は真っ向からルーイスと対峙して、プロとは「貪欲と利権」に囚われて「虚偽や権謀術数」を駆使して「自分の言い分を押し通す人」であると弾劾して、そのような「プロ」はいらないと宣告してルーイスを一蹴したのである。卿はかくも「高潔で偉大な紳士」なのであり、それゆえにスティーブンスは三十五年に亘って執事として「全幅の信頼」を寄せて「能力のかぎり」奉仕してきたのである。

ここで忘れてはならないのはこの重要な国際会議の裏で悲しい出来事が起こっていたことである。スティーブンスの父親が死去したのである。父親は副執事を務めていたが、会議の初日に脳溢血で倒れて、その後一時持ち直して会話もできたが、二日目の晩餐会の最中に息を引き取って亡くなったのである。スティーブンスは公務を優先させて国際会議を成功させるために執事として朝から晩まで仕事に挺身していて、父親の死を看取ることも眼を閉じることもできなかった。これは非情な処遇であり難詰することもできるが、スティーブンスはそれを弁えて私情に流されることなく執事として国際会議の成功のために公務に精励したのである。私たちはここに執事として一つの在り方を見て取ることができるのであり、最後にこれを踏まえて執事とは何かという問題について考察したいと思っている。

次にダーリントン卿が主催した一九三六年の極秘会議がいかなるものであったのか検証しておこう。ある日の夜八時半に先ずイギリスの首相と外相が、次いでその十分後にドイツの駐英大使リッベントロップが来訪して、ダーリントン卿を交えた四人による極秘会議が始まって二時間続いた。

その後四人は極上のワインを飲みながら歓談してから帰宅の途に着いたのである。スティーブンスはいつものように執事として持ち場で控えていたが、この間にワインを届けただけで一度も呼ばれることはなかったので、これがどのような会談であったかの知る由もなかった。この時コラムニストのカーディナル・ジュニアが滞在していたが、彼はこの極秘会議について密告を受けて調査していたのであり、それを踏まえてこの極秘会議について自説を披歴したのである。

ダーリントン卿はヨーロッパは危機的状況にあると認識しており、それを打開するためにこれら三人を極秘に集めて会議を開いたが、カーディナルはその成り行きに危惧の念を懐かざるをえなかった。というのも、卿は「しょせんはアマチュアにすぎない」のであり、その結果、ヘル・ヒットラーにとっては「チェスのポーン」つまり「歩」であり、換言すれば、「最も有用な手先」であり「プロパガンダ専門の傀儡」であったからである。卿はこの会談を主導して、イギリスの国王がヨーロッパの平和のためにヒットラーを訪問するという結論に達したのである。カーディナルはこれは荒唐無稽で無意味な方策であると批判したが、スティーブンスは「卿が高貴なる目的のために行動しておられる」つまり、「ヨーロッパの平和がつづくようにと努力しておられる」と反論して卿を弁護したのである。だが現実は過酷なものであった。ダーリントン卿の期待に反して、ナチス・ドイツは一九三九年にポーランドに侵攻して第二次世界大戦に突入していったのである。その結果として卿は戦争中から戦後にかけて厳しく中傷され批判されることになったが、「正義はわれにあり」と信じていたので訴えを起こしたものの、それにも敗北を喫してしまった。かくしてダーリントン卿は名誉を汚されて廃人同様に落ちぶれて三年前に悲劇的な生涯を閉じたのである。しかしスティーブンスは執事として亡きダーリントン卿に忠誠を誓って褒め称えるのである。

ダーリントン卿は悪い方ではありませんでした。さよう、悪い方ではありませんでした。それに、お亡くなりになる間際には、ご自分が過ちをおかしたと、少なくともそう言うことがおできになりました。卿は勇気のある方でした。人生で一つの道を選ばれました。それは過てる道でございましたが、しかし、卿はそれをご自分の意思でお選びになったのです。

（カズオ・イシグロ　二〇〇一年　三五〇頁）

これまで見てきたように、ダーリントン卿は一九三六年の極秘会議で大いなる過ちを犯してしまって厳しく批判されて廃人同様に落ちぶれてしまった。だがスティーブンスは卿が「自分の意思」で「一つの道」を選んだこと、そして、自分が「過ちをおかした」と言明できることに言及して、卿が勇気のある高潔で偉大な「紳士」であると主張して賞賛するのである。このようにスティーブンスは実直で篤い忠誠心を持つ執事であるが、最後にこの事実を念頭に置きながら、執事とは何なのか検討しておこう。

スティーブンスはソールズベリーに向かう途中で白髪の男に勧められて小高い丘に登ってみると眼前に田園風景が広がっていた。なだらかにうねりながらどこまでも続く草地と畑、その草地に点在する羊たち、はるかかなたに立っている教会の四角い塔。スティーブンスはこの風景についてこのように書いている。

今朝のように、イギリスの風景がその最良の装いで立ち現われてくるとき、そこには外国の風景が—たとえ表面的にどれほどドラマチックであろうとも—決してもちえない品格がある。そしてその品格が、見る者にはひじょうに深い満足感を与えるのだ。

(カズオ・イシグロ　二〇〇一年　四一頁)

このようにイギリスの風景にはドラマやアクションはないが、その代わりに、落着きと慎ましさがあるのであり、言い換えれば、品格があるのであり、それが見る者に「深い満足感」を与えてくれるのである。次いでスティーブンスはこの品格という言葉を介してもう一つの問題、偉大な執事とは何かという問題を提起するのである。というのも、ミスター・マーシャルとミスター・レーンは衆目の一致する偉大な執事であったが、二人は「みずからの地位にふさわしい品格の持ち主」であったからである。執事にとって品格とは必須の資質なのである。

それでは偉大な執事とは何なのであろうか。雇主は執事にとって極めて重要な存在であり、それゆえにスティーブンスは常に人間的価値を考慮しながら、高い徳を備えて、人類の進歩に貢献している紳士を選んで、忠誠心を発揮して奉仕してきたのである。そしてその際必要なのが忍耐力であったが、スティーブンスはこれに関して執事であった父親の例を挙げて説明している。

第一例。ある日父は自ら運転しながらチャールズ様とスミス様とジョーンズ様と一緒にドライブに出掛けたが、スミス様とジョーンズ様は酔っ払っていて、父に絡んで嫌みを浴びせて憂さを晴らし、次いで父の雇主に矛先を向けて、低劣な中傷を浴びせ、最悪のあてこすりを言った。すると父は車を止めて、下車して、後部ドアを開けて、数歩離れて立って内部を見つめて、何も言わずに立ち続けたのである。二人はその暗黙の叱責に耐えられなくなって「分別を失っていた」と反省の言葉を呟いた。父はその言葉を聞くと、ドアを閉め、運転席へ戻って、車をスタートさせて、無言のままで村巡りをしたのである。

第二例。スティーブンスには兄がいたが、南アフリカ戦争で戦死してしまった。指揮官が無能無策だったために無惨な犬死を遂げたのである。ある時この指揮官が招待客として滞在することになり、父が接待することになった。父は四日間憎しみを隠しながら「太って醜い男」の相手をして「華々しい戦歴」を聞いてやった。すると指揮官は帰り際に執事の優秀さを褒めて高額のチップを置いていったのだが、父は即座に全額を慈善事業に寄付してしまったのである。

これら二つの例からわかるように、父は「みずからの地位にふさわしい品格」を備えていて「私は偉大な紳士に仕え、そのことによって人類に奉仕した」と断言できる真に偉大な執事だったのである。

これまでイシグロは「品格」をキーワードにしてイギリスの風景と執事について考察し論述して

きた。外国の風景は、つまり、壮大な渓谷や大瀑布や聳え立つ山脈は、ドラマティックで心を躍らせてくれるが、それに対してイギリスの風景は「落着き」や「慎ましさ」を兼ね備えていて、「品格」を持つことになり、見る者に「深い満足感」を与えてくれるのである。一方執事はイギリスだけに存在するものであり、「品格」を備えることによって偉大な執事になるのである。このようにイシグロは「品格」を基軸にしてイギリスの風景と執事の独自性を追求してきたのであり、そのような作業を通じて自らのイギリス性を確認して、イギリス人作家として創作活動に取り組んでいこうと決断したのである。そういった意味で、第三作『日の名残り』はイシグロにとって作家の根幹に関わる意義深い作品だったのである。

これまで最初の三作品を取り上げて、イシグロが日系イギリス人作家としてどのような文学活動を推進してきたか考察してきた。イシグロは日系の作家であるがゆえに第一作と第二作では日本を舞台にした作品を出版し、さらにイギリス人作家であるがゆえに第三作ではイギリスを舞台にした作品を出版した。つまり、イシグロは日系のイギリス人作家なのであり、それゆえに、バイカルチュラルであり、日本とイギリスの国境を往還するボーダーレスな国際的作家なのであり、そういった意味で、独自の立場から異彩を放つ秀逸なる作家なのである。

4

これまで最初の三つの作品を取り上げて、それらがいかなる作品であったか検討し、イシグロの日系のイギリス人作家としての基本的な立場について考察してきたが、これからはそれらの事実を踏まえて、その後イシグロがどのように文学活動を展開したのか、『充たされざる者』(一九九五年)と『わたしを離さないで』(二〇〇五年)を中心にして検証していくことにする。

イシグロが『充たされざる者』によって大胆に新たな一歩を踏み出したというのが定説になっているが、先ずはこの辺から切り込んでいきたいと思う。ところでイシグロは一九八〇年代の文学状況に関して次のように書いている。

このころにはすでにサルマン・ラシュディやV・Sナイポールが現れ、もっと国際的で外向きの視線を持つイギリス文学が台頭してきていました。つまり、イギリス中心主義に立たず、イギリスを重視しない文学です。この人々の作品は、ごく広い意味でポストコロニアル的と言えるでしょう。たとえ舞台がきわめてイギリスらしい世界だとしても、私の物語には、文化的・言語的な境界を越えていく「国際性」を持ってほしいと思いました。

(カズオ・イシグロ　二〇一七年　五一頁)

ここでイシグロはこの時期の新しい文学の担い手としてS・ラシュディとV・S・ナイポールを挙げているが、彼らは共にインド系のイギリス作家である。たとえば、ラシュディはインドのボンベイ出身の元イスラム教徒の無神論者であり、ケンブリッジ大学に留学して、そのままイギリスに住み着いて、文学の道を歩むことになった。一九八〇年に『真夜中の子供たち』を発表してブッカー賞を受賞して、一九八九年に『悪魔の詩』を発表したが、これが深刻なスキャンダルを巻き起こすことになり、その結果名実ともにこの時代を代表する作家として認知されることになったのである。これはムハンマドの生涯を描いた小説であるが、この中でラシュディは聖典クルーアーンの中にあった多神教を認める章句をムハンマドが悪魔によるものと考えて削除したことを揶揄しているし、ムハンマドの十二人の妻たちの名前を持つ十二人の売春婦たちを登場させたりしており、その結果忌々しき宗教問題を惹起することになった。具体的に言えば、イランの最高指導者であるホメイニーがこれを焚書と断罪して、ラシュディに死刑を宣告したのである。ラシュディはイギリスに蟄居して身の安全を死守したが、その余波は日本にまで及んで、一九九一年にこの作品を翻訳した筑波大学の助教授五十嵐一が構内で刺殺されるという惨劇が勃発したのである。このように一九八〇年代にはインド系の作家たちが台頭してきて目覚ましい活躍をすることになったのであり、このような状況の中で日系の作家であるイシグロも「国際的で外向きの視線」を持って作家活動に専念し「文化的・言語的な境界を越えていく国際性」を備えた作品を発表して新しい文学を代表する作家として主要な位置を確保することになったのである。

ところでここで確認しておくべきことがある。それはイシグロがカフカに言及して『城』を意識しながらこの作品を書いたと証言していることである。測量士のヨーゼフ・Kはある冬の夜に雪深い村の宿に辿り着いた。Kは城の伯爵に招かれて測量するためにやって来たのであり、翌日から城への道を探したが見つけることができなかった。Kは次々と現れる村人たちに翻弄されてついに城に辿り着けなかったのであり、その挙句にKは測量士など求めていないと言われ、学校の小使いとして雇われることになり、話は終わるのである。これがカフカの『城』の概要であるが、これを見ればイシグロがこの作品を意識しながら『充たされざる者』を書いたのは明らかであるし、この事実を前提にして考察すれば、この『充たされざる者』がいかなる作品であるのか想像できるはずである。つまり、イシグロはライダーの三日間にわたる「次から次に予想外の出来事が起こる」混迷する生活を用意周到に書くことによって人間の空虚な実体を表現しようとしたのである。

それではこの事実を考慮しながら『充たされざる者』がいかなる作品であったのか検討していこう。これは九百ページを超えるリアリスティックかつ非リアリスティックな長篇小説である。主人公は著名なピアニストのライダーであり、中欧のある町で開催される「木曜の夕べ」というイベントに招待されてやって来たのである。だが彼は到着後予想もしなかったような様々な出来事に巻き込まれて、その挙句にピアノを演奏するという所期の目的を達成することなく町を去ってヘルシンキに向かうことになるのである。なぜそんなことになってしまったのであろうか、それを解明するために、ライダーがこの三日間をどのように過ごしたのか具体的に見ておこう。

第一日。ライダーは東欧のある町のホテルについた。ポーターのグスタフが出迎えて部屋へ案内してくれた。そして支配人のホフマンが接客してくれたが、奥さんがライダーの記事を集めた二冊のアルバムに目を通してくれと依頼してきた。その後ホフマンに勧められてハンガリアン・カフェへ行った。そこには妻のゾフィーと息子のボリスがいて、三人で公園に立ち寄ってからアパートへ向かった。その間に旧友のジェフリー・ソーンダースに会ったが連絡をしてこなかったことを非難した。その後予定を変更してホフマンの息子シュテファンの車でホテルへ戻った。そしてゾフィーと一緒に映画『二〇〇一年宇宙の旅』を観て、一旦ホテルに戻るが、ホフマンに誘われて伯爵夫人の屋敷でのパーティーに出席して挨拶した。その後ホテルに帰ると、シュテファンがカザンの『ガラスの情熱』を弾いたが、「独創的な発想と繊細な感情」が感じられて驚嘆した。

第二日。三四三号室に変更。ボリスと外出。その後ボリスを店に残して写真撮影のために路面電車で向かうが、そこで旧友で車掌のフィオナ・ロバーツに会う。フィオナが仲介して婦人芸術文化財団で講演をする予定であったがそれをすっぽかしてしまったので、昨夜来られなくなった事情を説明して迷惑の埋め合わせをすることを約束する。その後サトラー館の前で撮影する。クリストフと車でカフェに戻る。人々と音楽論を戦わす。ボリスとバスに乗ってアパートへ行く。夕方車でゾフィーとボリスと共にカーヴィンスキー・ギャラリー（＝昨夜の伯爵夫人の屋敷）へ行ってレセプションに参加する。そこには廃車になった自家用車が放置されていた。サトラー館の前で撮った写真を見た。客たちはライダーの存在に気付かない。ライダーがこの町と人々を厳しく批判しはじめる。

ミス・コリンズも同席していてブロッキー批判を展開する。ブロッキーの飼い犬の死。屋敷を出て、ゾフィーとボリスとアパートへ行く。その後再びホテルへ戻る。

第三日。カフェテリアで朝食をとる。グスタフにポーター達についてスピーチをすることを約束する。ミス・コリンズのアパートを訪ねる。ブロッキーが来て、ミス・コリンズに復縁と犬の埋葬に来るよう請願するが、彼女は拒否する。ホテルへ戻って、ホフマンにピアノの練習がしたいと言う。先ず練習室でレッスンをするがきしむ音がするので中止して、ホフマンの車で別館へ行って課題曲「石綿と繊維」の練習をする。ブロッキーが近くで死んだ愛犬を埋葬していた。ブロッキーはミス・コリンズを批判する。ホフマンの車でコンサートホールへ行く。三ブロック離れた所で下車するが、レンガの壁に阻まれて、コンサートホールに辿り着けない。近くのハンガリアン・カフェに入ると、グスタフ達ポーターが集まって力比べをしていた。再びコンサートホールへ向かうと、クリスティーネがいて案内してくれる。ホールのピアノの下見をする。グスタフが倒れて楽屋に運ばれたというニュースが伝わる。電話でゾフィーにグスタフが倒れたことを伝えて車で迎えに行く。その途中ジェフリー・ソーンダースからブロッキーが自転車で事故を起こしたことを聞いて現場に駆け付ける。やぶ医者はライダーの弓ノコで左脚を切断したのである。ゾフィーとボリスを連れてコンサートホールへ戻る。ゾフィーは楽屋にいるグスタフを見舞う。ブロッキーはアイロン台を松葉杖代わりにしてホールへやって来る。グスタフが生死の境を彷徨うが、ボリスが励ます。その間にコンサートが始まった。最初にシュテファンが演奏したが、観客たちは高度なテクニークに驚嘆して拍手喝采する。その後ブロツキーが登場してマレリーの『垂直性』を指揮した。名演であったが指揮の最中にひっくり返って倒れる。片方の脚はなかったし、酒臭かったのである。カーテンが下ろされて、聴衆たちは席を離れて帰ってしまったので、ライダーがピアノを演奏することはなかった。その後グスタフは死去し、ブロツキーは聖ニコラス施療院に収容されることになったのである。

これでライダーがこの町に来てから三日間をどのように過ごしたのかわかるだろうが、それに関してライダー自身が次のように語っている。

ホフマンさん、どうも急を要する事態だということがお分かりになっていないようだ。次から次に予想外の出来事が起こったせいで、わたしはもう何日も、ピアノに触る暇さえなかったんです。（カズオ・イシグロ　二〇〇七年　五九三頁）

このようにライダーは三日の間にホテルのポーターであるグスタフや、「木曜の夕べ」の主宰者であるホフマンや、指揮者のブロツキーや、旧友たちに出会い、それに妻のゾフィーと息子のボリスが加わって、多くの出来事に関わり引っ張り廻されることになった。つまり「次から次に予想外の出来事が起こった」のであり、その結果ライダーはまさにヨーゼフ・Kのようにピアノを演奏するという所期の目的を達することもなく町を去ってヘルシンキへ向かうことになったのである。

しかしこれだけでは終わらなかったのである。「木曜の夕べ」はブロッキーの転倒と演奏中止によって破綻してしまい、それに関わった主要な人物達も最後は惨状に追いやられて無意味な生活を強いられることになったのである。

先ずは「木曜の夕べ」という行事そのものについて一言述べておく。東欧のある町がこの「木曜の夕べ」という音楽祭を企画して運営しているが、それは町の劣悪な音楽的状況を改善してそれを通じて町そのものを復興させるためであった。具体的に言えば、この町の音楽界はこれまで十七年間停滞して無惨な状況に陥っていたのである。ホフマンなどの有識者たちがそのような窮状を打破するために企画したのが「木曜の夕べ」という音楽祭であり、その中心として登用したのが指揮者のブロッキーであり、ピアニストのライダーだったのである。しかしブロッキーは公演の前に義足を切断して、アイロン台を松葉杖として使いながら、さらにかなり酔った状態で、舞台に登場して指揮をしたが、その途中で指揮台の上で倒れてしまって、演奏を中断することになったのである。その結果、聴衆は帰ってしまい、ライダーはピアノを演奏することもなくヘルシンキへ向かうことになったのである。このように「木曜の夕べ」という企画は破綻して儚く潰えてしまったのであり、この町は積年の惨状を克服して再生することはできなかったのである。

さらに主要な人物達も様々な難題に直面し孤軍奮闘しながら悲惨な状況に追い込まれて孤独な人生を送ることになったのである。

先ずはホフマンである。彼は「木曜の夕べ」の主催者の一人であり、この企画を中心になって推進してきたが、それが期待に反して破綻してしまったために落胆し自責の念にとらわれることになった。彼は息子のシュテファンにピアノを演奏する機会を与えたが、そして、息子は課題曲を見事に弾き熟して拍手喝采を浴びたのだが、彼は息子はピアノを弾いて笑いものになったと思い込んで罪障感に苛まれることになった。さらにブロッキーが演奏中に倒れるという失態を演じて、オーケストラの演奏を中断しなければならなかったし、その結果当然ながら聴衆たちは会場から一斉に退場してしまったのである。ホフマンにとってこれは最悪の事態であって、そのために耐え難い窮状へ追い込まれることになったのである。ホフマンは「めちゃめちゃだ」と叫びながらその惨状を妻のクリスティーネに訴えて「わたしを捨ててくれ」と泣きながら懇願した。するとクリスティーネは彼に近づいて手を差し伸べたが頭に触れぬままに手を引っ込めて「次の瞬間、彼女は踵を返して、廊下のかなたに消えていった」のである。かくしてホフマンは突き放されて孤独な生活に追いやられることになったのである。

次はブロッキーである。彼はオーケストラの指揮者であり。「木曜の夕べ」の中心人物であった。ブロッキーは会場へ向かう途中で事故に会ってたまたま現場に居合わせた外科医に左足(＝義足)を切断されることになった。ライダーはコンサートホールへ戻っていたが、そこへブロッキーがアイロン台を松葉杖にして自力で歩いてきたので、機嫌を窺うと、「気分はいい。指揮はするぞ。そうすれば、演奏は……大成功だ」と自信満々に答えて、さらに「彼女(＝ミス・コリンズ)は来る。きっと来る」と断言したのである。

ここでブロツキーは「ミス・コリンズ」に言及しているが、彼女は元妻であり、今も音楽を通じて付き合っている女性である。彼はこれから指揮をするが、この演奏を遣り遂げることによってミス・コリンズを取り戻して幸せだった過去を再生することを意図していたのである。

だがブロツキーは第三楽章を演奏中に大きくバランスを崩して、指揮台の手すり、アイロン台、総譜、譜面台もろとも転倒してしまった。その後彼が意識を取り戻して「彼女(=ミス・コリンズ)はどこだ?」と問うと、ミス・コリンズは「ここにいるわ、レオ」と答えたので、彼が「生涯ずっと愛し合っていたことを、連中に見せてやろう」と言うと、ミス・コリンズは「よかったら手を握ってもいいわ」と言って歩み寄ってひざまずいた。ブロツキーは「もう一度わしを抱いてくれ」と依願すると、突然ミス・コリンズは手を引っ込めて立ち上がって冷たい視線で見下ろしてカーテンに方へ歩いていった。そして彼女は「あなたがこれからどこへ行くにしろ、お一人で行ってください」と言って激しく非難し断罪するのである。

ああ、どんなにあなたが憎いか! わたしに人生を無駄に過ごさせたあなたが、どんなに憎いか! わたしは絶対にあなたを許しません!……あなたはこれからどこか恐ろしいところへ行くのよ。どこか暗くて寂しいところへ。そしてわたしは、あなたについては行きません。自分一人で行ってちょうだい!

(カズオ・イシグロ 二〇〇七年 八七四~八七五頁)

ミス・コリンズは止めを刺すかのように「あなたは大ぼら吹き以外の何ものにもなりません、臆病で、無責任なペテン師」と揶揄し弾劾するとカーテンの隙間から走り出て行ったのである。このようにブロツキーはミス・コリンズに見捨てられて、その後聖ニコラス施療院に収容されて孤独で無為の日々を送ることになったのである。

最後はライダーであるが、ここで重要なのはグスタフの存在である。彼は有能なポーターであり、ゾフィーの父親でありボリスの祖父である、つまり、ライダーの義父なのである。グスタフは娘のゾフィーとは長年話し合うこともないような疎遠な関係に置かれていた。ある時グスタフは力比べに参加してステップを踏みながら踊り続けて大喝采を浴びたが、その後トイレの洗面器に倒れ込んで意識を失ってしまった。ポーター達は彼を楽屋に運んでマットレスに寝かせたが、しばらくするとグスタフは意識を回復してライダーと話したいと言ったので、ライダーはすぐに彼のところに駆けつけた。グスタフはゾフィーと話し合ってこれまでの疎遠な関係を修復したいと説明した。ライダーは公衆電話からゾフィーにグスタフが倒れたことを告げて、すぐにアパートに行って二人を車に乗せて楽屋に戻った。ここでグスタフとゾフィーが対話をして二人は和解に達するのである。ゾフィーはグスタフのために買っておいたコートを渡すが、これをきっかけにして二人は心を開いて真摯に話し合うのである。ゾフィーは忘れた水泳用具をグスタフが学校まで持ってきてくれたことを思い出して語る。するとグスタフはコートがあるから暖かく過ごせると言って「いつもおまえを誇りに思っていた」と真情を吐露するのである。この瞬間に二人を隔てていた遺恨の壁が崩れて、親子は互いを受け容れて和解に達するのである。かくしてグスタフとゾフィーとボリスは家族として再生して新たな道を歩むことになったのであり、それを見届けてグスタフは静かに永遠の眠りにつくのである。

それではライダーはゾフィーとボリスと真っ当な家族生活を形成することができたのであろうか。ライダーは親子の和解の場に立ち会って家族の再生の瞬間を見守ってきたが、ここで音楽祭のことを思い出して「わたしにはいま、やることがたくさんあるんだ」と言って出て行こうとした。ゾフィーは「あたしたちは二人とも、あなたにここにいてほしいの」と懇願した。つまり、ゾフィーは今再生した家族の輪にライダーも加わってくれるよう願っていたのである。しかしライダーはゾフィーの必死の嘆願を一蹴して「やらなきゃならないことが山ほどある！　なのにきみは分かっちゃいない」と言い放って退出してしまうのである。その後ライダーはグスタフの死を知らされて、ゾフィーとボリスのところへ駆けつけるが、二人はコンサートホールを出て路面電車に乗ってアパートに帰ろうとしていた。ライダーもその路面電車に乗り込んで、二人のところへ行ってグスタフの死に目にあえなかったことを謝罪すると、ゾフィーは次のように厳しく難詰するのである。

放っておいて。あなたはいつだって、あたしたちの愛情の外にいたじゃない。いまだって自分を振り返ってみてよ。あなたはあたしたちの悲しみの外にいる。放っておいて。消えてちょうだい。

（カズオ・イシグロ　二〇〇七年　九三二頁）

このようにライダーは自分の音楽に囚われ過ぎているので、家族がいかに重要なものであるか理解できなくなっているのであり、それゆえ、ゾフィーに糾弾されて、「愛情の外」へ、「悲しみの外」へ放逐されてしまうのである。かくしてライダーも孤立を強いられ、無為の世界を彷徨い続けることになるのである。

これまで見てきたように、「木曜の夕べ」という企画は破綻して潰えることになり、それと並行して、ホフマンも、ブロツキーも　ライダーも、それぞれが最後には妻に告発され、批判され、拒否され、放棄され、その挙句に、たった一人残されて孤立して無為の人生を送ることを強いられることになった。つまり、彼らはまさに「充たされざる者」達だったのであり、これがこの作品の基本的な主題だったのである。イシグロはこれらの「充たされざる者」達の苦悩の人生を描きながら、一九九〇年代がいかなる時代であったかを書き上げることになったのであり、そういった観点からすれば、これは混迷する現代に肉迫した意義深い作品だったのである。

5

イシグロは二〇〇五年に『わたしを離さないで』を出版したが、これは傑作であり代表作であるので詳しく検討しておかなければならないだろう。

主人公はキャシー・Hであり、クローン人間で、三十一歳で、介護人を務めている。彼女はあと八か月で十二年間介護人として働いてきたことになるので、ここで身を引いて、いずれ提供者になろうと考えている。そして今彼女は「立ち止まり、考え、振り返れる」ので「古い記憶を整理しておきたい」と思って、第一部ではヘールシャムの思い出を、第二部ではコテージの思い出を、第三部では介護人の思い出を語ることになるのである。

ヘールシャムとはクローン人間達を収容して養育する施設である。それにしてもクローン人間とはいかなる存在であり、ヘールシャムとはどのような施設だったのであろうか。主任保護官であったエミリー先生が説明しているので紹介しておく。

人間は生きている限り病気に罹り時には死に至ることもある。しかし一九五〇年代に入ると科学上の大きな発見があって、それまで不治とされてきた病にも治癒の可能性が出てきた。つまり、病の患部を摘出して健全な臓器を移植することによって病を治癒することが可能になったのである。そして医療技術が進歩するにつれて臓器移植も進化して広範囲で行われるようになったのであり、その一つがクローン人間による臓器移植であった。それではクローン人間はいかにして作られるのであろうか。その原理は単純である。女性の卵子から核を取り除いて、クローンを作りたい人間の体細胞の核を移植して、それを子宮に着床させて育てればいいのである。(因みにこの核とは細胞の遺伝情報を保存し伝達するものである。)この作品にはキャシーやルースやトミーなどの多くの人物達が登場するが、全員がこのように遺伝子操作によって作られたクローン人間なのである。

かくしてキャッシー達クローン人間は臓器移植によって病の治療に貢献することになったが、保護官であるルーシー先生がそれに関して説明しているので確認しておこう。

あなた方の人生はもう決まっています、これから大人になっていきますが、あなた方に老年はありません。いえ、中年もあるかどうか……。いずれ臓器提供が始まります。あなた方はそのために作られた存在で、提供が使命です。ビデオで見るような俳優とは違います。わたしたち保護官とも違います。あなた方は一つの目的のためにこの世に生み出されていて、将来は決定済みです。ですから、無益な空想はもうやめなければなりません。

（カズオ・イシグロ　二〇〇八年　一一七頁）

これでわかるように、クローン人間とは臓器提供という「一つの目的」のために作られた存在であり、それゆえに「提供が使命」なのであり、「将来は決定済み」なのである。換言すれば、クローン人間は臓器提供以外の目的を選択して自由闊達に行動することはできないのであり、エミリー先生達はそのような難題を十分に認識していて、それに対処して乗り越えていく方策を提唱していたのである。エミリー先生はそれに関して次のように語っているのである。

数は少なくとも、協力して活発な運動を展開しました。そして、当時の臓器提供計画のあり方に反省を促しました。でも、最大の功績はほかにあると思っています。生徒たちを人道的で文化的な環境で育てれば、普通の人間と同じように、感受性豊かで理知的な人間に育ちうることと、それを世界に示したことでしょう。（カズオ・イシグロ　二〇〇八年　三九九頁）

このようにたとえクローン人間であっても「人道的で文化的な環境」で育てれば「感受性豊かで理知的な人間」に育てることができるのであり、エミリー先生達はそれを達成するために教育に精進してきたのである。

エミリー先生達はこのような教育方針に則ってすべての生徒達に芸術活動の意義を説いて奨励した。そして生徒達は恵まれた環境の中で芸術の創作に邁進して、時には優れた作品を、「作者の魂をさらけ出す」作品を創作することになった。そしてまさにその時生徒達は「感受性豊かで理知的な人間」に育っていたのである。マダム（＝マリ・クロード）が年に三、四回ヘールシャムを訪れて、それらの油絵、水彩画、デッサン、焼物、エッセイ、詩の中から優れたものを選んで持ち帰って保管していたのであり、それを通称「展示館」と呼んでいたのである。生徒達はこの「展示館」に自分の作品が選抜されて収納されるのはこの上ない名誉であると考えて、その目的を実現するために真摯に芸術活動に励んでいたのである。

このようにヘールシャムはエミリー先生達にとっても、キャシーやルースやトミー達にとっても意義ある重要な施設であったが、ここで確認しておかなければならないのは、現時点ではヘールシャムが閉鎖され解体されて存在していないことであり、これがかつての生徒達に大きな影響を及ぼして不安感を懐かせることになったことである。

それにしてもなぜそのような事態に陥ってしまったのであろうか。エミリー先生が説明しているので紹介しておく。これまで見てきたように、クローン人間がこの事業を支え担ってきたが、世間の人々はクローン人間とは自分達とは違った存在である、つまり、完全な人間ではないと考えており、それを前提にしてクローン人間による臓器提供を認可して実践してきたのである。そのような状況の中で、モーニングデール・スキャンダルが起ってこの事業を根底から揺るがし壊滅状態に陥れることになったのである。ジェームズ・モーニングデールという有能な科学者がいたが、彼はスコットランドの奥地に籠って研究を続けて、特別に頭がいい、特別に運動神経が発達しているクローン人間を作り出そうとしたのである。そしてこれが大問題を引き起こすことになった。つまり、世間の人々は普通の人間よりはるかに優れた才能を持つ子供達が生まれたら、この社会はいずれそういう子供達に乗っ取られると思い、それは恐ろしい事態だと考えて、この事業に反旗を翻して解体させてしまったのである。

ある日キャシーとルースとトミーは噂になっていた座礁した漁船を見学に行った。キャシーが運転して森まで行って、森に入って歩いて行くと、有刺鉄線を張った柵に着いた。その柵を潜り抜けて、森を進んで行って、空地に出ると、その先の湿地に廃船が見えたのである。ペンキはひび割れ剥げかかり、キャビンの柱は崩れ始め、船体の青色はほとんど白く変色していた。するとトミーが「ヘールシャムも、いまこんなふうなのかな。どう思う?」と問い掛けてきた。三人にとってこれが現実だったのである。彼らはたとえ生活の基盤を失って孤立した存在を強いられたとしても、それを真正面から受け止めて自らに課せられた義務を果たさなければならなかったのである。

その後三人は帰途についたが、その車の中で自分達が直面している問題について話し合って、新たな一歩を踏み出すことを決断したのである。これまで三人は親しく付き合ってきて、一緒に様々なことを経験してきた。ある時はルースとトミーが親密になってカップルとして楽しい時を送り、またある時はキャシーとトミーが親密になってカップルとして楽しい時を送ってきた。しかし三人の間には深刻な問題が潜んでいたのである。ルースはトミーとカップルになった経緯について「最大の罪は、あなたとトミーの仲を裂いたことよ」と述べて、さらにこのように語るのである。

「……カップルはあなたとトミーのはずだった。昔からわかってたのよ。……わかりながら邪魔しつづけた。これはもう、許してなんて頼めることじゃない。だから、わたしが頼みたいのはそれじゃない。あなたたち二人に取り戻してほしいの。わたしがだめにしたものを取り戻してほしい」

「どういう意味だ、ルース。取り戻すって?」トミーの声は穏やかで、子供のような好奇心にあふれていました。わたしを泣き出させたのは、トミーのその声だったと思います。

「キャシー、聞いて。あなたとトミーでやってみて。提供を猶予してもらって。あなたたち二人なら、きっとチャンスがあると思う」

（カズオ・イシグロ　二〇〇八年　三五五頁）

そう言うとルースはしわくちゃの紙切れをトミーに渡したが、そこにはマダムの住所が書かれていたのである。

ここでルースはキャシーとトミーに提供の猶予を申請するよう勧誘するが、この提供の猶予はヘールシャムでは以前から話題になって実しやかに語り継がれてきたのである。たとえば、ヘールシャム出身の生徒がある特別な条件をクリアして猶予期間をもらったとか、ヘールシャムの男子が数週間で介護人になるはずだったが、誰かに会いに行って丸々三年間の猶予をもらったといった噂が流れて好奇心を駆り立てていたのである。

キャシーとトミーはこのような噂を聞いていたし、さらにルースが罪滅ぼしのために勧めてくれたし、マダムの住所まで調べておいてくれたので、ついに提供の猶予を申請しようと決意することになったのである。

ここで問題になるのは、二人が提供の猶予を申し出た時、誰がどのような基準でその許否を判断するかである。トミーはこの件を真剣に受けとめて慎重に準備して方策を立てていた。たとえば、エミリー先生が、あるいは、マダムが提供の猶予の申請を受けた時、彼女達はいかにして判断を下すのであろうか。おそらくあの「展示館」から作品を出してきて、二人がカップルとしてうまくやって行けるかどうかを判断するのである。つまり、作品は作者の魂を映し出すものであり、それを見れば、彼らが本物のカップルなのか、一時ののぼせ上がりなのか、一目瞭然だったからである。かくしてトミーは準備に取り掛かって熱心に架空の動物の絵を描き始めたのであり、しばらくしてその絵に満足できるようになった時、トミーはキャシーを伴ってマダムの隠遁先を訪ねて提供の猶予を申し込んだのである。するとエミリー先生がマダムに代わってその噂は自然発生するものだから「気に病むのをやめました」と言い、さらにキャシーとトミーの必死の問い掛けに対して淡々と次のように答えたのである。


「では提供の猶予などないということでしょうか。できることは何もないと?」

エミリー先生はゆっくりと首を振りました。「噂には真実のかけらもありません。残念だけれど……気のどくだけれど」

突然、トミーが顔を上げ「でも、以前は?」と訊ねました。「ヘールシャムが閉鎖される前はどうだったんです」

先生は首を振りつづけました。「ありません。モーニングデール・スキャンダルの前、ヘールシャムが希望の光であり、人道的運営のモデル施設と見られていた頃でさえ、その噂は噂にすぎませんでした。これははっきりさせておいたほうがいいでしょう。実体のないお伽噺です。ずっとそうでした。……」

(カズオ・イシグロ　二〇〇八年　三九五頁)


このように提供の猶予は単なる噂だったのであり、「実体のないお伽噺」だったのである。かくして二人は噂が虚妄であったことを知らされ、一気に絶望のどん底に突き落とされることになったのであり、帰途、トミーは車から降りて茂みの中へ入って行って、荒れ狂い、喚き、拳を振り回し、蹴飛ばしたのである。しかしここで忘れてはならないのは、その後二人がルースのことを思い出して、自分達に「最善を望んでくれた」と言って感謝していることである。つまり、二人は提供の猶予が「実体のないお伽噺」であることを知って落胆し幻滅したが、実はそれはルースが望んでくれた「最善」だったのであり、このように認識を新たにすることによって、二人は厳しく限られた人生を生きて全うしようと決断したのである。

これまで見てきたように、キャシーは臓器提供によって、先ず親友のルースを失い、次いで恋人のトミーを失い、キャシー自身もいずれ提供者になって「完了」することになるのである。しかしここで銘記すべきは、キャシーが二人を記憶に留めて思い出を語っていることであり、さらにヘールシャムに関して「ヘールシャムはわたしの頭の中に安全にとどまり、誰にも奪われることはありません」と語っていることである。つまり、キャシーはルースとトミーと過ごしたヘールシャムでの悲喜こもごもの生活をそのまま肯定して受容して、それを基盤にして、最後の日々を前向きにかつ平穏に生き抜いて提供を迎えて「完了」しようと覚悟したのである。その後キャシーはトミーが使命を終えてから二週間後にノーフォークまでドライブして大地の前に立った。柵があり、有刺鉄線が張られており、そこにはゴミが引っかかり絡みついていた。すると地平線に小さな人の姿が現れ、徐々に大きくなり、トミーになって、手を振って呼びかけたのである。この瞬間にキャシーは改めてトミーとの愛を確認したのであり、自分が「感受性豊かで理知的な人間」であることを認識したのであり、そのような立場に立って新たな一歩を踏み出そうと決心したのである。

これまでイシグロの五篇の作品を選んで検討してきたが、それを踏まえてイシグロの文学について総括しておく。イシグロは日系のイギリス人作家であり、日系の作家であるがゆえに、最初の二つの作品では日本を舞台にして独自の世界を創造することになり、イギリス人作家であるがゆえに、第三作以降はイギリスおよびヨーロッパを舞台にして作品を書き続けてきたのである。さらにここで思い出さなければならないのは、イシグロが若い頃から様々な社会運動に積極的に参加して真摯に活動してきたことであり、その結果イシグロは強い問題意識を持つことになり、それを基盤にして多彩な文学活動を推進してきたことである。最後にそれがいかなるものであったか具体的にいくつかの作品に則して検認しておこう。

先ずは『浮世の画家』(一九八二年)である。小野益次は中堅の画家であったが、第二次世界大戦中に、天皇制、軍国主義を信奉して、『地平ヲ望メ』という絵を描いて、熱心に体制擁護のために活動した。小野は戦後にその広報活動のために批判され告発されることになり、自らその非を認めて責任をとった。しかし小野は画家として「信念を持って行動していた」のであり、この事実に固執してそれを贖罪と考えながら平穏な人生を送っているのである。

次は『日の名残り』(一九八九年)である。スティーブンスは執事としてダーリントン卿に三十五年間仕えてきた。その間にダーリントン卿は政治に参画して、たとえば一九三六年にはイギリスの首相と外相とドイツの駐英大使と極秘に会議を開催して、ヨーロッパの平和のためにイギリス国王にヒットラーを訪問してもらおうと画策したことがあった。そして戦後ダーリントン卿はこのような数々の政治的な活動のために摘発され批判されて悲劇的な生涯を閉じることになったのである。しかしスティーブンスはダーリントン卿は高潔で偉大な「紳士」であると信じて「全幅の信頼」を寄せて奉仕してきたのであり、一方ダーリントン卿はスティーブンスにそのように理解されて容認されることによって救済されることになったのである。

最後は『わたしを離さないで』(二〇〇五年)である。キャシーやルースやトミー達は臓器提供のために製造されたクローン人間である。しかし彼女達はヘールシャムで高邁な教育方針に従って「感受性豊かで理知的な人間」として育成されてきたのである。それゆえ彼女達は人間として臓器提供の猶予を申請したが、実際は提供の猶予は「実体のないお伽噺」に過ぎなかったことを知らされて、最後の希望を打ち砕かれて絶望の淵に追い遣られてしまうのである。しかしその後キャシーはノーフォークの大地へ行ってトミーが現れて手を振っている姿を見るのだが、この瞬間にトミーとの愛を成就して苦境を超克して未来に向かって歩み出そうと決意したのである。

このようにイシグロは常に強い問題意識を持って人間とは何かという問題を掲げて問い掛けながら、人間の多様な人生を書き続けてきたのであり、そういった意味で、現代を代表する正統派の日系のイギリス人作家なのである。

第五章　村上春樹——ジャズ喫茶のマスター作家に転身

1

村上春樹は一九七九年に『風の歌を聴け』を発表して作家活動を開始したが、ここには村上の作家としての本質が凝縮されて内包されているので、先ずはこの作品を検討することによって村上がいかなる作家であったかを解明したいと思う。

周知のように、村上はこの『風の歌を聴け』の執筆事情に関して自ら繰り返し語っているが、例えば『職業としての小説家』(二〇一五年)において、村上はこの問題について次のように書いている。

村上は一九七八年四月の晴れた日に神宮球場でヤクルト・スワローズ対広島東洋カープ戦を見ていた。ヤクルトは万年Bクラスの球団であり、外野席はがらがらだったので寝転んでビールを飲みながら試合を見ていた。

ヤクルトの先頭打者はアメリカからやってきたディブ・ヒルトンという、ほっそりした無名の選手でした。彼が打順の一番に入っていました。四番はチャーリー・マニエルです。後にフィリーズの監督として有名になりましたが、その当時の彼は実にパワフルな、精悍なバッターで、日本の野球ファンには「赤鬼」と呼ばれていました。広島の先発ピッチャーはたぶん高橋（里）だったと思います。ヤクルトの先発は安田でした。一回の裏、高橋（里）が第一球を投げると、ヒルトンはそれをレフトにきれいにはじき返し、二塁打にしました。バットがボールに当たる小気味良い音が、神宮球場に響き渡りました。ぱらぱらというまばらな拍手がまわりから起こりました。僕はそのときに、何の脈絡もなく何の根拠もなく、ふとこう思ったのです「そうだ、僕にも小説が書けるかもしれない」と。

（村上春樹　二〇一六年　四七頁）

高橋がプレイボールとともに第一球を投げると、ヒルトンはそれをはじき返して二塁打にした。その時村上は「そうだ、僕にも小説が書けるかもしれない」とふと思ったのである。それにしても村上はなぜヒルトンが第一球をはじき返した時に「僕にも小説が書けるかもしれない」と考えたのであろうか。そこには「何の脈絡もなく何の根拠もなく」、それゆえに私達は理解することはできないのだが、その後で村上自身がその理由を解説しているので確認しておこう。

そのときの感覚を、僕はまだはっきり覚えています。それは空から何かがひらひらとゆっくり落ちてきて、それを両手でうまく受け止められたような気分でした。どうしてそれがたまたま僕の手のひらに落ちてきたのか、そのわけはよくわかりません。そのときもわからなかったし、今でもわかりません。しかし理由はともあれ、とにかくそれが起ったのです。それは、なんといえばいいのか、一つの啓示のような出来事でした。英語にエピファニー（epiphany）という言葉があります。日本語に訳せば「本質の突然の顕現」「直観的な真実把握」というようなむずかしいことになります。平たく言えば、「ある日突然何かが目の前にさっと現れて、それによってものごとの様相が一変してしまう」という感じです。それがまさに、その日の午後に、僕の身に起ったことでした。それを境に僕の人生の様相はがらりと変わってしまったのです。デイブ・ヒルトンがトップ・バッターとして、神宮球場で美しく鋭い二塁打を打ったその瞬間に。

（村上春樹　二〇一六年　四七～四八頁）

なぜそのようなことが起ったのか、村上自身にも「そのときもわからなかったし、今でもわかりません」。強いて言えば、それは「啓示」なのであり、換言すれば、「エピファニー」なのであり、その結果「それを境に僕の人生の様相はがらりと変わってしまった」のである。

かくして村上は何もわからないままに小説を書くことになった。村上は早速新宿の紀伊国屋に行って、原稿用紙と万年筆(=セーラー、二千円)を買って、夜遅く、店の仕事が終わってから、台所のテーブルに向って、小説を書き始めて、半年後に『風の歌を聴け』を書き上げたのである。しかしその作業は苦渋に満ちたものであり、「小説を書く才能なんかないんだ」と考えて落ち込んだりした。だがそこで挫折して筆を置くことはなかった。村上はその時の心理状況をこのように書いている。

どうせうまい小説なんて書けないんだ。小説とはこういうものだ、文学とはこういうものだ、という既成概念みたいなものを捨てて、頭に浮かんだことを好きに自由に書いて見ればいいじゃないか。

(村上春樹　二〇一六年　五〇頁)

村上はこのように小説や文学に関する「既成概念」を捨てて、「好きに自由に」書き続けようと決意したが、それでも書くことは至難の業であり、難行苦行を強いられることになった。すると村上はその苦境を切り抜けるために奇想天外の行動に出るのである。原稿用紙と万年筆を放棄して、その代わりにオリベッティの英文タイプライターを持ち出して、試しに小説の出だしを英語で書き始めたのである。

もちろん僕の英語の作文能力なんて、たかがしれたものです。限られた数の単語を使って、限られた数の構文で文章を書くしかありません。センテンスも当然短いものになります。頭の中にどれほど複雑な思いをたっぷり抱いていても、そのままの形ではとても表現できません。内容をできるだけシンプルな言葉で言い換え、意図をわかりやすくパラフレーズし、描写から余分な贅肉を削ぎ落とし、全体をコンパクトな形態にして、制限のある容れ物に入れる段取りをつけていくしかありません。ずいぶん無骨な文章になってしまいます。でもそうやって苦労しながら文章を書き進めているうちに、だんだん僕なりの文章のリズムみたいなものが生まれてきました。

（村上春樹　二〇一六年　五一頁）

村上は謙遜しているが、実際は高度の英語力を身につけていて高校生の頃から原書で本を読み漁っていたのであり、それゆえここで村上が試しに小説の出だしを英語で書いてみたのは想定内の所業であった。とはいえ村上の作文能力は十分なものではなかったので、「限られた数の単語」と「限られた数の構文」で書かなければならず、その結果「内容をできるだけシンプルな言葉で言い換え、意図をわかりやすくパラフレーズし、描写から余分な贅肉を削ぎ落とし、全体をコンパクトな形態」にしなければならなかった。そしてこのような作業を続けるうちに徐々に村上なりの文章のリズムが生まれてきたのである。すると今度はタイプライターを押し入れに戻して、原稿用紙と万年筆を取り出して、英語で書き上げた文章を、日本語に「翻訳」したのである。その作業の成果についで村上は次のように説明している。

するとそこには必然的に、新しい日本語の文体が浮かび上がってきます。それは僕自身の独自の文体でもあります。僕が自分の手で見つけた文体です。そのときに「なるほどね、こういう風に日本語を書けばいいいんだ」と思いました。まさに眼から鱗が落ちる、というところです。

（村上春樹　二〇一六年　五三頁）

このようにして村上はすでに書き上げていた「あまり面白くない」小説を「新しく自分の手で見つけた」「独自な」文体でそっくり書き直したのである。小説の筋はほとんど変わっていないが、その表現方法は全く違うので、読んで見るとその印象はぜんぜん違ったものになった。これが今私たちの手元にある『風の歌を聴け』という作品なのである。彼はあの時の突然のエピファニーに彼なりに応えて、独自の新しい小説を書き上げて颯爽と文学界に登場することになったのである。

2

このような過程を経て一九七九年に『風の歌を聴け』は出版されたが、これからそれがいかなる作品であり、当時の文学界でどのような意味を持つことになったのかを考察していくことにする。

先に紹介したように、村上は一九七八年にヒルトンの一打に「啓示」を受けて、あるいは、「エピファニー」によって、「僕にも小説を書くことができるかもしれない」と考えて小説を書き始めたのであり、そして一年後に『群像』に発表したのが『風の歌を聴け』であった。これは彼にとって初めての経験だったのであり、それゆえに「書くこと」に拘って、この作品の冒頭で「書くこと」の意義について執拗に考察を巡らしている。

「僕」は小説を書き始めるが、意図したように書くことができないので「いつも絶望的な気分に襲われる」ことになった。「完璧な文章なんて存在しない」と言って自ら慰めてみるが、そんなことでは問題は何一つ解決することはなかった。

「僕」はこの作品にデレク・ハートフィールドという作家を登場させて、彼から文章について殆ど全部を学んだと述べているが、ここで注意すべきはハートフィールドは「僕」が創造した架空の作家だったことである。これを大前提にして、それにしてもハートフィールドとはいかなる作家だったのであろうか。彼はヘミングウエイやフィッツジェラルドと同時代の作家だったが、「文章は読み辛く、ストーリーは出鱈目であり、テーマは稚拙」な「不毛な作家」であった。そして一九三八年六月のある晴れた日曜日の朝に「右手にヒットラーの肖像画を抱え、左手に傘をさしたままエンパイア・ステート・ビルの屋上から飛び下りた」のである。つまり、彼は時代錯誤的な人生を送って自滅していったスキャンダラスな作家だったのである。そして「僕」はこの「不毛な作家」から「文章について殆ど全部」を学んだと言っているが、「僕」が具体的に学んだのは、文章を書く時自分と事物との距離を確保しておくこと、そして、そのためには「感性」ではなくて「ものさし」が必要であることであった。そして「僕」はこの方法に則って文章を書き始めたが、それはきわめて「苦痛な作業」であり、その結果、「僕」が書けたのは「小説でも文学でもなければ、芸術でもない」「ただのリスト」に過ぎなかった。これが『風の歌を聴け』だったのである。

これだけの事実を踏まえて、これからこの作品を具体的に検討していくことにする。この作品は一九七〇年の八月八日に始まり、十八日後、つまり、八月二十六日で終わっている。

「僕」は二十一歳の大学生で今神戸に帰省しており、鼠と「小指のない女の子」と一緒にジェイが経営するジェイズ・バーを拠点にして退屈な十八日間を過ごすことになるのである。

「僕」は大学に入った十八歳の時に鼠と出会った。二人は酔っ払っていたが、朝の四時に鼠の黒塗りのフィアット六〇〇に乗り込んで、八十キロも速度を出して、公園の垣根を突き破り、つつじの植え込みを踏み倒して、石柱に激突した。しかし幸運にも二人とも大きな傷を負うこともなく無事だった。それ以来二人は親友になってこの十八日間「チームを組んで」行動することになったのである。

その時鼠はフィアット六〇〇を運転していたが、この一事から彼が大金持ちの息子であることがわかる。事実鼠は三階建ての家に住んでおり、屋上には温室が設置されており、小型飛行機が入るような地下の広いガレージには父親のベンツと鼠のトライアンフRⅢが並んでいたのである。

ある日二人はいつものようにジェイズ・バーでビールを飲みピーナッツの殻を撒き散らしながら「退屈な夏」を過ごしていた。ここで鼠はいつものように酔いに任せて金持ち批判を始める。「金持ちなんて・みんな・糞くらえだ」と断じて「虫唾が走る」と非難する。「僕」が鼠は金持ちであることを指摘して、なぜ金持ちが嫌いなのかと訊ねると、鼠は「奴らは大事なことは何も考えないからだと答える。人間は「生きるためには考え続けなくちゃならない」ものだが、金持ちは「何も考えない」のであり、それゆえに、「ダニ」であり「虫唾が走る」のである。二人はジェイズ・バーで落ち合ってこのような会話を繰り返しながら「退屈な夏」を過ごすのである。

ある日「僕」がジェイズ・バーで本を読んでいると、鼠がなぜ本なんか読むのかと訊ねてきて、それをきっかけにして鼠が文学について語り出す。鼠はある女流作家の作品を読んだが、主人公は三〇歳位のファッション・デザイナーで不治の病に冒されていると信じ込んでいる。彼女は避暑地に来てあらゆる場所でオナニーに耽る。鼠はその作品を「反吐が出る」と言って批判して、自分が書きたい小説について話し始める。

鼠が乗っていた船が太平洋の真ん中で沈没してしまい、浮き輪につかまって夜の海を漂っていた。すると若い女が同じように浮き輪につかまって近づいてきた。二人は世間話をするが、そのうちに夜が明けてきた。女は島がありそうな方へ泳いで行き、鼠はそこに止まって飛行機が救助に来るのを待つことにした。そして二人は助かって何年か後に山の手のバーで偶然めぐり合うことになった。女は二日二晩死ぬ思いで泳いで島に辿り着いたのであり、その不公平な運命を呪って鼠が死ねばよかったと考えたことを自白するのである。このように鼠は想像をめぐらして即興的に物語を語っているが、これ以降もセックス・シーンのない、人が死ぬことのない小説を書き続けることになるのである。

ある日朝の六時前に「僕」は女の部屋のベッドで目を覚ました。隣では女が裸で寝ている。彼女の左手には指が四本しかなかった。約三時間後に女は目覚めて「あなたは誰?」と訊いたので、「僕」はなぜこのような事態になったのかを説明する。「僕」は昨夜ジェイズ・バーで飲んでいたが、鼠が来なかったので、顔を洗って帰るためにトイレに行くと、女が床に倒れていた。店には女を知る者はいなかったので、「僕」が葉書に書いてあった住所に送ることになったのである。女がなぜ泊ったのかと訊くので、友だちが急性アルコール中毒で死んだことがあって心配だったからだと言い、それではなぜ朝早く帰らなかったのかと問うので、何があったのか説明すべきだと考えたからだと答えた。女はこのような説明に納得して、今何時かと訊ねる。九時だと伝えると、女は仕事に行かなければならないと言って身支度を始める。「僕」は車で送ってやると提案する。女は意識を失くした女と寝るような奴は「最低」だと非難を浴びせるが、「僕」は何もしていないし、女が自ら脱いで裸になったのだと反論する。女はその説明を受け容れて、「僕」は車で仕事場の近くまで送る。女は降りる時千円札一枚をバックミラーの後ろにねじ込んだ。

ある日「僕」は港のレコード店に入った。店の女の子がカウンターに座っていたが、彼女は一週間前にトイレで倒れていた小指のない女の子だった。彼女は再会に驚くが、「僕」はレコードを買うために偶然寄っただけだと説明する。「僕」は鼠への贈物として、ビーチ・ボーイズの『カリフォルニア・ガールズ』とバーンスタインとグレン・グールドのベートーベンの『ピアノ協奏曲第三番』と「ギャル・イン・キャリコ」の入ったマイルス・デイビスのレコードを購入した。いかにも「僕」らしいセンスのいい選択である。「僕」は食事に誘うが、彼女は一人で食事をするのが好きだから構わないでと断って再び「あなたって最低」と非難を浴びせた。

ある日「小指のない女の子」から電話があって、先日酷いことを言ったから謝りたいと言うので、八時にジェイズ・バーで会うことになった。

その間に「僕」はそれまでに寝た三人の女の子のことを回想して語る。

最初の女の子はクラス・メートだった。お互い相手を愛していると信じていて、ある日夕暮の茂みの中で抱き合った。二人は高校を卒業して数か月後に突然別れてしまった。「理由は忘れたが、忘れる程度の理由だった」のである。これが二人の愛の実態であった。

二人目の相手は新宿駅で会った十六歳の無口のヒッピーの女の子だった。その時新宿では激しいデモが吹き荒れていて、電車もバスも完全に止まっていた。「僕」は何か食べさせてやると言って、新宿駅から連れ出して目白まで歩いた。その後少女は一週間「僕」のアパートにいて、昼過ぎに起きて、食事をして、煙草を吸い、本を読み、テレビを見て、時折「気のなさそうなセックスをした」。そしてその少女は突然小銭と一箱の煙草とTシャツを持って出ていった。机の上にノートの切れ端があり、そこにはたった一言「嫌な奴」と記されていた。「僕」は空々しい想いで「恐らく僕のことだろう」と推察した。

三人目の相手は大学で知り合った仏文科の学生であるが、彼女は翌年の春休みに雑木林で首を吊って死んでしまった。彼女の死体は二週間そのままぶら下がっていたので、今では誰もその林に近づくことはない。

ある日二人は朝の四時前にベッドの中にいたが、彼女は大学に入ったのは「天の啓示」を受けるためであり、それは天使の羽根みたいに空から降りて来るものだと言った。「僕」は羽根が大学の中庭に降りてくる光景を想像したが「それはティッシュ・ペーパーのように見えた」のである。このように虚無的な「僕」にとって「天使の羽根」も「ティッシュ・ペーパー」にしか見えなかったのである。

その夜「僕」が少し遅れてジェイズ・バーへ行くと、彼女はバーのカウンターに腰掛けてジンジャー・エールを飲んでいた。「僕」が父親の話をすると、彼女も家族について語り出した。父は五年前に脳腫瘍で死んだが、そのおかげで一家は空中分解してしまい、母と双子の妹とは別れて暮らしている。双子の妹とは「同じ顔で、同じ知能指数で、同じサイズのブラジャーをつけて」いたので「間違えられて」「うんざりしていた」が、八歳の時からは間違えられることはなくなった。彼女が掃除器のモーターに小指を突っ込んで四本の指しかなくなってしまったからである。一方「僕」は大学生で、生物学を専攻していて、今は夏休みで帰省中であることを告げる。

次ぐ日小指のない女の子からビーフ・シチューを作ったから食べに来ないかと誘われたので、途中で冷えたワイン二本と煙草のカートン・ボックスを買い求めて彼女の家に駆け付けた。二人はワインを飲み、実験の話やデモやストライキの話をしながら、ゆっくりと食事をした。その後二人は静かに寛いだ時を過ごすが、すると彼女は「僕」をじっと見つめながら、「あなたがこの間、私に何もしなかったこと」を信じてもいいと告白した。これで二人は和解することになったが、彼女はさらに明日から一週間ほど旅行するので帰ったら電話すると約束した。

ある日「僕」は最近鼠が変なので、ジェイに訊ねると、例の女の子のことと、みんなに取り残されるような気がしていることで、変になっているのだろうと言ったので、「僕」は鼠に直接会って問い質してみようと決心したのである。

翌日「僕」は鼠を誘って山の手にあるホテルのプールに出掛けた。二人はひと泳ぎしてからデッキ・チェアに並んで座って会話を交わす。鼠はここでも例の如く金持ち批判を繰り返す。鼠は金持ちだが、それに我慢ができないので逃げ出したくなるのである。そのような状況の中で鼠が突破口として考えたのは小説を書くことであった。それを受けて「僕」が「自分自身のために書くか，それとも蝉のために書くか」と聞くと、鼠は「蝉や蛙や蜘蛛や風、みんなが一体になって宇宙を流れて行く」のであり、それゆえに、「蝉や蛙や蜘蛛や、そして夏草や風のために何かが書けたらどんなに素敵だろう」と答える。そして実際鼠はその後小説を書き続けてその都度「僕」の所に送ってくるようになるのである。

ある日彼女から電話があって、旅行から帰ってきたので、五時にＹＭＣＡの前で会うことになった。彼女はフランス語会話の授業を受けて出てきたが、髪型と眼鏡のせいか三歳位老けて見えた。旅行は楽しかったかと訊ねると、旅行にはいかなかった、嘘をついていたと詫びた。

二人は港の小さなレストランで簡単な食事をとり酒を呑みながら話し合った。すると彼女は唐突に「何故人は死ぬの？」と訊いてきたので、「僕」は一つの説として「進化してるからさ。個体は進化のエネルギーに耐えることができないから世代交代する」と説明した。

その後二人は倉庫街に沿って歩いて、突堤の倉庫の石段に腰を下ろして海を眺めた。すると彼女は突然左手でこぶしを作り、右の手のひらを何度も赤くなるまで叩いて「みんな大嫌いよ」とぽつんと言った。「僕」はいろいろ問いかけながら慰めてやったが、「気がついた時、彼女は泣いていた」のである。

二人は三十分歩いて彼女のアパートへ行った。彼女が「今夜は一人でいたくない」と言うので夜を過ごすことになった。彼女はベッドの中で三十度もあるのに「寒い」と言ったり、急に「怖いのよ」と言ったりして、異常な言動を示す。そして「僕」がセックスしたいと言うと、「手術したばかりなの」と言って断る。「僕」が「子供？」と聞くと「そう」と認める。彼女は一週間旅行に行くと言っていたが、実際はその間に堕胎手術を受けていたのである。彼女はそのために混乱して「寒い」と言ったり「怖いのよ」と言ったりしていたのである。「僕」は「風向きも変わるさ」と言って抱いてやると、彼女は「僕」の胸に頭を乗せ、唇を僕の乳首につけたまま動かなくなって、「お母さん……」と夢を見るように呟いた。彼女は眠っていたのである。

そしてある日（＝八月二十六日）「僕」はスーツケースを持ってジェイズ・バーを訪れて別れの挨拶をした。それからバス・ステーションへ行き、夜行バスの切符を買い、バスに乗り込んだ。最後に「僕」は次のような言葉でこの作品を締め括っている。

あらゆるものは通りすぎる。誰にもそれを捉えることはできない。
僕たちはそんな風にして生きている。

（村上春樹　一九八二年　一四七頁）

これまで見てきたように「僕」はジェイズ・バーを拠点にして主に鼠と「小指のない女の子」と交流しながら「退屈な夏」を過ごすのだが、「僕」は基本的にシニカルで無力感にとらわれていて、そのために「あらゆるものが通りすぎる」のを冷笑的に眺めているだけなのである。そしてここで特筆すべきは作家志望の村上春樹がハートフィールドから習得した「ものさし」を駆使して「僕」の「デタッチメント」の実態を効果的に表現していることである。つまり、村上は当時の文壇の「既成概念」に抵抗して異議を唱えているのであり、ここにこの作品の文学史的な意義があるのである。それにしても無名の作家村上はなぜこのような先端的な作品を書くことができたのであろうか。

ここで登場するのがデレク・ハートフィールドなのである。先述したように「僕」はハートフィールドから文章について「殆ど全部」学んでいたが、さらに後半で再びハートフィールドを取り上げて「人生は空っぽである」という言葉を引用している。つまり「人生は空っぽ」なのであり、それを自ら実証するかのように、ハートフィールドは一九三八年に右手にヒトラーの肖像画を抱え、左手に傘をさしたままエンパイア・ステート・ビルの屋上から飛び降りて自殺したのである。これでわかるようにハートフィールドは時代に逆行するスキャンダラスな作家だったのである。最後に村上は「ハートフィールド、再び……(あとがきにかえて)」を書いて、ハートフィールドとの関係について説明している。村上は高校生の時に神戸の古本屋でハートフィールドのペーパー・バックを何冊かまとめて購入したのであり、この出会いがきっかけとなって小説を書くことになりこの作品を上梓することになったのである。そして数年後に村上はこの恩義に報いるためにオハイオ州の小さな町にあるハートフィールドの墓を訪ねて手を合わせて改めて謝意を表したのである。このように「僕」も村上もデレク・ハートフィールドから文章についてのみならず人生についても学んでいたのであり、そのような文学観に基づいて反時代的な『風の歌を聴け』を書き上げて出版することになったのである。

3

村上は一九八〇年に第二作『一九七三年のピンボール』を発表したが、この作品はプロローグと本文で構成されており、さらにプロローグは二つの部分から成っている。

一つは「一九六九－一九七三」と題されていて、その間の「僕」にまつわる様々な出来事が語られている。「僕」は一九六九年に学園闘争を経験し、同時に、直子と知り合って親しく付き合っていた。直子は自分が育った町についていろいろ語っていたので、彼女の死後、その話を確認するために町を訪れる。ここでは彼女の死が告げられているが、その死について具体的に語られてはいない。ただし「僕」が直子を愛していたことも、直子が死んでしまったことも「何ひとつ終わっていなかった」のである。その後村上はこの直子の問題に真正面から取り組んで一九八七年に『ノルウェイの森』を出版することになるのである。

もう一つは「ピンボールの誕生について」と題されており、ピンボールの来歴と経験談が語られている。レイモンド・モロニーという人物が一九三四年にピンボールの第一号機「バリフー」を発明したが、その後テクノロジーと資本投下と根源的欲望によって、ついにあの幻の名作「3フリッパーのスペースシップ」を製作することになった。「僕」はジェイの店と新宿のゲームセンターで莫大な量の銅貨(＝金)と時間を注ぎ込みながら「スペースシップ」に熱中して、ついにベストスコア十六万五千をマークしたが、これはこの「スペースシップ」のベストスコアでもあった。

このあとが本文であるが、ここでは一九七三年の九月から十一月までの出来事が語られ、主人公の「僕」は二十四歳に、鼠は二十五歳になっている。

本文は二十五章から成っていてパラレル・ストーリーの形を取っている。第一章は「僕」の話であり、第二章は鼠の話になっている。しかし全編が規則的にパラレルに展開されているわけではなくて、何個所かは逸脱する形になっている。たとえば、第十二章、第十八章、第二十章、第二十二章は「僕」の話になっているし、逆に、第十九章、第二十三章は鼠の話になっている。その結果、二十五章のうち、十五章が「僕」の話になっており、十章が鼠の話になっているのである。

先ずは「僕」の話を見ておこう。「僕」は今たまたまアパートで双子の姉妹と暮らしているが、「何故僕の部屋に住みついたのか、いつまでいるつもりなのか、だいいち君たちは何なのか、年は？ 生まれは？……僕は何一つ質問しなかった」のである。二人は顔も声も髪型も同じだったので見分けがつかなかったが、スーパーマーケットの開店記念でもらった「２０８」と「２０９」という数字がプリントされたトレーナー・シャツを着ていたので辛うじて区別することができた。「僕」はそんな双子に挟まれて寝ながら性的な関係を持つこともなく平穏に暮らしていたのである。

「僕」は七二年の春に友人と渋谷のマンションを借りて翻訳専門の事務所を開設したが、「豊かな鉱脈を掘り当てた」ようで驚くほどの量の依頼が舞い込んできてビジネスは大成功であった。実に様々な仕事が舞い込んだが、それらを的確に処理して、満足の行く収入を得ていた。そして仕事が終わると、アパートに帰り、双子のいれてくれた美味しいコーヒーを飲みながら、カントの『純粋理性批判』を読み返しているのである。

このように「僕」は双子の姉妹と安穏な生活を送っているが、その間に様々なことが起る。ある日グレーの作業服を着た男が配電盤を交換に来た。彼は双子に教わって配電盤を見付けて交換した。ところが彼は「僕」が双子の女の子と寝ているのを知って動転したのか配電盤を忘れて帰ってしまった。そのために三人は貯水池まで行ってお葬式を執り行ってその配電盤を弔うことになったのである。

「僕」はまた学生時代の寮生活を回想する。寮には赤電話が一台だけ設置されていたが、「僕」の部屋に最も近かったので、「僕」は電話の取り次ぎ役を務めることになった。寮の二階に髪の長い少女が住んでいたが、頻繁に電話がかかってきたので、その都度取り次ぐことになった。半年後、いつものように取り次ぐと、その後彼女が「寒くって死にそうなのよ」と言いながら「僕」の部屋に入ってきた。そして明日引っ越すのでこれまでの取り次ぎのお礼としてポット、食器、ティーバッグ、緑茶、ビスケット、グラニュー糖、タンブラー等を段ボールに詰めてもってきた。次ぐ日「僕」は大型のトランクを駅まで運んでやって北の方へ帰る女の子を見送ることになったのである。

「僕」はオフィスでスタン・ゲッツの曲やチャーリー・パーカーの曲を聴きながら翻訳の仕事を順調に進めていった。たとえば、「猫は何故顔を洗うか」とか「熊が魚を取る方法」とか「致死病者との対話」とか「花粉病をめぐる作家たち」といった論文を訳しながら、誰がどのような理由でこのような論文の翻訳を望むのか不思議でならなかったが、仕事は仕事としてきぱきとこなしていった。そういった意味で「僕」は有能で律儀な翻訳家であった。そして一日のノルマを果たすと退社して、アパートに帰って、双子が用意した夕食を摂り，美味しいコーヒーを飲み、ベッドで『純粋理性批判』に眼を通して就寝するのである。

このような平凡な生活を送っていたが、ここで注意しなければならないのは、「僕」が「同じ一日の同じ繰り返し」の中で「何処まで行けば僕は僕自身の場所をみつけることができるのか」と自問自答していることである。つまり、「僕」には「僕自身の場所」がないのであり、それゆえに「自分自身をどう扱えばいいのかが上手く把めなかった」のである。このように「僕」は空ろで不安な生活を強いられているのであり、そのような状況の中でそこから脱出するべく機会を模索しているのである。

ある日「僕」はいつものように双子と一緒に隣のゴルフ・コースの八番ホールで夕焼けを眺めていると、ピンボールに心を捉えられたのである。その後ピンボールのイメージは「僕」の中でどんどん膨らんでいったので、その結果、幻の「3フリッパーのスペースシップ」の捜索に乗り出すことになったのである。「僕」はかつてピンボールの「呪術の世界」に入り込んでジェイズ・バーや新宿のゲームセンターで「スペースシップ」を選んで熱中してプレイしたが、それについて「僕」は次のように語っている。

彼女は素晴らしかった。3フリッパーのスペースシップ……、僕だけが彼女を理解し、彼女だけが僕を理解した。僕がプレイ・ボタンを押すたびに彼女は小気味の良い音を立ててボードに六個のゼロをはじき出し、それから僕に微笑みかけた。僕は一ミリの狂いもない位置にプランジャーを引き、キラキラと光る銀色のボールをレーンからフィールドにはじき出す。ボールが彼女のフィールドを駆けめぐるあいだ、僕の心はちょうど良質のハッシシを吸う時のようにどこまでも解き放たれた。

（村上春樹　一九八三年　一一四〜一一五頁）

このようにして「僕」は莫大な硬貨（＝金）と時間を費やしてベストスコアの十六万五千を記録したのであり、そういった意味で、ピンボールとは「僕が誇りを持てる唯一の分野だった」のである。そして「僕」は今この「スペースシップ」を捜索しながら、「僕自身の場所」を見つけ出して確保しようとしているのである。

「僕」は多くのゲームセンターを訪ねてみたが発見することはできなかった。しかしその過程で一人のピンボール・マニアに出会うことになった。彼は大学のスペイン語の講師であったが、同時にピンボールにも通暁していて豊富な知識を保持していた。彼も「スペースシップ」に興味を持っていて多くの情報を提供してくれた。シカゴのギルバート&サンズが一九六八年に製作したものであり、全部で千五百台が生産されて、その中の三台が日本に輸入されて、新宿と渋谷のゲームセンターとジェイの店に配置されたのである。その後一台は焼失し、一台は処分されて、新宿の台だけが残存しているはずであったが、「僕」が十六万五千のベストスコアを出したのはまさにこの台だったのである。大学の講師も興味を示して捜査に協力してくれて、ついに幻の「スペースシップ」を発見してくれたのである。

大学の講師の案内でその「スペースシップ」に会いに行くことになった。二人はタクシーに乗ってかなりの時間をかけて郊外の人里離れた空地に立つ旧養鶏場の倉庫に着いた。「僕」は一人で鶏の匂いのする倉庫に入り、スイッチを押すと、眼前に異様な光景が広がった。総数七十八台のピンボール台が整然と並んでいたのである。次いで「僕」が扉の脇のレバー式のスイッチを引くと、七十八台のピンボール・マシーンが「電気を吸い込み」「生に満ちた」のである。「僕」がそれらの間を歩いて行くと「3フリッパーのスペースシップは列のずっと後方で僕を待っていた」。彼女は僕に微笑み、僕も彼女に微笑んだ。二人は三年振りの再会を祝して会話を楽しんだ。そして「僕」はこの経験を経て次のように書くのである。

僕たちはもう一度黙り込んだ。僕たちが共有しているものは、ずっと昔に死んでしまった時間の断片にすぎなかった。それでもその暖かい想いの幾らかは、古い光のように僕の心の中を今も彷徨いつづけていた。そして死が僕を捉え、再び無の坩堝に放り込むまでの束の間の時を、僕はその光とともに歩むだろう。

（村上春樹　一九八三年　一五九頁）

このように「僕」は「スペースシップ」との再会を果たして「光」を発見したのであり、これからはその「光」とともに新たな道を歩もうと誓ったのである。そしてそのために「僕」はこれまでの生活を清算しようと決心した。その結果、双子の姉妹がアパートから出ていくことになった。二人は格別の理由もなしに同居していたが、今また格別の理由もなしに「もとのところ」に「帰る」ことになったのである。「僕」にとって二人との別離は悲しいことであったが、この時「僕」は

「光」とともに歩みながら「僕自身の場所」を見つけ出そうと考えていたに違いないのである。

次に鼠の話を簡単に見ておこう。一九七三年の九月、「僕」と鼠は七百キロも離れた町に住んでいた。つまり、鼠は現在も神戸に住んでいて、三年前に大学を退学した後は職につくこともなく苛立たしく取り留めのない生活を送っていたのである。鼠はかつて金持ちを「糞くらえ」と非難し「虫唾が走る」と嫌悪を露わにしていたが、今もそのような批判的な態度を堅持しており、そのためにこの世界には「彼が潜り込むだけの余地など何処にもないように思えた」のである。鼠はこのような切迫した状況に追い込まれて苦吟していたのである。

鼠は相変わらずジェイズ・バーに通って飲み続けていたが、彼の中で「時の流れ」が「プツンと断ち切られてしまった」ために益々「無力であり、孤独であった」。そしてそのような苦境の中で不要物売買コーナーを介して知り合った女性と親しく交際していた。彼女は美術大学の建築科を出て設計事務所で働いており、ヴィオラのレッスンに通いモーツアルトを弾いたりする育ちの良さを感じさせる魅力的な女性であった。その結果鼠は心の中に「優しさ」のようなものが広がって来るのを感じるようになった。しかし期待に反して鼠はその女性との関係を自ら断ってしまうのである。彼は彼女と直接会うのを止めてしまい、彼女のアパートの部屋を遠くから眺めていろいろと想いを馳せるようになっていく。それにしてもなぜ鼠は一歩踏み出さずに逆に身を引いて別れる道を選んだのであろうか。

ここで思い出されるのは鼠が若い時からしばしば霊園を訪れていたことである。鼠はそこで

「様々な夢があり、様々な哀しみがあり、様々な約束があった。結局みんな消えてしまった」という事実を認識したのであり、さらに鼠はジェイに町を去ることを告げた後にも再び霊園を訪れて車の中で「眠りたかった。眠りが何もかもをさっぱり消し去ってくれそうな気がした。眠りさえすれば……」と告白している。つまり、鼠は死の衝動に駆られて死の世界を憧憬しているのであり、それゆえに、女の子との関係を断って、住み慣れた神戸の街から出ていくことを決心したのである。

このように『一九七三年のピンボール』はパラレル・ストーリーという形式をとっており、「僕」の話と鼠の話が基本的には交互に語られているのである。「僕」は様々な経験を通して、特に「スペースシップ」の捜索を通じて、それまでの生活を清算して「僕自身の場所」を求めて新たな道を歩み出すことになった。一方鼠はジェイに神戸の街を出ていくことを告げた。どこといって行く当てがあるわけではないが、死の意識に囚われながら街を出て行こうとしているのである。かくして二人はそれぞれの道を歩んでいくことになったが、その果てにどこに行き着くことになるのであろうか。

4

村上は一九八二年に第三作『羊をめぐる冒険』を発表したが、先の二作品を踏まえてそれらを統合することによって新たな文学世界を構築することになったのであり、そういった意味で、これは作家村上春樹にとって画期的で意義深い作品となったのである。その辺の事情に関して村上自身が解説しているので引用しておく。

でも、ぼくは小説家としてやっていくためにはそれだけでは足りないということは、よくわかっていたのです。それで、そのデタッチメント、アフォリズムという部分を、だんだん「物語」に置き換えていったのです。その最初の作品が『羊をめぐる冒険』という長編です。ぼくの場合は、作品がだんだん長くなってきた。長くしないと、物語というのはぼくにとって成立しないのです。

（村上春樹、一九九八年　八一頁）

ここで村上が「そのデタッチメント、アフォリズムの部分」と述べているのは端的に言えば『風の歌を聴け』と『一九七三年のピンボール』のことであるが、この時点で村上はこれらの作品に満足できなくなって新たな作品を模索することになったのであり、その結果発見したのが「物語」であり、その線上で最初に書き上げたのが『羊をめぐる冒険』だったのである。村上はあちこちで「物語」について言及して説明しているが、ここでは先ず『羊をめぐる冒険』を検討して、その後で村上にとって「物語」とは何だったのかを考察したいと思う。

この作品は第一章　一九七〇／十一／二十五、第二章　一九七八／七月、第三章　一九七八／九月、第四章　羊をめぐる冒険Ⅰ、第五章　鼠からの手紙とその後日談、第六章　羊をめぐる冒険Ⅱ、

第七章　いるかホテルの冒険、第八章　羊をめぐる冒険Ⅲから成っている。

第一章。「僕」はある女性の葬儀に参列して帰宅した。彼女とは九年前の一九六九年の秋に大学の近くの喫茶店で会ったが、その時「僕」は二十歳で、彼女は十七歳だった。彼女は一日中ロック喫茶にいてコーヒーを飲み、煙草を吸い、本を読みながら、そのコーヒー代と煙草代を払ってくれる相手を探していて、大抵の場合その相手と寝たのであり、それゆえに「誰とでも寝る女の子」と呼ばれていた。当時大学は閉鎖とロックアウトを繰り返していて、そのような状況の中で彼女に会うことはなかったが、一年後の一九七〇年の秋に同じ喫茶店で彼女と再会して初めて寝ることになった。その後二人は恋人のような関係を続けて、しばしばアパートの近くのICUのキャンパスへ行ってコーヒーを飲みホットドッグをかじったりしていた。ここで興味深い逸話が挿入されているので紹介しておく。一九七〇年十一月二十五日に、「僕」は彼女と一緒にキャンパスのラウンジのテレビで三島由紀夫の乱入事件を目撃したが、その時の事を次のように書いている。

午後の二時で、ラウンジのテレビには三島由紀夫の姿が何度も何度も繰り返し映し出されていた。ヴォリュームが故障していたせいで、音声は殆んど聞きとれなかったが、どちらにしてもそれは我々にとってはどうでもいいことだった。（村上春樹　一九八五年・上　二〇頁）

周知のように、三島由紀夫は当日楯の会の森田必勝、古賀浩靖らと陸上自衛隊市ヶ谷駐屯地を訪れ、益田兼利総監の部屋に入り、総監を縛り上げて、十二時に総監室のバルコニーに出て演説をして自衛隊員を叱咤して「天皇陛下万歳」を三唱した。その後三島は総監室に戻り、割腹自殺を遂げ、森田と古賀が介錯したのである。ここで注目すべきはICUのラウンジのテレビで三島のバルコニーでの演説の場面を観ていたが、「僕」がそれについて「音声は殆んど聞きとれなかったが、どちらにしてもそれは我々にとってはどうでもいいことだ」とさりげなくコメントしていることである。これこそが「デタッチメント」なのであり、村上は一九八〇年前後にこのような立場に立って、『風の歌を聴け』や『一九七三年のピンボール』を書いて発表していたのである。

このように「僕」はその「誰とでも寝る女の子」と付き合っていたが、その彼女が一九七八年七月に交通事故で死んだので葬儀に出席して早朝に帰宅したのである。

第二章。「僕」は四年前に会社の同僚だった女の子と結婚して月並みの生活を送っていたが、その間に彼女は「僕」の友人と定期的に寝ていて、ある日彼のところに転がり込んでしまった。その結果、二人は一か月前に正式に離婚して、妻はアパートを出て行ったのである。

「僕」は葬儀の後新宿で飲んで早朝に帰宅すると、離婚した妻が台所のテーブルにうつぶせになって眠っていた。しばらくすると妻は目覚めて、後片付けに来たのであり、段ボールにまとめたものはあとで送ってくれと頼み、細かいことは机の上のメモに全部書いてあると告げて帰って行った。

その後「僕」は彼女の引き出しを開けて見ると「どれもからっぽだった」し、アルバムを開いて見ると「彼女が写っている写真は一枚残らずはぎ取られていた」のであり、その事実を前にして、

「まるで生まれた時も一人で、ずっと一人ぼっちで、これから先も一人ということ」を思い知らされることになった。

第三章。一九七八年の九月で「僕」はいよいよ「羊をめぐる冒険」に乗り出すことになる。「僕」は今二十一歳の女性と付き合っている。彼女は素敵な身体と完璧な形をした一組の耳を持っており、アルバイトの校正係であり、耳のモデルであり、品の良いクラブに属するコール・ガールであった。

「僕」は友人と翻訳事務所を設立して、三年前からPR誌や広告関係の仕事にも手を広げていたが、ソフトウェア会社の広告コピーの下請け仕事を通じて彼女と知り合うことになった。その後二人は高級なフランス料理店で食事を共にしたが、その間に彼女の耳に関する会話を楽しみ、お互いの身の上を語り合って、すぐに意気投合して寝ることになった。そんなある日「僕」は仕事を休んでベッドで会話を楽しんでいたが、すると彼女が唐突に十分後に「大事な電話がかかってくる」が、それは「たくさんの羊と一頭の羊」に関するものだと言った。しばらくすると電話が鳴ったが、それは仕事の相棒からのものだった。相棒は「とても大事な話なんだ」と言ったので、「僕」が「どうせ羊の話だろう」と答えると、相棒は「なぜ知ってるんだ」と驚いて聞き返した。かくして「羊をめぐる冒険」が始まったのである。

第四章　羊をめぐる冒険I。「僕」が事務所に着くと、相棒は奇妙な男について語り出した。彼は朝の十一時にやってきて、相棒が相手をした。最初に男は名刺を出して机の上に置いたが、そこには四文字の名前だけが印刷されていた。男はその名前を確認させると、灰皿の中でそれを焼き捨てさせて、「その方から全権を委任されて」来たと言って、用件を切り出した。先ずはP生命のPR誌の発行の即刻中止を要求し、次いでその担当者と直接会って話すことを希望したのである。

相棒によれば、名刺の人物は児玉誉士夫を思わせる右翼の大物であり、「政党と広告を押さえて」隠然たる権力を持つ人物であり、「奇妙な男」はその秘書であり、ナンバー・ツーの実力者であった。かくして「僕」は右翼の大物の邸宅に招かれて、その秘書と対峙することになるのである。

第五章。鼠からの手紙とその後日談。「僕」は鼠から二通の手紙を受け取った。

一通は一九七七年十二月二十一日の消印の手紙である。鼠は神戸の街を出てから全国を転々と放浪していたらしく、この手紙は青森県の小さな街から発送されたものであり、鼠が書いた小説が同封されていた。

もう一通は一九七八年五月?日の消印の手紙である。鼠は今北海道の人里離れた辺鄙な街に住んでいる。鼠はこの中で二つの事を依頼している。一つは彼が付き合っていた女の子にさよならを伝えることであり、もう一つは同封した羊の写真を人目のつくところに出すことである。「僕」は六月に神戸の街に帰って、第一の望みを叶えてやった。

第六章。羊をめぐる冒険Ⅱ。秘書はP生命のPR誌の発行中止に関しては、廃棄分の雑誌に対する無条件の支払いを約束した。次いで秘書は雑誌に載った羊の写真のコピーをテーブルの上に置いて、よく調べてみろと言った。しかし変わったところは認められなかった。すると秘書は前列の右から三頭目の羊をよく見ろと言った。「僕」が種類が違うと言うと、秘書はこれは世界に存在しない羊であり、背中に星形の斑紋があると説明した。

次に秘書は先生（＝右翼の大物）が今死にかけているが、その原因は脳の中にできた大きな血瘤であると述べて、先生と羊の関係について語り始めた。その血瘤は一九三六年に発生したが、それと同時に先生は別の人間に生まれ変わることになった。つまり、凡庸な行動右翼だったが、カリスマ性、演説能力、予知能力、決断力などを獲得して右翼のトップに躍り出ることになったのである。それにしてもどうして先生は生まれ変わって別の人間になれたのであろうか。秘書によれば、一九三六年に羊が先生の中に入り込んで「先生の意志の原型を成していた」からであった。その先生が今死に瀕しているが、もし先生が死ねば「地下の王国」は分裂して崩壊することになってしまう。秘書はそれを容認できないのであり、「もしその羊が何かを望んでいるのだとしたら、私はそのために全力を尽くしたい」と意を決している。その目的を果たすためには背中に星の印のついた羊を探し出さねばならず、そのために執拗に「写真を手に入れたルートを教えてほしい」と要請するのである。「僕」は鼠に迷惑が及ぶのを恐れて断ると、秘書は妥協して「僕」が探すことを承諾して、二か月以内にという条件を付けた。「僕」はその費用として「厚い封筒」を受け取って先生の屋敷から退散したのである。

「僕」は新宿まで送ってもらい、高層ホテルの最上階のバーでビールを飲んでいると、秘書から電話があって、先生の具合が悪くなったので一か月以内に探し出すように要望してきた。その後部屋に帰ると、しばらくして彼女が帰ってきた。「僕」が羊の話だったと言うと、彼女は羊探しにいつ出発するのと問い掛けてきた。「僕」は躊躇していたが、彼女はこの話に乗り気で、北海道は素敵だし、羊は現在五千頭しかいないから見つけ出せるだろうし、鼠がトラブルに巻き込まれているに違いないと言ったので、ついに「僕」も羊探しに行くことに同意したのである。最後に秘書に飼い猫の「いわし」の世話を依頼して、空港から七四七機に搭乗して札幌に到着したのである。

第七章。いるかホテルの冒険。翌日から羊の捜索を始めた。「僕」は写真に写っている場所を探し、彼女は牧場を調べて羊を探すことになった。二人は札幌に着くと、職業別電話帳で調べて、いるかホテルに滞在することになった。二人はそれぞれの作業を進め、鼠に連絡してほしいという新聞広告を出したりしたが、何の成果もないまま十日が過ぎてしまった。そんなある日ホテルの支配人がこのホテルはかつて北海道緬羊会館だったと言ったので、羊の写真を見せると、支配人はその写真に覚えがあると言って、天井近くにかかっていた額を取り外して見てみると、そこには同じ景色が写っていた。この風景の場所はどこかと訊ねると、私はわからないが、父に訊けばわかるだろうと答えた。かくして父親に会うことになったが、彼は昔緬羊会館の館長を務めていて、世間では羊博士と呼ばれており、現在はこのホテルの二階に隠遁して暮らしていたのである。

羊博士は東京帝国大学農学部出身の秀才であり、農林省に入省後、様々な分野で実績を残し、一九三五年には緬羊増産計画をまとめて、その実現のために満州に渡ったが、ここで彼は挫折してしまうのである。この年の五月に羊博士は緬羊視察に行ったまま行方不明になってしまい、一週間後に帰ってきたが、変身してしまって、顔はげっそりと痩せ、全身に傷を負い、眼光だけが光っていた。羊博士が羊と「特殊な関係を持った」という噂が流れたので問い質して見ると、羊と交霊して、羊が体の中にいることを認めたのである。その後羊は一九三六年の春に体から去ってしまったが、その結果、羊博士は農政の中枢から追放されたので、農林省を辞して、緬羊三百万頭増産計画に関わって、北海道に渡って羊飼いになったのである。

羊博士が羊に関して説明しているので確認しておこう。人間の体内に入れる羊は不死であり、その羊を体内に持つ人間もまた不死である。しかし羊が逃げ出してしまえば、その不死性は失われてしまうのであり、それは一般に「羊抜け」と呼ばれている。羊博士によれば、羊は大きな目的を、つまり「人間と人間の世界を一変させてしまうような巨大な計画」を持っていたが、その具体例としてジンギス汗を挙げている。

羊博士はその牧場の所在を教え、牧場の地図まで書いてくれ、さらに、今年の二月に若い男が訪ねてきてその牧場について質問したと言ったので、写真を見せると、その男は紛れもなく鼠であった。二人はこれだけの情報と確信を得てその牧場に向かうことになったのである

第八章。羊をめぐる冒険Ⅲ。二人は札幌から旭川へ行き、さらに小さな駅で乗り換えて十二滝町に到着した。羊博士の昔の牧場は山の上にあって車で三時間かかるので町の旅館で一泊することになった。時間があったので町の緬羊飼育場の管理人を訪ねて訊いてみると、牧場は五年間使われていなかったが、この三月に持ち主が来て生活していると言ったので、その男は若い男でひげをはや

していませんかと訊ねると、その通りだと答えたので、鼠の存在を確信することになった。

翌朝二人は管理人のジープに乗って山の上の牧場に向かった。約一時間走って「不吉なカーブ」に差し掛かると、管理人はジープから降りて靴で地面を叩くと「やはり駄目だな」と言ってこれ以上進むのを断ったので、二人は徒歩で牧場をめざすことになった。その「嫌なカーブ」を通り抜けると上り坂が続いたが、三十分位歩くと高原に出て平たんな道が続き、さらに三十分位歩くと広い大地に出て、さらに十五分位歩くと牧場の草原が開けていた。牧場の木戸を押し開けて草原を進んでいくと古い木造の二階建ての家が見えた。ついに目的地に辿り着いたのである。管理人に教えられたとおりに郵便受けの底から鍵を取って鍵穴に入れて廻すと錠が外れた。

居間は広く、柱時計を見ると、分銅は下まで下がっていたので、誰かが一週間前にねじを巻いたに違いなかった。二階を調べると、一つのベッド・ルームは人が使っていた気配が残っていた。鼠が一週間前まではここにいたことは確かなので「待つ」ことにした。「僕」は疲れ果てていたので眠り込んでしまった。六時に目を覚ますと、彼女がいなくなっているのを察知した。一応家中を探してみたが、彼女が消えてしまったのは認めざるをえなかった。それにしてもなぜ彼女は無断で出て行ってしまったのだろうか。彼女は先生の秘書の使者だったという説がある。彼女は羊に関する電話があることを予見していたが、これがこの冒険の発端になったのである。その後彼女は「僕」を強引に誘導してこの牧場まで引き連れてきたのであり、その使命を果たしたので無断で消えてしまったのである。

「僕」はたった一人で鼠を待った。すると羊男がやってきた。羊男は身長百五十センチくらいで、頭からすっぽり羊の皮をかぶっていた。そして消えた女について「おいらが追い返したんだ」と言った。さらに鼠のことを訊ねると「知らないねえ」と答え、背中に星の印のついた羊について訊ねると「見たこともないよ」と答えた。

「僕」は鼠を待っていたが、無為のうちに三日が過ぎ、七日が過ぎた。次ぐ日森を歩き回っていると、羊男が橋の脇に座っていた。「僕」がどうしてここに隠れて住んでいるのかと訊くと、羊男は「戦争に行きたくなかったからさ」と答えた。さらに十日が過ぎて雪が降るようになった。十二日目にまた羊男がやって来て、鼠に会えなかったと言ったが、それを受けて「僕」は「彼は今夜十時にここに来るんだ」と告げた。時間が流れて九時になった。鼠が背後から「話していいかな」と声を掛けてきて、この事件の顛末を語った。鼠の父親が一九五三年にこの牧場を買い取ったこと、一九六〇年代の半ばに牧場は様々な理由で見捨てられて荒れ果ててしまったこと、本年の二月に鼠が偶々いるかホテルに宿泊して、ロビーに飾ってある写真を見て、羊博士から背中に星の印のある羊の話を聞いて、牧場で暮らすようになって、あの羊に会ったことを語ったのである。

そこで「僕」が「君はもう死んでるんだろう」と問うと、それを認めて、羊との関わりについて話し出した。鼠は「僕」が来る一週間前に台所のはりで羊を呑み込んだまま首を吊って死んだのである。なぜそんなことをしたのだろうか。羊は「俺の体、俺の記憶、俺の弱さ、俺の矛盾」を求めてきた、つまり、「あらゆるものを呑みこむるつぼ」だったのであり、そうすることによって「アナーキーな観念の王国」を築こうとしていたのである。それに対して鼠は元々死の衝動に囚われていたし、なおかつ「俺の弱さ」や「苦しさやつらさ」や「夏の光や風の匂いや蝉の声」が好きだったのであり、それを護るために敢然と羊を呑みこんだまま首を吊って死んだのである。ここまで話すと、鼠は最後に明日の朝九時に柱時計をあわせて、その裏に出ている緑のコードと緑のコード、赤のコードと赤のコードを結ぶように頼み、十二時に仲間うちでのお茶の会があるんだと言って家を出て行ったのである。

翌朝「僕」は鼠に言われた通りに柱時計を九時にあわせ、緑と赤のコードを結んで「うまくいくといいね」と言いながら屋敷を出た。草原を横切り、白樺林を抜け、嫌なカーブを通り抜けると、ジープが止まっていて、その前に黒服の秘書が立っていた。彼は先生が亡くなったことを知らせ、鼠を引っ張り出したことに感謝した。「僕」は「彼はあそこで待っていますよ。十二時ちょうどにお茶の会があるそうです」と言って別れた。あの運転手がジープで駅まで送ってくれた。「僕」が乗った列車が十二時に発車すると、遠くから爆発音が二度聞こえて、円錐形の山のあたりから一筋の黒い煙が立ち上ってきた。「僕」は長い間その煙を見詰めていた。今更断るまでもないが、鼠も、「僕」も秘書が来ることを予見していて、緑と赤のコードを結んで、十二時に屋敷を爆破して、その秘書を処分する計画を練っていたのであり、「僕」は列車から爆発音を聞き黒い煙を見て、その計画が成就したことを確認したのである。

エピローグ。その後「僕」はいるかホテルに一泊して、一気に神戸に飛んで、ジェイに会い、砂浜へ行って、二時間泣き、「どこに行けばいいのかわからなかったけれど」とにかく「僕」は立ち上がってズボンについた細かい砂を払ったのである。

最後に「僕」と鼠の関係について一言述べておきたい。「僕」は十八歳の時に鼠と知り合って、ジェイズ・バーを拠点にして「チームを組んで」退屈な日々を送っていた。その後「僕」が東京で翻訳関連の仕事に従事し、鼠が大学を中退して神戸に戻ってからは疎遠になっていたが、それでも二人の関係は文通によって細々と続いていた。そして一九七八年の五月に鼠が北海道から羊の写真を送ってきて、それを人目のつくところに出すよう依頼してきたのである。鼠はかつて金持ちを厳しく批判していたが、その後もそのような態度を堅持していて、羊を介して右翼の大物とその秘書の闇の世界での悪行を知って彼等と対決することになったのである。一方「僕」は鼠の要請に応じてその羊の写真をP生命のPR誌に使うことになり、その結果心ならずも鼠と秘書の間の闘争に巻き込まれることになった。そして秘書に会って裏社会の真相を知り、死んだ鼠から闘いの意義を聞いて、その闘争に自ら参入することになり、最後に列車から爆発音を聞き黒い煙を見て、その闘争に勝利したことを確認したのである。このように二人の十八歳からの交流は十一年を経て北海道の辺鄙な街で劇的な結末を迎えることになったのである。

これまで『羊をめぐる冒険』を取り上げてこれがいかなる作品であったかを考察してきたが、最後に作家としての村上にとってこの作品がどのような意味を持っていたのかを確認しておこう。先述したように、村上はそれまでの「デタッチメント、アフォリズムという部分」を「物語」に置き変えたのであり、その最初の作品が『羊をめぐる冒険』だったのである。つまり、村上はここで初めて「物語」を書いたのであるが、その「物語」をどのようなものと考えていたのであろうか。

村上は河合隼雄との対談において、『源氏物語』の中の超自然性について言及している。よく知られているように、六条御息所は源氏に心底惚れ込んでしまい、そのために強い嫉妬心に駆られて怨霊となって夕顔や葵の上などに憑依して呪い殺してしまう。村上はこれに関して「物語の装置としてではなく、もう完全に現実の一部としてあった?」と問うと、河合はそれは「現実」であり「全部あったことだと思います」と答えた。村上はそこまで承認することはできなかったが、作家としては「装置として」書かざるをえないし、確かに「装置」として始めるのだが、「装置」を越えられなければ「芸術作品」にはならないと考えるようになった。そしてこのような立場に立って、村上が初めて書いた「物語」が『羊をめぐる冒険』だったのである。たとえば、背中に星の印を持つ羊が鼠が撮った写真に映っており、その羊は羊博士や先生(=右翼の大物)の体の中に入って二人を支配して野望を実現するが、一方で羊は鼠に呑み込まれて鼠と一緒に死んで滅んでいくことになるのである。さらに鼠は台所のはりで首を吊って自殺してしまったが、その一週間後に「僕」が来ると、「僕」の前に現れて、「僕」を巻き込んで、先生の秘書を破滅させることになるのである。このようにこの作品には多くの「因果律をこえる」超自然的な事象が書き込まれているが、それはひとえに「物語」であったがゆえ可能だったのである。そして村上はこの作品に「物語」を導入することによって新たな波乱万丈の文学世界を創造することになったのである。

第六章　村上春樹――グローバル作家の出現

1

前章で見たように、村上は一九七九年に『風の歌を聴け』を、一九八〇年に『一九七三年のピンボール』を、そして一九八二年に『羊をめぐる冒険』を出版して。新進の作家として文壇に登場し、その後一九八五年に『世界の終りとハードボイルド・ワンダーランド』を、一九八七年に『ノルウェイの森』を、一九九五年に『ねじまき鳥クロニクル』を出版して作家的地位を確立することになった。そしてここで注目すべきは村上がその間にアメリカに進出して独自の文学世界を開拓したことである。つまり、この時期に村上はアメリカ文学の翻訳に取り組むことになり、さらに自らの作品の翻訳を通じてアメリカの文学界に参入して、その結果グローバルな作家活動を展開することになったのである。

先ずは村上のアメリカ文学の翻訳について検証しておく。村上は一九七九年に処女作『風の歌を聴け』を発表したが、その二年後の一九八一年にスコット・フィッツジェラルドの『マイ・ロスト・シティー』を出版して、その後も精力的に翻訳に取り組んで、これまでに約七〇冊の作品を翻訳して出版している。村上は小説家として多くの傑出した作品を書いてきたが、それに加えて約七〇冊もの作品を翻訳してきたのであり、これは前代未聞の画期的な業績であると考えざるをえないのである。

それにしても村上は翻訳をどのように捉えて推進してきたのであろうか。これに関してここで二つの事実を確認しておきたい。第一は村上がなによりも翻訳を好んでいてその作業を心から楽しんでいることである。

なぜ翻訳するのが好きなのか？　という質問に対する返答はなかなかむずかしい。英文翻訳をするのは昔から（たぶん高校生の頃から）理屈抜きで好きだったし、その気持ちは今でもまったく変わらないからだ。よその国の言葉で書かれたものごとを、こちらの国の言葉に置き換えていくこと、それもできるだけ上手に置き換えていくこと。横向きに書かれた文章を、よっこらしょとうまく縦向きに変えてしまうこと。そういう作業が僕にとってはなにしろ面白くてたまらないのだ。

（村上春樹　二〇一七年　七頁）

このように翻訳とは「よその国の言葉」を「こちらの国の言葉」に置き換えることであり、「横向きに書かれた文章」を「縦向きに変えてしまう」ことであり、このような作業が「面白くてたまらない」のである。つまり、村上は高校生の頃から翻訳が「理屈抜きに好き」だったのであり、その衝動に駆られて翻訳を着実に継続してきて、その結果としてこれまでに約七〇冊の作品を翻訳して出版してきたのである。

第二は村上にとって翻訳が作家としての存在そのものに深く関わるものであったことであり、これに関して村上は次のように述べている。

> もうひとつ重要なことは、これまでの人生において、僕には小説の師もいなければ、文学仲間みたいなものもいなかったということだ。だから自分一人で、独力で小説の書き方を身につけてこなくてはならなかった。自分なりの文体を、ほとんどゼロから作り上げてこなくてはならなかった。そして結果的に(あくまで結果的にだが)優れたテキストを翻訳することが僕にとっての「文章修行」というか、「文学行脚」の意味あいを帯びることになった。翻訳の作業を通して、僕は文章の書き方を学び、小説の書き方を学んでいった。
>
> (村上春樹　二〇一七年　八〜九頁)

前章で紹介したように、村上は一九七八年四月に神宮球場でヤクルト対広島カープ戦を観ていて、先頭打者のデイブ・ヒルトンが初球をはじき返して二塁打にした瞬間に「何の脈絡もなく何の根拠もなく」「僕にも小説が書けるかもしれない」と考えたのであり、その結果夜遅く仕事が終わった後に台所のテーブルに向って小説を書き始めて、半年後に書き上げたのが『風の歌を聴け』であり、これによって『群像』の新人文学賞を獲得することになったのである。

このように村上はヒルトンの二塁打をきっかけにして小説を書き出したものの、「小説の師」もいなければ「文学仲間」もいなかったので、独力で自分の「文体」を作り上げて「小説の書き方」を学ぶことになったのであり、その際「翻訳すること」は独自の「文章修行」となり「文学行脚」となったのであり、そのような作業を通じて「文章の書き方を学び、小説の書き方を学んだ」のである。そういった意味で、村上にとって翻訳とは文学の根幹に関わる重要な必須の作業だったのである。

それにしても村上はどのようにして翻訳を始めたのであろうか。彼は『風の歌を聴け』で群像新人文学賞を受賞したが、その後よい機会だから翻訳をやってみようという気持ちになって、編集者の安原顕に打診すると「いいよ、やってくれ」と勧められたので、村上は最初にスコット・フィッツジェラルドを選んで翻訳することになった。というのも、フィッツジェラルドは十六歳の時から「僕の師であり、大学であり、文学仲間であった」からである。彼はフィッツジェラルドの短篇小説の中から六篇の作品を選抜した。「残り火」、「氷の宮殿」、「哀しみの孔雀」、「失われた三時間」、「アルコールの中で」、「マイ・ロスト・シティー」である。これが『マイ・ロスト・シティー』であり、最初の翻訳書となったのである。

ここでは「マイ・ロスト・シティー」を取り上げるが、これを読めばフィッツジェラルドがいかなる作家であり、どのような人生を送ったのかを知ることができる。彼は主にニューヨークを舞台にして活動したが、彼にとってニューヨークとはどのような存在だったのであろうか。先ずジャージーからニューヨークに向かうフェリー・ボートは勝利を意味し、次に芝居に出演していた「夢の少女」はロマンスを意味し、最後にバーニー(=エドモンド・ウイルソン)はメトロポリタン・スピリットを意味していた。当初フィッツジェラルドはコピー・ライターとして働きながら作家として身を立てることをめざしていたのであり、一九二〇年に『楽園のこちら側』を発表してその夢を叶えることになった。さらにここで忘れてはならないのは、その直後に「アラバマ、ジョージアの二州に並ぶ者無き美女」ゼルダ・セイヤーと結婚したことである。かくして二人は「新しい世代」の代弁者として、連日のように、酒に浸り、公園の泉に飛び込み、タクシーの屋根に乗って五番街を走り回り、警官といざこざを起しながら、どんちゃん騒ぎに明け暮れていたのである。そして一九二五年に『グレート・ギャツビー』を出版して「失われた世代」を代表する作家として認知されることになったが、それも長くは続かなかった。その後パリで数年暮らして、ニューヨークに戻ったが、その一年後には大恐慌が起って心身ともに危機的な状況に追い込まれることになり、その結果、ニューヨークが意味していた「勝利」と「ロマンス」と「メトロポリタン・スピリット」をすべて失うことになったのである。フィッツジェラルドはある日エンパイア・ステート・ビルディングの屋上からニューヨークの街を見渡して、その光景に「縮みあがって」しまったのである。

その最も高いビルディングの頂上であなたがはじめて見出すのは、四方の先端を大地の中にすっぽりと吸い込まれた限りある都市の姿である。果てることなくどこまでも続いているのは街ではなく、青や緑の大地なのだ。ニューヨークは結局のところただの街でしかなかった、宇宙なんかじゃないんだ、そんな思いがあなたを愕然とさせる。

（村上春樹　一九八四年　二一三頁）

このようにニューヨークは「宇宙」ではなくて「ただの街」なのであって、その挙句にフィッツジェラルドはニューヨークの街を失うことになって「別れを告げる」ことになったのである。これまで「マイ・ロスト・シティー」を考察してきたが、これでフィッツジェラルドがいかなる作家であり、どのような人生を送ったのかを了解することができたであろう。

次いで村上は一九八三年にレイモンド・カーヴァーの『僕が電話をかけている場所』を翻訳して出版したが、これはカーヴァーの最初の翻訳作品であり、その後カーヴァーの全作品を翻訳することになったので、そのような事情を考慮してここで簡単に紹介しておきたいと思う。

この作品は「ダンスしないか？」、「出かけるって女たちに言ってくるよ」、「大聖堂」、「菓子袋」、「あなたお医者さま？」、「ぼくが電話をかけている場所」、「足もとを流れる深い川」、「何もかもが彼にくっついていた」の八篇の短篇から成っていて、「大聖堂」などの傑作も含まれているが、ここでは「足もとを流れる深い川」を選んで検討していくことにする。というのも、村上が最初に読んだのがこの作品であり、その時「感銘」を受けて「この人はすごい」と感服したからである。

夫のスチュアートがなんでそんなにじろじろ見てるんだと喧嘩腰で問い詰めると、妻のクレアはそんなにじろじろ見てたかしらと冷然と言い返す。二人の心は隔たってしまって取り付く島もないが、それには一つの事件が関わっていたのである。

スチュアートは三人の友人達と釣りに行った。途中まで車で行って、その後山道を歩いて釣り場に着いたが、その直後にうつぶせになって川に浮かんでいる娘を発見したのである。彼等はどうすべきか話し合ったが、疲れていたし、時間も遅かったので、戻らないことにして、テントを設営し、火を焚いて、酒を飲んだ。ただ死体が流れてしまうと問題になると考えたので、死体を浅瀬まで引っ張ってきて、ひもで娘の手首をしばり、もう一方を木の根に縛りつけて固定して、キャンプに戻って、酒を飲んで、眠ったのである。その後二日間釣りをし、酒を飲み、トランプで遊んだが、娘のことが気になって、一日早く引き上げることになり、その帰途保安官事務所に電話して娘のことを報告したのである。

翌朝スチュアートはクレアにこの事件について話しながら朝刊を見せた。そこには事件の詳細が書かれていた。娘は二十歳前後で、強姦され、絞殺され、水中に放置されていたのである。ところがスチュアート達は三日間その死体を見ながら釣りに興じていたのであり、クレアは夫達がこの事件をすぐに報告せずに釣りに興じていたことに人間として不信感を懐くことになった。スチュアートはがさつに和解を求めるが、クレアはそれを撥ね退けて抗議するのである。

翌日娘の身元は不明のままで死体の解剖検査がなされてその後葬儀場に送られることになった。夜になって身元が判明したというニュースが流れた。少女の名前はスーザン・ミラーであり、明日地元の教会で葬儀が行われるとのことであった。その間もスチュアートはまるで事件を忘れてしまったかのように強引に縒りを戻そうとするが、クレアはその都度拒否して夜はカウチで寝るようになった。

次ぐ日クレアはスチュアートに断ることなく密かにサミットに行ってスーザンの葬儀に参列して、棺のうしろを通りながらスーザンの悲劇に想いをめぐらした。その後犯人が捕まって、長髪族の仕業であったことを知らされた。クレアが帰宅すると、スチュアートは肉体関係を求めてきて、拒否されると、彼女を投げ飛ばして、罵声を浴びせた。

翌朝スチュアートは出勤して、花束を自宅に送り、電話で昨夜の暴挙を詫びて、愛していると告げるが、クレアはそれに反発して「ねえ、スチュアート、わかって、彼女はまだほんの子供だったのよ」と呟くのである。クレアはかつて「何も変わりはしない。私たちはこんな風にずっとずっとやっていくんだ。今だってそうしている。まるで何事も起こらなかったみたいに」と語っていたが、今このような無為の状況に対峙して自らの存在基盤を死守しようとしているのである。

その後村上は満を持して「クラシックの御三家」に挑戦することになった。具体的に言えば、二〇〇三年にJ・Dサリンジャーの『キャッチャー・イン・ザ・ライ』を、二〇〇六年にスコット・フィッツジェラルドの『グレート・ギャツビー』を、そして、二〇〇七年にレイモンド・チャンドラーの『ロング・グッドバイ』を翻訳して出版したのである。

先ずはJ・Dサリンジャーの『キャッチャー・イン・ザ・ライ』である。村上はこの作品に関してジョン・レノンの殺害事件に触れながら「小説としての強い説得力、その魔術的なまでの巧妙な語り口は、人の心を暗がりに誘い込むような陥穽とまさに表裏をなしている」と述べている。これからこの言葉を念頭に置きながらこの作品を分析していくことにする。

これは十七歳のホールデン・コールフィールドの土曜日から月曜日までの三日間のニューヨークでの遍歴を描いたものだが、この間に様々な人間に会い、様々な経験をし、それらについて様々な意見を表明しているので、それを検討しながらホールデンがどのような少年であるかを明らかにしたいと思う。

ホールデンは純真で鋭い感性の持ち主なので、友人や先生や芸術家達のインチキ性(= phony)を見抜いて批判する。

ハース校長は好き嫌いの激しい人間であり、ある保護者には愛想よく振舞うが、平凡な保護者に対してはおざなりの握手をして空々しい笑いを浮かべて早々に立ち去ってしまう。彼は典型的な侮蔑すべき「インチキな野郎」なのである。

アントリーニ先生はホールデンのことを心配して、いろいろ忠告してくれて、一晩泊まらせてくれた。その夜ホールデンは眠っていたが何かの気配を感じて目を覚ますと、アントリーニ先生が暗闇の中で手で頭を撫でていた。ホールデンは恐ろしくなって先生の家から逃げ出したが、このような変質者まがいの先生も存在するのである。

ホールデンはサリーと花形俳優であるラント夫妻主演の「アイ・ノウ・マイ・ラブ」を観たが、彼等の演技に関して、優れた俳優は自分が優秀であることを意識しているためにどうしてもそれが滲み出てきて「嫌み」なってしまうものだと告発している。そしてホールデンはさらに一歩進めて名優ローレンス・オリビエにも批判の矢を向ける。オリビエは『ハムレット』の中でハムレットを演じたが「頭がこんがらかった気の毒な青年というより、どっかの偉い将軍みたいに見えた」と指摘してオリビエの俳優としてのインチキ振りを非難するのである。

ホールデンは「お粗末な映画」を観てそのインチキ性を批判しているが、さらにその勢いで戦争批判を展開する。なぜなら、彼は戦争を、特に軍隊を憎んでいたからである。ホールデンの兄ＤＢは実際戦場に行き、敵前上陸もしており、戦争を憎んでいたに違いない。だがＤＢはヘミングウェイの『武器よさらば』を素晴らしい作品だと言って読ませたのである。ホールデンはそれに反発して異論を唱える、というのも、ヘンリー中尉は「インチキな野郎」であり、それゆえに、『武器よさらば』は「インチキな本」だからである。

このようにホールデンは人間や社会のインチキ性を見抜いて批判しているが、このような状況の中でどのように生きていくつもりなのであろうか。ホールデンの望みは「ライ麦畑のキャッチャー」になることである。つまり、危険な崖っぷちに立って、子供がその崖から落ちそうになったらキャッチして救済するのである。これはこれで立派な見識であるが、ホールデンは「ライ麦畑のキャッチャー」としてこの目的を達成することができるのだろうか。

どうもそれは不可能のようである。ホールデンは最後に西部に行く決心をして、妹のフィービーに会って別れを告げようとしたが、フィービーが一緒に西部に行くと言うと、それを抑えるために西部に行くのを止めて一緒に家に帰ると言い出すのである。このようにホールデンは決意を翻して家に戻ってしまったが、その後「具合が悪く」なってしまい、現在はおそらく精神を病んで家を離れてどこかの施設で療養生活を送っているのである。つまり「ライ麦畑のキャッチャー」として子供を救済することはできないのであり、これが偽らざる現状なのである。

次はフィッツジェラルドの『グレート・ギャッツビー』である。村上によれば、これは「重要な意味を持つ作品」であり、すぐには取り掛からずに「六十歳になったら翻訳を始める」と宣言していた。ところがそれまでに多くの翻訳をやって「翻訳技術」と「英語の知識」を習得することができたので、三年前倒しして一気に仕上げて二〇〇六年に出版することになったのである。

これはニック・キャラウエイが隣人のジェイ・ギャッツビーの人生の悲しい顛末を語った作品である。ニューヨークから二十マイル離れたロング・アイランド海峡に一対の巨大な卵が突き出ていた。イースト・エッグとウエスト・エッグであり、ニックはたまたまウエスト・エッグのバンガローを借りて住むことになった。隣家はギャッツビーの宮殿のような大邸宅であり、そこでは週末になると大規模で豪勢なパーティーが開かれており、当然ながらニックはそのギャッツビーという人物に好奇心を駆り立てられることになった。

ギャッツビーは五年前ルイヴィルの近くの基地で軍事訓練を受けていたが、その間に当地の良家の子女デイジーと出会い愛し合い結婚の約束をした。彼はその後ヨーロッパ戦線に派遣されたが、終戦後にオックスフォード大学に送られたためにすぐには帰国することができなかった。その間にデイジーは大富豪のトム・ブキャナンと結婚して娘をもうけて幸せな生活を送っていたのである。

ギャッツビーは帰国するとデイジーとの過去の再現を企図して様々な策を弄することになった。デイジーが住むイースト・エッグの対岸のウエスト・エッグに大豪邸を建てて、週末に豪勢なパーティーを開いてデイジーを招き寄せようとした。デイジーの親戚である隣人のニックに巧妙に働きかけてデイジーを招かせて数年ぶりに再会を果たしさらに自分の豪邸に招待した。次いでギャッツビーはデイジーの家で開かれたパーティーに招かれて出席したが、その流れでギャッツビーたちはニューヨークに繰り出してプラザ・ホテルのスイートルームを借り切った。ここでギャッツビーは過去の再現に挑むことになった。彼は「彼女が愛しているのはこの私だ」と言明すると、それを受けてトムは「デイジーは結婚したときに僕のことを愛していたし、今でも愛している」と反論を加えた。デイジーは二人の狭間に立たされて心を二つに引き裂かれ不安に駆られて「お願い、みんなでここを引き上げましょう」と哀訴するだけだっだ。

彼等はロング・アイランドに戻ることになり、ギャッツビーとデイジーはギャッツビーの黄色い車に、トムとニックとジョーダンはトムのクーペに分乗して帰途についたが、その途上で悲劇に見舞われることになった。ギャツビーの黄色い車が灰の谷にあるウイルソンの修理工場の近くで不意に飛び出してきたマートルを轢き殺して逃走してしまったのである。ニックはその後ギャツビー本人からその時運転していたのはデイジーだったことを知らされたが、デイジーからは何の連絡もなかったので、翌日トムの家に電話すると二人はすでに出払ってしまっていた。同日にギャツビーはプールで泳いでいる時にウイルソンに狙撃されて死去し、ウイルソンも近くの森で自殺して果てたのである。ニックはその後トムがウイルソンに威嚇されて黄色い車の持ち主がギャツビーであったことを教えた事実を知ることになった。つまり、デイジーは自らがマートルを轢き殺した事実を黙秘し、トムはギャツビーが轢き殺した犯人であることを暗示してギャツビー殺しを教唆したのである。このようにギャツビーはトムやデイジーのような「思慮を欠いた人々」に無惨に滅ぼされてしまうのであり、これはまさに悲劇そのものであるが、しかしギャツビーにも救いがないわけではない。というのも、ニックは隣人としてギャツビーの波乱万丈の人生を見聞しながら「誰も彼も、かすみたいなやつらだ」「みんな合わせても君一人の値打ちもないね」と賛辞を送っているからである。

最後はレイモンド・チャンドラーの『ロング・グッドバイ』である。村上によれば、作家としてチャンドラーの文章から多くのことを学んでいて「チャンドラーの文体をモデルみたいにして、その語法をいわゆる純文学的な世界に持ち込んで」書いたのが『羊をめぐる冒険』だったのである。そういった意味で「チャンドラーの文体は僕の原点」だったのである。

これはフィリップ・マーロウという私立探偵が数々の難事件を解決していく探偵物語である。ある日マーロウは友人のテリー・レノックスに頼まれてメキシコに亡命させたが、その後帰国してみると、妻のシルヴィア・レノックスが殺害されていて、テリーが犯人として捜査されていることを知った。その結果マーロウは殺人犯の逃亡を幇助したとして逮捕されたが、その取り調べ中にテリーが犯行を認めて自殺したことが判明して釈放されることになった。

次いでマーロウは出版者のスペンサーに依頼されてベストセラー作家ロジャー・ウエイドの失踪に関わって三日後にウエイドを寂れた牧場で発見して解決した。その後マーロウはウエイド夫妻に請われて二人の家に住み込んで、ウエイドの飲酒を管理し、執筆を促進させることになった。その間にウエイドが頭に傷を負って失神しているのを発見したり、妻のアイリーンに誘惑されたりした。ある日マーロウはウエイドに誘われて一緒に昼食をとったが、ウエイドは酒を飲み過ぎて昏睡状態に陥った状態で頭を撃ち抜かれて死んでいるのが発見された。アイリーンはマーロウが殺したと主張したが、それを否定してウエイド家から退散した。その後マーロウはこの事件を精査して、再びアイリーンと対峙し詰問してアイリーンこそがロジャー・ウエイドを殺した犯人であることを立証して告発した。アイリーンはその事実を認めて鎮痛剤デメロールを飲んで自ら命を絶つことになった。このようにマーロウは鋭い推理と適確な行動によってどんな難事件でも解決してしまう有能で実践的な探偵なのである。

この作品の解説で村上はチャンドラーがヘミングウェイとフィッツジェラルドから影響を受けて

いたことを指摘している。先ずヘミングウェイの影響に関して「チャンドラーの文体がヘミングウェイの文体に多くを負っている」と述べて、それに関して「ヘミングウェイは主人公の不安や焦燥についてほとんど何ひとつ語らない。ただ彼がどんなものを食べどんなものを飲んだかということだけを緻密に、しかし簡潔に描く」と説明している。換言すれば、これがハードボイルド・リアリズムなのであり、チャンドラーはこの文体を駆使してマーロウの探偵としての多様な活動を適確に総合的に描き出して『ロング・グッドバイ』という傑作を生み出すことになったのである。次いでフィッツジェラルドの影響に関して、村上はこの作品は「フィッツジェラルドの『グレート・ギャツビー』を下敷きにしているのではあるまいか」と述べている。つまり、チャンドラーもフィッツジェラルドも酒に溺れて破綻したアルコール中毒者であったし、それゆえに、テリー・レノックスもシルヴィア・レノックスもロジャー・ウエイドも酒浸りで身を崩して破滅の道を辿ることになったのである。

これまで村上が翻訳した五冊の作品を簡単に見てきたが、これらはほんの一部なのであって、実際は約七十冊の作品を翻訳して出版してきたのであり、その中には『ロング・グッドバイ』のような六〇〇ページ近い大著も含まれているのである。このように村上は作家としてのみならず翻訳家として前人未到の偉業を達成してきたのであり、そういった意味で、村上は才能溢れる類稀なる小説家でありエッセイストであり翻訳家なのである。

2

これから村上がいかにしてアメリカの文学界に進出したのかを考察していくが、ここで注目すべきはこの時期に村上が文芸雑誌『ニューヨーカー』や出版社クノップフと親密な関係を築き上げたことであり、その結果それらを通じて逸早くアメリカの文学界に登場して活躍することになったのである。

それにしても村上はいかにして『ニューヨーカー』とクノップフ社と関わりを持って作品を寄稿するようになったのであろうか。

ここで留意すべきは一九八〇年代の後半から村上の作品が英語に翻訳されて出版されていたことである。具体的に言えば、一九八五年に『Pinball, 1973』（講談社英語文庫）が、一九八七年に『Hear the Wind Sing』（講談社英語文庫）と『Hard-Boiled Wonderland and the End of the World』（講談社インターナショナル）が、一九八九年に『A Wild Sheep Chase』（講談社インターナショナル）と『Norwegian Wood』（講談社インターナショナル）が出版されていたのである。

このように一気に翻訳が進められたが、特筆しなければならないのは、これらすべての作品が講談社インターナショナル（＝ＫＩ）から出版され、アルフレッド・バーンバウムが翻訳を、エルマー・ルークが編集を担当していたことである。

ところで講談社インターナショナル（ＫＩ）であるが、これは一九六三年に日本文化を英語で紹介する本を刊行するために設立された出版社であり、日本文化のあらゆる分野の本を英語に翻訳して刊行していたが、文学では夏目漱石や川端康成や三島由紀夫などの作品を翻訳して出版していた。村上の作品もＫＩから出版されているが、最初の二つの作品、『Pinball, 1973』と『Hear the Wind Sing』は講談社英語文庫から、つまり、日本在住の英語学習者向けのシリーズの一環として出版されたものであった。

アルフレッド・バーンバウムは村上の初期のすべての作品を翻訳しているが、それにしてもいかなる人物だったのであろうか。バーンバウムは一九五五年にアメリカのワシントンで生まれたが、父の仕事の関係で、五歳の時に来日して、二年後にアメリカに戻り、メキシコ・シティに移り住み、高校生の時に再来日して、その後テキサス大学オースティン校に入学し、次いで南カリフォルニア大学に転校した。そして日本語を学ぶために早稲田大学に留学し、さらに大学院に進んだが退学して、ロンドン大学で修士号を取得した。その後アメリカのヴィジュアル・アーツ・センターで働いた後、再び来日して京都に住んで茶道を学びながら翻訳を始めたが、しばらくすると茶道に対する情熱もさめてしまったので東京に移り住むことになった。東京ではビデオ・アーティストとして活動しながら生活のために翻訳の仕事も続けており、その間に村上作品と出会うことになったのである。村上はバーンバウムについて「アルフレッドはボヘミアン・タイプですね。彼はわりにきままな翻訳をします。ときどき文章を作り替えたりもする。それが彼のスタイルなのです」と述べているが、バーンバウムは文字通りボヘミアンで気ままな翻訳をする人物だったようである。

バーンバウムは一九八四年にKIの事務所を訪ねて「ニューヨーク炭鉱の悲劇」のサンプル訳を見せて出版を要請したが、同時に『羊をめぐる冒険』の翻訳も提案した。そして数週間後に訪れると、『羊をめぐる冒険』に代わって『風の歌を聴け』と『一九七三年のピンボール』の翻訳を依頼されて、一九八五年に『Pinball, 1973』を、次いで一九八七年に『Hear the Wind Sing』を出版したのである。

ここで銘記すべきなのはバーンバウムがKIから『羊をめぐる冒険』と『ノルウェイの森』の翻訳を依頼されていたことであり、さらにエルマー・ルークがKIで働き始めて『羊をめぐる冒険』の編集を担当することになったことである。

ここでエルマー・ルークとはいかなる人物だったのか紹介しておく。エルマー・ルークは一九四八年にハワイ州オアフ島で生まれた中国系のアメリカ人である。一九六六年にハワイの高校を卒業してイリノイ大学に入学して卒業すると、中国文学を学ぶためにミシガン大学の大学院に入学して、一九七三年に修士号を取得して、翌年に日本に移り住んだ。その後ハーバード大学で博士論文の執筆に取り組むことになったが、様々な事情で書き上げることができずに、ニューヨークの出版界に身を投じて編集者として活動することになった。その後一九七〇年代の半ばにパートナーのスワードが明治学院大学で教えることになったので、彼女に同道して再来日して、KIが編集者を募集していたので応募すると採用されて村上の編集を担当することになったのである。

かくしてバーンバウムとルークは既に訳してあった原稿をもとにして共同で編集作業に取り組んで、作品を現代的なものにするために大胆に改変したり削除しながら、一九八九年に『A Wild Sheep Chase』を出版したのである。そしてここで注目すべきはKIが多額の資金を投入して大々的に宣伝活動を展開したことであり、その結果、ニューヨークの出版界で話題となり関心を集めて、ついには『ニューヨーク・タイムズ』(一九八九年十月二十一日)に書評が掲載されることになったのである。

これはベテランの書評家ハーバート・ミットガングが執筆したもので、題名は「若くてスラングに満ちたアメリカと日本のハイブリッド」であった。ここでミットガングは「ベストセラー作家が冒険物語でアメリカデビューを果たす」と述べて、これがいかなる作品であるかを説明している。村上は日本文学とは全く無関係に生きてきたのであり、そのためにごく自然に新しい文学を創造することになったが、同時に、村上はアメリカの文化に精通していた、つまり、フィッツジェラルドやヴォネガットやカーヴァーの作品を好んで読んできたし、ジャズやポップスを熱中して聴いてきた。そういった意味で、村上は「アメリカと日本のハイブリット」の作家なのであり、それゆえに、先進的で国際的な独自の作品を発表することができたのである。そしてミットガングはこの作品の魅力は現代の日本とアメリカの中産階級ー特に若者ーに共通する問題を捉えて、それを適確で律動的な言葉で表現していることだと述べて、最後に「この著者は太平洋のこちら側の読者にも発見されるべきだ」と結んだのである。

このように村上は一九八九年に『A Wild Sheep Chase』を出版したが、ＫＩが総力を挙げて宣伝活動を行った結果、『ニューヨーク・タイムズ』に書評が出ることになり、それが新たな展開をもたらすことになった。村上は『ニューヨーカー』についてこの雑誌は「長いあいだにわたってほとんど伝説か神話に近い『聖域』に属するものであった」と述べているが、一九九〇年の秋にこの憧れの雑誌にバーンバウム訳の「ＴＶピープル」が掲載されることになったのである。ここで登場するのが当時編集長をしていたロバート・ゴットリーブである。ゴットリーブは『A Wild Sheep Chase』を気に入っていたのだが、一九九〇年に来日した折にルークがバーンバウム訳の「ＴＶピープル」を手渡して売り込んできたのであり、その結果『ニューヨーカー』の九月号への掲載を決めたのである。そして読者の評判も上々だったので、ゴットリーブは短篇作品を次々と採用することになった。つまり、一九九〇年の十一月二十六日号には「ねじまき鳥と火曜日の女たち」を、一九九一年の十一月十八日号には「象の消滅」を、一九九二年三月三十日号には「眠り」を選択して掲載したのである。ついでに申し添えておけば、先の二作品はバーンバウム訳であり、後の二作品はジェイ・ルービン訳であった。

ここでは「象の消滅」を選んで検討しておく。これは『ニューヨーカー』の一九九一年十一月十八日号に掲載されて、一九九三年に出版された短篇集『象の消滅』の表題になった作品である。

僕は町の象舎から象が消えてしまったことを新聞で知った。五月十八日の午後二時に給食会社の係が象の餌を届けた時象舎は空っぽになっており、その際象の足につながれていた鉄輪はまるで象が足を抜き取ったみたいに鍵のかかったまま残されていて、同時に飼育係も象と一緒に姿を消していたのである。小学生たちが前日には象にも飼育係にも異常はなかったと証言しているので、それから翌日の二時までの間に象と飼育係は姿を消したに違いなかった。新聞記者は象が脱走したと書いているが、僕は象が消滅したと考えざるをえなかった。第一に鉄輪は鍵がかけられたまま残されていたのである。飼育係が鍵で鉄輪を象の足から外し、その後で鍵を掛け直して、象と一緒に逃げたという説があったが、その可能性は薄かった。鍵は二個あったが、安全確保のために、ひとつは警察署の金庫の中に、もうひとつは消防署の金庫の中に保管されていて、事後調べてみると二個の鍵は警察署と消防署の金庫に収まっていたのである。第二は脱出経路である。象の広場の柵は三メートルの高さがあってコンクリートと鉄棒で作られていたし、象舎の入口は内側から鍵で閉ざされていた。象がこの高い柵を超えて脱出できるはずはなかった。第三は足跡の問題である。万一象が脱出できたとしても、正面の道を歩いて逃げなければならなかったが、やわらかい砂地の上に象の足跡はひとつも残っていなかったのである。このような理由から僕は象が逃げたのではなくて「消滅」したと確信したのである。警察は象が強奪されたか脱出させられたと考えて捜索した。情報を集めて捜査して、山狩りまでしたものの発見することはできなかった。そしてそんな日々が続くうちに象は新聞で扱われなくなって忘れられていったのである。

その後九月の終わりに僕は台所電化製品のキャンペーンのためのパーティーで彼女に会った。彼女は主婦向けの雑誌の編集者で取材のためにパーティーに出席したのである。僕は有名なイタリア人がデザインした電化製品を説明しながら「統一性」という概念を導入して「色の統一、デザインの統一、機能の統一――それが今のキッチンに最も必要なことなんです」と熱弁を揮ったが、敢えて言えば、僕はこのような「色」も「デザイン」も「機能」もすべてが「統一」した「統一性」を備えた世界に生きていたのである。

僕は彼女と会話を楽しんで親しみを感じたので、その後カクテル・ラウンジに席を移して、大学時代や、音楽や、スポーツについて話し合ったが、その流れで象の話を口走ってしまった。僕は最初象の話を撤回しようとしたが、彼女は象の失踪事件を記憶していて質問を浴びせてきたので、それに答えるような形で象について語り続けることになった。彼女は象が突然消えてしまうなんて誰にも予想できないことだと言ったので、僕が「そうかもしれない」と答えると、彼女は「そうかもしれないということは、象が消えることは少しは予測できたっていうことなの」と問い詰めてきたので、ついに僕は象の消滅に関して自説を開陳することになったのである。

僕は前日の午後七時に裏山から通風口を通して飼育係と象を見ていたのであり、言わば象の最後の目撃者だったのである。この時僕には気になることがあった。「象とその飼育係の体の大きさのつりあい」が崩れているように思われた、換言すれば、象の体が小さくなったか、飼育係の体が大きくなったか、あるいはその両方が起っていたように思われたのである。彼女は象が縮んで小さくなって柵のすきまから逃げ出したのか、それとも、全く消えてしまったのか、と訊ねたが、彼はそれに対して「わからない」と答えただけだった。その後僕はこの「象の消滅」という事件がどのような意味を持っていたのかに関して次のように語っている。

ときどきまわりの事物がその本来の正当なバランスを失ってしまっているように、僕には感じられる。あるいはそれは僕の錯覚かもしれない。象の事件以来僕の内部でなにかのバランスが崩れてしまって、それでいろんな外部の事物が僕の目に奇妙に映るのかもしれない。その責任はたぶん僕の方にあるのだろう。

（村上春樹　二〇〇五年　四二五頁）

このように僕は「象の消滅」という事件に遭遇して、まわりの事物が「本来の正当なバランス」を失ってしまったように感じていたが、その真相は「僕の内部で何かのバランスが崩れてしまって」、そのためにまわりの事物が奇妙に映っていたのである。そしてそれは彼の生きている世界を、「色」と「デザイン」と「機能」がすべて「統一」している世界を一挙に突き崩して瓦解させてしまうかもしれないのである。つまり、彼は「統一性」を備えた堅固な世界に生きていると思い込んでいるが、実際にはそれは常に崩壊の危機を孕んだ脆弱で不条理な世界なのである。

かくして村上は華々しく『ニューヨーカー』にデビューしてニューヨークの文学界にその名を知らしめることになったが、これがさらに新たな展開を招来することになるのである。ここで申し添えておかなければならないのは、村上が一九九〇年の秋にプリンストン大学から「ビジティング・スカラー」のオファーを受けて、一九九一年の二月に大学の教員用の住宅に移り住んで新たな生活を始めたことであり、さらに引き続いて一九九三年にはタフツ大学から「ビジティング・スカラー」のオファーを受けてボストンの郊外に住むようになったことである。このように村上は一九九一年の初めから一九九五年の夏まで約四年間アメリカ東海岸に住んでいたのであり、ニューヨークへのアクセスもよかったので、「翻訳出版の機能をいっそのことそっくりアメリカに移して、一本化してしまおうということになった」のである。この辺の経緯について村上自身が『象の消滅』の解説の中で語っているのでそれに沿って説明していくことにする。

まずエージェントの件だが、村上は何人かとニューヨークで面接した末に、アマンダ・ビンキー・アーバンを選考した。彼女は有能で強い信念を持った女性であり、レイモンド・カーヴァーのエージェントとしても知られていて、村上の作品も真摯に受け止めて熱烈に支持してくれたのである。

村上は出版社に関しても多くの人にあたってみたが、その過程でサニー・メーターに紹介された。メーターはインド系のイギリス人であり、ケンブリッジ大学を卒業後イギリスの出版業界で活躍していたが、一九八七年にクノップフ社に抜擢されてトップの座に就いた伝説的な大物であった。ある時二人が夕食を取った時にメーターが「どう　うち(クノップフ)で本を出さないか」と提案してきたのである。村上にとって、クノップフから出版することは、日本の「ビッグ・スリー」、つまり、川端康成、谷崎潤一郎、三島由紀夫だけではなく、アメリカの巨匠たち、つまり、トニー・モリソン、ジョン・チーヴァー、ジョン・アップダイク、そして、二十人以上のノーベル文学賞受賞者を含む世界的な作家達の「仲間入り」をすることを意味するのであり、そういった観点からすれば、クノップフは最高の出版社のひとつだったのであり、それゆえに躊躇うことなく「身柄をあずけることになった」のである。そしてゲイリー・フィスケットジョンが村上担当の編集者になった。フィスケットジョンはカーヴァーの編集も担当していたので個人的にも親しくなって村上の作品を意欲的に編集して出版することになった。

というようなわけで九二年の夏には、なんとかエージェントもみつかり、専属出版社もでき、担当編集者も決まり、アメリカでの本格的な出版活動に乗り出す基礎がひととおり固まっていた。あとはその線路の上を進んでいくだけである。（村上春樹 二〇〇五年 一九頁）

このように村上は一九九二年までにアメリカで出版体制を整備して「その線路の上を進んでいく」ことになったが、それがどのような世界に導くことになったのか具体的に見ておこう。

フィスケットジョンは早速編集作業に取り掛かったがのっけから忌々しき問題に直面することになった。当然ながら彼は記念すべき第一作として長篇小説を出版することを望んだが、この時点で適当な長篇小説がなかったのである。『ノルウェイの森』は一九八九年に講談社英語文庫から出版されてベストセラーになっており、アメリカではまだ出版されていなかったものの、契約上はその可能性も含まれていたので、クノップフ社には割り込む余地はなかった。『ダンス・ダンス・ダンス』はすでに一九八八年に日本で出版されていたが、これもKIからの刊行が決まっていたので、クノップフ社が出版することは不可能であった。

ここでフィスケットジョンは苦しい決断を下すことになった。つまり、長篇小説を諦めて短篇小説を編集して出版することに決めたのである。彼は直ちに作品の選択に取り掛かって、その時までに出版されていた短篇集の中から十五作、つまり「ねじまき鳥と火曜日の女たち」、「パン屋再襲撃」、「カンガルー通信」、「四月のある晴れた朝に100パーセントの女の子に出会うことについて」、「眠り」、「ローマ帝国の崩壊・一八八一年のインディアン蜂起・ヒットラーのポーランド侵入・そして強風世界」、「レーダーホーゼン」、「納屋を焼く」、「ファミリー・アフェア」、「窓」、「TVピープル」、「中国行きのスロウ・ボート」、「踊る小人」、「午後の最後の芝生」、「象の消滅」を選び、さらに後に『レキシントンの幽霊』に収録されることになる二作「緑色の獣」、「沈黙」を選んで、これらの十七篇の作品で構成することにした。このようにして最初の短篇集『象の消滅』は一九九三年にクノップフ社から出版されることになったのである。

ここではこれらの十七篇の作品から「ねじまき鳥と火曜日の女たち」を取り上げて考察しておく。これは最初『ニューヨーカー』の一九九〇年の十一月二十六日号に掲載されて、その後一九九三年に短篇集『象の消滅』に収録された作品である。さらに付言すれば、これはあの長篇小説『ねじまき鳥クロニクル』の原-物語であるが、これに関しては改めて詳しく論じる予定である。

僕は三十歳で現在は失業中で新しい職を探しながら家事に勤しんでいる。妻はデザイン・スクールで事務の仕事をしていてまずまずの収入があり、さらにアルバイトでイラストレーションの仕事もしていてその収入も相当なものであった。そんなわけで妻は夫の失業という事態を穏便に受け止めて対応してくれていた。それにしても僕はなぜ失業することになってしまったのか、その辺の事情を考えておかなければならない。僕は優秀な学生であり、有名な大学の法学部を卒業して、ある法律事務所に勤めて会社の職務を無難に遂行していた。ところが二月にその法律事務所を辞めることになったが、とくに思い当たる理由はなかった。強いて挙げるなら、僕が「自分がかつての自分ではなくなっていること」に気づいて、その後「そのずれはどんどん大きくなり、そしてやがてはそもそもあるべき姿が見えなくなってしまうような」状態に落ち込んでいることである。このようにして僕は法律事務所を辞して、失業保険を受けながら、毎日掃除洗濯をして、食材を買って、夕食の献立を考えて、猫を探していたのである。

火曜日。十時半。僕がスパゲッティをゆでている時に電話がかかってきた。受話器を取ると、唐突に女が「十分間時間を欲しいの」と言い、さらに「そうすればお互いもっとよくわかりあえるとおもうわ」と言ったが、見ず知らずの女だったのでスパゲッティがゆであがるところだからと言い訳して電話を切った。

十一時半。電話のベルが鳴った。妻からの電話だった。詩を書くアルバイトを薦めたり、ガス料金と電気料金の振り込みを頼んだり、猫を探すように言い付けて、一方的に電話を切った。

十二時半。銀行に寄ってガスと電気の料金を払い、スーパーマーケットで夕食の買い物をし、マクドナルドに立ち寄って帰宅した。しばらくすると女からまた電話があった。今度は電話をすぐに切らずに女に応対して話し合った。僕は聡明で有能なのに失職して零落してしまっている。それに関して女は「あなたの頭の中のどこかに致命的な死角があると思わないの?」と詰問したが、それを受けて僕は「僕の頭の、体の、そして存在そのもののどこかに失われた地底世界のようなものがあって、それが僕の生き方を微妙に狂わせているのかもしれない」と考えて女の「死角」論を是認したのである。その後女は勝手にテレホン・セックスを始めたが、僕は興味もなかったので電話を切った。

十四時少し前。僕は猫を捜しに路地に出て空き家へ行ってそこで見張っていたが猫は現れなかった。すると女の声がして僕を呼んでいた。振り向くと向いの家の裏庭に十六歳位の女の子が立っていた。僕が猫捜しをしていると言うと、女の子が自分の家の庭で待ったらと勧めてくれたので、二人でデッキ・チェアを並べて猫を待つことになった。二人は猫のこと、バイク事故のこと、失業のことなどについて話し合っていたが、女の子は突然死について語り出した。彼女は「人が死ぬって、素敵よね」と言って、死体の中の「死のかたまりみたいなもの」を切り開いて「小さな芯みたいなもの」を取り出すことを願っていると熱く語ったのである。ここで話は途切れてしまうが、この十六歳の女の子の死についての独白を聞きながら、僕が死を強く意識させられたのは間違いないだろう。

十五時四十分。女の子の家を出て自宅に戻った。

十七時半。電話が鳴ったが受話器を取らなかった。
十九時半。妻が帰宅した。二人で僕がつくった夕食を食べた。僕が風呂から出てくると、妻は居間の暗闇の中に一人でぽつんと坐っていたが、それはまるで「置き去りにされた荷物」のように見えた。僕は妻が気の毒だと思い、「もっと別の場所にいれば、あるいはもっと幸せになれたかもしれない」と反省した。すると妻が不意に猫は死んでしまったと言って「あなたが殺したのよ」と非難した。僕は抗弁し反論した。妻はそれを無視してあなたは「自分では手を下さずにいろんなものを殺していくのよ」と厳しく告発した。それはまるで自分も殺されようとしているんだと言わんばかりであった。ここまでくるともう処置無しだった。僕はビールを飲み、妻は声を立てずに泣きつづけたのである。

このように僕は火曜日に三人の女達と関わり合って思索をめぐらすことになった。電話の女との会話を通じて、自分の頭の中に「致命的な死角」があって、そのために「自分がかつての自分でなくなっていること」を意識することになった。次いで十六歳のバイク事故に遭った女の子の死の独白を聞きながら、僕なりに死とは何かという問題に想いを馳せることになった。そして妻との関係において、僕は「死角」によって生き方を「微妙に狂わせている」ために、猫を、そして、妻を死に追いやっている可能性があることを思い知らされることになった。僕は「自分がかつての自分ではなくなっていること」を認めざるをえないのである。

3

その後村上は「ねじまき鳥と火曜日の女たち」を大幅に書き換えて、一九九四年に『ねじまき鳥クロニクル』の第一部と第二部を出版し、一九九五年に第三部を出版したが、最後にこの一一〇〇ページを超える大長篇小説を取り上げて、これがいかなる作品であったのか、そして村上にとってどのような意味を持つことになったのかを考察しておこう。

村上は二〇一八年にこの『ねじまき鳥クロニクル』に関して辛島ディヴィッドとのインタヴューの中で次のように語っている。

……やっぱり『羊をめぐる冒険』と『世界の終わり』は、まだ書ききれてないというか、自分の力がうまく出せてない部分があった。でも、『ねじまき鳥クロニクル』では、一応自分でやりたいことはやったという気持ち、確信みたいなのができたから、あの作品は僕にとって要になっていると思う。あの本は自分で言うのもなんだけど、よく書けていると思う。

（辛島ディヴィッド　二〇一八年　三二三頁）

このようにこの作品は村上にとって「よく書けている」自信作であり、そういった意味で、作家人生において「要」だったのであり、決定的なターニングポイントとなった作品だったのである。村上は第一部では一九八四年の六月から七月を、第二部では一九八四年の七月から十月を、第三部では一九八五年の三月から十二月を扱っているので、ここでは年代順に第一部、第二部、第三部を検討して、その後にこの作品がいかなるものであるかを総括したいと考えている。

第一部。この作品の主人公は岡田亨であり、現在三十歳で失業中であるが、妻が働いていてそれなりの収入があるので、仕事を捜しながら家事に勤しんでいる。そんなわけで彼はいつも家にいて、時々近所にある空き家に行くくらいのことしかしない。そういった意味で、彼は狭隘な世界に住んでいるのだが、実際には様々な人々と様々な形で関わって行動することによって複雑に錯綜する世界に参入することになるのである。

亨は占い師の本田の仲人によって六年前にクミコと結婚して平穏な生活を送ってきたが、猫の失踪をきっかけにしてクミコとの関係が崩れて、その結果二人は些細な事で対立して激しく言い争うようになった。たとえば彼女は自分のことを「ほとんど気にとめていなかった」と厳しく叱責したことがあったが、彼はそれに反論することなく、ひたすら詫びて関係の修復を計るのであった。

彼は妻に請われて猫を捜しに近くの空き家に行ったが、これをきっかけにして近所に住む十六歳の少女笠原メイと知合いになり、さらにこの空き家の庭に水の涸れた深い井戸があることを知ったのである。

笠原メイは高校生であるが、バイク事故を起こして負傷して学校に行かずに家に閉じ籠って孤立した生活を送っている。彼女はこの事故を通じて死を意識するようになり死について語るが、彼はその独白を聞きながら死について想いを馳せるようになった。

亨は笠原メイからこの空き家には涸れた井戸があることを教わったが、それは直径約一メートル半位で丸い形をした深い井戸であり、彼はその後この井戸の底に籠って思索に耽ることになる。

ある日加納マルタという女性から電話があった。彼女は霊能者であり、クミコの兄の綿谷ノボルに依頼されて猫に関する情報を得るために連絡してきたのである。その後彼女は妹の加納クレタと共に亨の生活に入り込んできて様々な影響を及ぼすことになる。

ここで特筆すべきは綿谷ノボルである。彼はクミコの兄であり、幼少より成績が優秀であり、東大の経済学部へ進み、卒業後はイエール大学の大学院に留学し、それから東大の大学院に戻った。その後三十四歳の時に分厚い経済学の専門書を出版したが、これが高く評価されて、世間に名を知られるようになって、多くの雑誌に評論を書き、コメンテーターとしてテレビに出演して経済や政治に関して発言するようになったのである。

しかし亨は綿谷ノボルを忌み嫌っていた。なぜなら、彼には「一貫性というものが欠けていた」からであり、「深い信念に裏づけされた世界観というものを持たなかった」からである。つまり、彼は巧妙に「思想的順列組み合わせ」をやっているのだが、そんなものは「ただのゲーム」に過ぎないのであり、そのような「巧妙な戦略性」は「僕をたまらなく不快」にしただけだったのである。

加納クレタが猫の件で訪ねてきて、これまでの過酷な人生について語り始める。彼女は二十歳の頃肉体的な苦痛に苛まれていて何度も自殺を試みてきた。そうするうちに苦痛が消えたので死なずに生きていこうと決心して娼婦になったが、そこで綿谷ノボルと出会うことになったのである。

ところでこの空き家については不吉な噂が語り継がれてきた。ある軍人が住んでいたが、彼は戦犯の容疑を掛けられてピストルで頭を撃ち抜いて自決し、奥さんはあとを追って首を吊って死んだ。次にある映画女優が住み着いたが、彼女は失明寸前で自由に歩けなくなり、女中に預金と株券を持ち逃げされて、その挙句に風呂桶に水を張って自殺した。その後宮脇という人物がその土地を買い取って新しい家を建てた。しかし宮脇は株に失敗してしまい、土地も家も手放さざるをえなくなった。このようにこの空き家は次々と惨劇が続発した呪詛された土地だったのである。

亨は最近クミコに様々な変化が起っていることに気付いた。彼女の帰宅が遅くなったし、洗面所の化粧品入れにはクリスチャン・ディオールのオーデコロンの瓶が入っていたのである。彼は疑念に駆られて悪しき空想をめぐらすようになった。

クミコによると兄の綿谷ノボルが国会議員の選挙に出ることになるらしい。クミコの伯父は新潟の選挙区から衆議院議員に選出されて、大臣の職についたこともある立派な経歴の持ち主であるが、高齢と心臓病のせいで次回の選挙に出馬するのは難しい事態になった。二人の息子たちは政治的に無能で出馬の意向はなかったので、その代理として優秀な学者で知名度も高い甥の綿谷ノボルが選ばれたのであり、彼はその要請を受けて次回の国会議員選挙に出馬することを決意したのである。

間宮徳太郎が本田さんの形見を届けるために来訪してノモンハンの戦闘前後の戦況について語っ

た。中尉の間宮は一九三八年に高級将校の山本、軍曹の浜野、伍長の本田とチームを組んで危険な計画に関与することになった。それは関東軍と蒙古軍とソ連軍に関わる機密の作戦であった。つまり、関東軍はソ連軍に反感を抱く蒙古軍の反乱分子を集めて謀略部隊を組織して戦闘を有利に展開しようとしたのだ。彼らが外蒙古の領地に侵入すると、一人のモンゴル人が来て、山本はその男といずこかに出かけた。その二日後に山本は負傷しながらも重要書類を持って戻ってきて、この書類を軍司令部に届けなければならないのであり、それが不可能な場合は処分しなければならないと命じた。彼等は帰ろうとしたが、その直前に蒙古兵に襲われて、浜野軍曹は殺され、本田伍長は逃走したが、山本将校と間宮は囚われの身となって重要書類の所在を尋問されることになった。ロシア人と蒙古人の高級将校が書類を渡すように要求したが、山本がそんなものは関知していないと主張したので、二人は山本を拷問にかけて白状させることにした。それは残忍な拷問であった。彼等は山本を裸にして四隅に立てた杭に手足を縛りつけて全身の皮を剥がしたのである。しかし山本は血だらけになり失神したがその書類の所在を告げずに死んでいった。ロシア人の将校は山本が書類の存在を知らなかったのだと考えて、その罪滅ぼしのために間宮の拷問を中止して、深い井戸のところに連れて行って、銃殺されるか、井戸に飛び込むか、いずれかを選択させた。間宮は咄嗟の判断で井戸に飛び込んで一命を取り留めることになった。三日後に間宮は本田に助けられて井戸を出て生き残ることになったのである。その後間宮はシベリア送りになり、その間に事故に遭って片腕を失ったが帰還を果たし、本田はノモンハンの戦闘で耳を負傷したが抑留されて帰国したのである。

間宮は本田が死んだので、その形見の品を届けに来てくれたのだが、それはカティーサークの贈答用化粧箱であり、開けてみると全くの空っぽ(=無)だったのである。

第二部。最近クミコは家に帰ってこないし、何の連絡もしてこなくなった。ある日亨はクミコの会社に電話をしたが何の情報も得られなかった。彼はクミコがつけていたオーデコロンを思い出して、それを贈ったかもしれない男とベッドで抱き合っているところを想像したりした。

翌日加納マルタから電話がかかってきて、次ぐ日に綿谷ノボルと三人で会うことになった。綿谷はクミコが男と一緒に家を出たことを知って、亨に離婚を認めさせるためにこの会合を持ったのである。しかし亨はそれに承服せずに、二人で話し合って決めるからクミコに会わせてくれと要請した。すると綿谷は一転して亨批判に転じた。彼は「君の頭の中に在るものは、ほとんどゴミや石ころみたいなもの」だけだと揶揄し弾劾した。しかし亨はそれに抗議して「僕は詰まらない人間かもしれないが、少なくともサンドバッグじゃない。生きた人間です。叩かれれば叩きかえします」と宣戦布告をしたのである。

その日家に帰ると間宮中尉からの分厚い手紙が届いていた。間宮は先日の話は「荒唐無稽な作り話」ではなく「細部に至るまで厳然とした真実」であることを信じて欲しいと懇願した。さらに間宮は蒙古の平原の井戸の底で見た「光」について語った。間宮はその光の中に「恩寵」を見たがそれを掴み取ることができずに孤独と悔悟の中で生きてきたのである。そしてここで重要なのは間宮がこのように亨に話すことによって「ある種の救いを得ることができた」ことである。

ある日亨は「井戸の底に降りて考えごとに集中」しようと思って、縄梯子を購入し、ナップザックに水筒と懐中電灯とレモンドロップを入れて、空き家に向かった。そして井戸のところへ行って、縄梯子の端を木の枝に結び付けて、それをつたって下りて、井戸の底に腰を下ろして、身体をその場所に馴染ませた。その後彼はここに三日間留まって「考えごとに集中」したのである。

第一日目。彼はクミコと出会った時のことを思い出した。それからデートを重ねて、アパートで結ばれて結婚したのである。午後三時に眠り、夜の七時半に目を覚ました。三年目にクミコが妊娠したが、経済的余裕がなかったので不本意ながら堕胎手術を受けた。

第二日目。夜明け前に夢を見た。彼はホテルのロビーを歩いていたが、大型テレビの画面に綿谷ノボルが映っていて喋りかけていた。二〇八室に入ると、そこには電話をかけてきた謎の女がいて、女は彼のことをよく知っているし、彼も女のことをよく知っていると繰り返し語った。その時ドアをノックする音が聞こえた。女はあの男は危険だと言って、部屋から脱出させてくれた。彼は壁の中に滑り込んで、壁を通り抜けて、壁のこちら側に出た—深い井戸の底に。朝の五時過ぎにうっすらと光る星を見ながら、ふと思い付いて縄梯子を捜したが見つからなかった。「完璧な無が僕を襲った」のである。

その後笠原メイが「ねじまき鳥さん」と呼んで、考えごとがうまくいっているかと問い、私が縄梯子を引き上げたのだと告げた。次いで彼女はもっと考えごとに集中できるようにしてやると言って井戸の蓋を閉めたのである。

笠原メイが再び三時過ぎにやってきた。彼女は彼が生きていることを確認して、人間は死ぬことを意識しているからこそ生きていることの意味を考えるのだと自説を唱えて、時間はたっぷりとあるから死ぬことについて考えなさいと言って再び井戸の蓋を閉めた。その後眠りと目覚めを繰り返して時計を見ると夜の七時二十八分だった。彼は不安にとらわれながら何度も眠り、目覚めて、腕時計を見ると針は六時十五分を指しており、次に見た時には七時過ぎを指していた。彼は三日目の朝を迎えていたのだ。

第三日目。彼は激しい空腹感を感じ、身体の痛みに苦しめられた。その後多くの断片的な記憶を思い出して想いをめぐらしていると、すべてが枯渇してしまって、頭は空っぽになってしまった。すると今度は独り言を呟くようになり、それを抑制できずに、深い不安に苛まれることになった。午後三時四十二分になっていた。彼は苦しみながら死ぬのか、意識を徐々に失いながら死ぬのかと考えながら、大声で叫びたい衝動に駆られた。その時加納クレタが「岡田様」と呼んで縄梯子を垂らしてくれた。時計の針は夜中の一時七分を指していた、つまり、四日目に入っていた。彼は縄梯子を登って井戸の外に出ると、地上は「新鮮な生命の匂い」で満ちていた。

第四日目。彼は自分の家に戻り、シャワーを浴びて、ビールを飲み、食パンにポテト・サラダを挟んで食べた。身体は疲れていたが、意識は覚醒していて全く眠くはなかった。

彼が郵便受けを覗いて見るとクミコからの手紙が入っていた。彼女は突然家を飛び出したことを詫びて、自分の置かれている状況を説明した。三か月前に男の人と付き合い始めて、性的な関係を持ったが、それは理不尽な性欲であり、そのために家庭も仕事も失うことになった。クミコは今罪悪感に苦しめられていて、自分のことは忘れて、離婚の手続きを取って、新しい生活を始めてくれと懇願したのである。

彼が夜中の二時頃にその手紙を読んでいると、加納マルタが電話をかけてきて、最近身体的変化がなかったかと訊ねたので、思い当たらないと答えると、次いでクレタと連絡が取れないのだが心当たりはないかと訊いたので、彼女の所在がわかったら連絡すると約束した。もう三時前になっていたが、彼が空き家の井戸に戻って「加納クレタさん」と呼び掛けると「ここにいます」という返事が返ってきた。お姉さんが心配していると伝えたが、彼女はここで考えごとを続けたいと言ったので、家に引き返して眠りについたのである。朝九時半に目を覚まして、空き家の井戸に行くと、縄梯子はなくなっていて、加納クレタもいなくなっていた。家に帰って洗顔していると、右の頬に青黒いあざができていた。加納マルタが言ったように、身体的変化が起こっていたのである。夜の九時に就寝して、夢を見ている途中で目が覚めたが、午前二時を過ぎていて、加納クレタが隣りで裸で寝ていたのである。

加納クレタが綿谷ノボルについて語る。彼女は娼婦として生計を立てていたが、その間に綿谷ノボルと出会ったのである。綿谷は服を脱がせて、十本の指で体中を愛撫して、性的に興奮させた。さらに綿谷はうつぶせになった彼女の両腕と両脚を広げて、彼女の中に何かを入れた。その結果彼女は苦痛と快感の奔流の中で性的な絶頂に達したのである。クレタはこの時に「汚された」のであるが、それによって「理不尽なほどの性的な快感を得る」ことによって「新しい自己」を発見して生まれ変わることになったのである。

加納クレタが二人でクレタ島に行こうと提案したので、彼はそれに同意して新宿に行って旅行案内書とスーツケースと衣類等を購入した。帰りの電車で中吊りの広告の中に綿谷ノボルの名前を見つけた。その週刊誌を買って読んでみると、綿谷は次の衆議院選挙に新潟から出馬の予定だが、その知名度から当選は間違いないとのことだった。彼の談話も載っていて、自分が目指すのは日本という国家の枠組みの作り変えであり、そのような国家的コンセンサスを打ち立てることだと論じていた。その後春先に総選挙があったが、綿谷は予想通りに野党の対立候補に大差をつけて当選して衆議院議員になった。

ある日午後四時に笠原メイから電話があったので彼女の家に行った。彼女は右頬のあざはどうしてできたのかと質問した。次に彼女自身が井戸の底に下りて死について考えたが怖くなって出てきてしまったと語った。そして彼女は彼の顔のあざの上に手のひらを置き、次にあざの上に唇をつけてゆっくりと舐めた。このような交流を経て、メイは真摯に亨の活動を見守ることになるのである。

ある日亨は叔父の勧めに従って新宿の西口の広場のベンチに座って通行人を眺めていた。七日目に中年の洒落た女性が立ち止まって、頬のあざを見て「あなたお金あるの」と訊いて去って行った。十一日目に知り合いの男と殴り合いになって、相手の下腹部と脇腹を蹴り上げて、バットを奪って太腿を打ち付け、手で顔を殴って床に叩きつけて帰宅した。その夜男が笑いながら迫って来る夢を見て、混乱し、怯えながら「僕は逃げられないし、逃げるべきではないのだ」という「結論」に達したのである。つまり、彼はクミコを自分の手でこの世界に引き戻すのであり、そうしないと自分という人間もまた失われ続けることになるという事実を認識することになったのである。

八月の終わりに笠原メイが訪ねてきて、あの空き家が取り壊されていると言ったので、二人で空き家へ行くと、解体作業が進んでいて、それから十日後には家屋は影も形もなくなり、井戸も痕跡も残さずに埋められてしまったのである。

十月の半ば頃、区営プールで泳いでいると、いつの間にか大きな井戸の底に浮かんでいて、そこから太陽を見上げ、その後太陽が消えると、あたりは暗闇になり、花の匂いが漂ってきたが、それは二〇八号室に漂っていた匂いと同じものであり、その瞬間、あの電話の謎の女がクミコだったことを悟ったのである。クミコは家から出て行ったが、「僕を切実に必要とし、激しく求めていた」に違いないのだ。彼はプールサイドで壁に寄り掛かりながら「微かな響き」を聞いた。「そこでは誰かが誰かを呼んでいる。誰かが誰かを求めている」のである。

第三部。第一章と第二章は先取りして一九八五年十二月の状況を描いている。笠原メイが手紙を送ってきて、ある週刊誌にあの空き家に関する記事が載っていたと知らせてきた。それは十二月七日号で、記事の題名は「世田谷名物、首吊り屋敷の謎」というものであった。その屋敷は「首吊り屋敷」として知られていた。なぜなら、その家に住んだ人々のうち七人が自殺を遂げており、その多くが縊死あるいは窒息死だったからである。宮脇さんの死後、ある不動産会社がその土地を購入し更地にして転売をはかったがなかなか売却できなかった。今年の四月にやっと売れたが、その土地を購入したのは「赤坂リサーチ」というペーパー・カンパニーであった。五月に建築工事が始まったが、注目すべきは庭に深い井戸が掘られたことである。その屋敷の警備は厳重であり、一日に何度か真黒のメルセデス・ベンツが出入りするだけであった。一体誰がこの屋敷を購入したのであろうか、そこで何をしているのであろうか。謎は深まるだけであった。

その後岡田亨がこの屋敷を購入したことが判明するが、それにしても彼はいかにしてこのような難事業を遂行することができたのであろうか。ここで登場するのがナツメグである。ナツメグは大陸での戦況が悪化したために満州国から引き揚げてきて、その後苦労を重ねながらも、洋裁の才能を開花させて、デザイナーとして成功して、銀座と青山と新宿に直営店を出した。ところがある日夫がホテルで斬殺されてしまい、それを契機に会社を売却して、洋裁の世界から身を引くことになった。しかしナツメグは一年後に偶然に自分に備わっている特別な能力を発見したのである。ある時大手デパートの経営者の夫人が不意に頭を抱えて床にしゃがみこんだ。ナツメグは彼女の右側のこめかみを手でさすっていると、そこに何かの存在を感じたので、そのままさすり続けてその何かを解きほぐしたのである。すると夫人は頭痛を癒してくれた謝礼として大金を渡したのである。その後ナツメグはそれを仕事にするようになって、多くの裕福な女性達を癒していたが、その過程で彼女は患者の「何か」を完全に治癒して解消することができないことに疑問を感じて無力感にとらわれることになった。かくして彼女はこの仕事を辞める決心をして後継者を探していたが、前年の夏に新宿の西口の広場で自分の父親と同様に頬に青黒いあざを持つ若い男に出会ったのである。

ナツメグは今年の三月に新宿の広場で亨に再会した。すると亨がお金が、八千万円が必要になったと懇請したので、彼女は名刺を渡して明日午後四時に来なさいと言った。彼が翌日訪れると、若い男がオフィスに案内してゴーグルを付けたので何も見ることができなくなった。しばらくするとあの女性が入って来て、彼の横に座って頬のあざを撫でて、次に立ち上がってあざを舐めて、静かに部屋から出ていったのである。赤坂のオフィスを出て食事をしている時に内ポケットから白い封筒を取り出して見るとそこには真新しい一万円札が二十枚入っていた。ナツメグは亨を後継者として選抜して八千万円の融資を決断したのである。かくして亨は宮脇さんの呪われた土地を四月に購入して、五月に建築工事を始めて、七月の半ばに屋敷を完成して、ナツメグの後継者として裕福な女性達を相手に心霊治療の仕事に精励していたのである。

ある日亨が家に帰ると、牛河という男が家に入り込んで居間のソファーに座っていた。彼は四十代の後半で、背が低く、肥って禿げており、クミコの世話をしていて、鍵を貰ったので無断で家に入ったと説明した。牛河は綿谷ノボルの秘書であり、影の仕事を引き受けていた。綿谷ノボルは週刊誌に乗った記事を読んで、亨があの屋敷と関係していることを懸念して、その関係を切ってくれればクミコとの復縁を認めてやるという提案をしてきたのである。亨は自分の力でクミコを取り戻すと言って提案を拒否した。

牛河は三日後に再び訪ねて来た。牛河は「首吊り屋敷」に言及して「あそこでいったいぜんたい何をやっているのか」と問い詰めて、あの土地と建物を八千万円で譲ってくれと要請した。亭が即答を避けたので、牛河は仕方なくクミコさんとお話しできるように手配しておきますと言って退去した。

例の週刊誌の十二月二十一日号に「首吊り屋敷の謎2」という記事が掲載された。この屋敷の新しい持ち主の素性は解明することはできないが、この会計事務所に政治家が関わっていることは確実である。このように「首吊り屋敷」には多額の金と政治力が介在しているに違いないのだが、それは「謎」のままで人々の関心をそそっているのである。

亭は牛河の尽力でクミコとコンピューターで話し合うことになった。先ず相手がクミコであることを確かめて、戻ってきた猫にサワラという名前をつけたことを報告した。するとクミコは堕落してしまったが、それは「前もってどこかの真っ暗な部屋の中で、私とはかかわりなく誰かの手によって決定されたことです」と説明した。しかし亭はそれを否定して、クミコは「助けを求めている」のであり、「君がいる場所に辿り着きたい」と覚悟を吐露したのである。

綿谷ノボルは衆議院議員になって新しいタイプの知的な政治家として精力的に活動していた。日本は現在政治的にも経済的にも混乱状態にあるのであり、綿谷は政治、経済、文化の領域において枠組みを洗い直して再構築すべきだと考えて行動していた。しかし亭は綿谷ノボルの実像を知っているので、彼のこうした言動の奥に「傲慢さ」や「悪意」を察知して対決していかねばならぬと決意したのである。

ある時ナツメグがやってきて、週刊誌に載った二つの「首吊り屋敷」に関する記事に言及し、義理の兄が国会議員であることを確認してから、今は信号が黄色から赤色に変わったので「今日から先の予定は昨日のうちに全部キャンセルになった」ので「お客は来ない」と告げたのである。

ある日夜十時に亨は綿谷ノボルとコンピューターで話すことになった。最初に亨はこの屋敷を手放せば本当にクミコを返すのかと問うと、綿谷はクミコを説得するが、クミコが帰るとは確約できないと答えたので、最初からクミコを手放すつもりはないのだろうと難詰した。次いで亨はクミコの失踪の裏には「大きな秘密」が潜んでいる筈だと言うと、綿谷はクミコが亨に嫌気がさして男を作って家を出て離婚を望んでいるだけだと反論した。亨は改めてクミコが戻って来ればそれでいいと言い、さらにクミコのお姉さんに言及して脅しをかけると、綿谷は突然通信を打ち切ってしまったのである。

シナモンが語る祖父の主任獣医の話。祖父は獣医として動物の世話をしていたが、そこへあの中尉が戻ってきて、騾馬と荷車を押収して、四時間後に、荷車に荷物を積み、四人の中国人を連行してきた。中尉は中国人達に大きな穴を掘らせて、荷物として運んできた四人の中国人の死体を埋めさせ、次に三人の兵隊に三人の中国人を銃剣で刺殺させて、最後に脱走の主犯である中国人を若い兵隊にバットで殴らせたが、その中国人が身を起して獣医の手を掴んで離さなかったので、中尉が拳銃でこめかみを撃ち抜いて、手をこじあけるようにしてほどいたのである。戦争とは残酷なものであり、このような極悪非道の蛮行が日常茶飯事のごとく横行していたのである。その後獣医はシベリアの収容所に送られ、炭坑で竪穴に入って作業している時に出水があって溺れて死んだのである。

ある日亨は牛河に会って話し合った。牛河は現在綿谷の仕事を辞めて自由の身になっていた。というのも、綿谷ノボルは「とんでもないくわせもの」であり「ろくでもない野郎」だったからである。牛河によれば、クミコは今アパートに閉じ籠って孤立した生活を送っているが、それは兄のノボルとの間に何か歪んだものがあって、そのために「クミコさんの中にあった何かが損なわれてしまった」からであった。

その翌日間宮から再び長い手紙が届いた。彼は一九四五年八月のソ連軍との攻防戦で負傷し左腕を失って意識不明のままソ連軍の病院に移送され手術を受けて一命を取り留めた。その後通訳として炭坑で働く日本兵とソ連側の連絡係を勤めていた。その二年後に一人の囚人に出会ったが、その男こそあの山本の皮を剥がせたロシア人の将校ボリス・グローモフであった。彼は現在囚人として零落しているが、実際は有能な人物であり、シベリアの収容所でも実権を握って権勢を揮うことになった。ボリスは間宮を利用して日本人捕虜を支配することになり、間宮はそれを甘受して隷属していたが、密かにボリスを殺害しなければならぬと覚悟していた。間宮は機会を捉えて拳銃を奪ってボリスを狙って二発発射したが、弾は逸れて射殺することはできなかった。その結果間宮はボリスの「秘密」を守る約束をして収容所を出てナホトカに運ばれて翌年に帰国したのである。

久しぶりに亨は井戸の底に下りて思索に耽っているうちに、壁を抜けて、二〇八室に入り、その後部屋を出てロビーに行った。するとテレビに綿谷ノボルが暴漢に襲われる映像が流れていた。再び二〇八室に戻ると謎の女がいて話し合うことになった。亨は本当はクミコなんだろうと訊くと、女はクミコかもしれないと言って、「あなたは私を探してここまで来たのね」とクミコの声で問いかけた。亨は「君をここから取り戻すために来た」と言って、彼女が家を出て行った「本当の理由」について自説を披歴した。つまり、「綿谷家の血筋にはある種の傾向が遺伝的にあった」のであり、綿谷ノボルはその力を利用して、姉を自殺に追い込み、クミコを隷属させ、加納クレタを「汚した」のである。その時ドアをノックして男が入ってきたので、暗闇の中で闘いに臨んで相手を殴り倒した。そしてクミコに「これでもう終わった。一緒に家に帰ろう」と言ったが、彼女は返事をしなかった。その瞬間彼は井戸の底に戻っていたが、気が付くとまわりに水があった、水が湧いて、どんどん増えて、彼はその中で溺れて死のうとしていた。次に目覚めると傍らにナツメグがいて、シナモンが助けたのですと説明した。亨は療養中に新聞を読んでいたが、綿谷ノボルが長崎で講演をした後脳溢血で倒れて病院に運ばれて、意識不明のまま東京の医大病院に移されて集中治療室で看護を受けているとのことであった。その後洗面所に行って鏡の中の自分の顔を見てみるとあの赤黒いあざが消え去っていたのである。

五日後にクミコから手紙が届いた。クミコは亨に救われることを望んだが、それは叶わぬ夢であった。というのも、彼女は兄のノボルに徹底的に汚されていたからである。それではどうすれば救われるのであろうか。それはクミコが自ら兄のノボルを殺すことであり、そうすることによって

「私の命を意味あるもの」にすることができるのである。かくしてクミコは兄に取り付けられた生命維持装置のプラグを引き抜いて殺したのであり、今は逮捕されて拘置所にいて、いずれ実刑判決が下されることになるだろう。亨はすべてを受け容れてクミコが戻って来るのを待とうと意を決したのである。

これまで一九九四年から一九九五年にかけて出版された『ねじまき鳥クロニクル』を分析し検討してきたが、最後にこの作品の創作過程について確認しておこう。村上は一九九一年から一九九五年までアメリカの東海岸に滞在しており、その間にこの大長篇小説を書き上げたのであり、これ自体が画期的な営為であったが、それにしてもいかにしてこの壮大な作品を創作することになったのであろうか。

ここで重要なのは村上が当時作家活動をさらに推し進めようとしていたことであり、そのような状況でプリンストン大学の図書館でノモンハン事変の関係資料を発見したことである。一九三九年の五月に満州国とモンゴル人民共和国との間で国境紛争が起きて、その後日本軍とソ連軍との大規模な戦闘に発展したが、八月には日本軍はソ連軍の戦車部隊に圧倒されて劣勢に立たされて、九月に停戦協定を結んで戦闘を終結することになったのである。村上はこの歴史的事実を踏まえて、一年前の一九三八年に時代を設定して、間宮中尉達の危険な偵察活動を書いたのである。そして間宮中尉がその時の苦悩に満ちた経験を語ったのが「間宮中尉の長い話」だったのであり、それを通じて間宮中尉は救済されることになったのである。このように村上はノモンハン事変を取り組むことによって、歴史小説を書き上げて新たな次元へ踏み込むことになったのである。

さらに村上はここで岡田亨と綿谷ノボルの熾烈な闘争を扱っているが、綿谷が衆議院議員であることを考慮すれば、これは政治小説でもあるのである。最後に綿谷ノボルは脳溢血で倒れて医大の病院に入院していて、クミコが生命維持装置のプラグを引き抜いて殺すことになった。このような事態を受けて亨はクミコが罪を贖って戻って来るのを待とうと決心するが、これは一つの政治的決着でもあったのであり、そういった意味で、村上は初めて政治小説を書くことになったのである。

それでは村上はいかにしてこの作品を書き上げることになったのであろうか。村上は亡き河合隼雄との対談を思い出しながらこのように語っている。


我々は何を共有していたか？　ひとことで言えば、物語というコンセプトだったと思います。物語というのはつまり人の魂の奥底にあるものです。人の魂の奥底にあるべきものです。魂のいちばん深いところにあるからこそ、それは人と人とを根元でつなぎあわせることができるんです。

（村上春樹　二〇一六年　三三七頁）


村上はこのような思想に基づいてこの物語を書いたのであり、それゆえに、主人公の岡田亨は井戸の底に下りて暗闇の中で思索に耽るのであるが、その亨が次のように注目すべきことを語っているのである。

彼（＝シナモン）はいつものように「客」を運んでくる。僕と「客」たちはこの顔のあざによって結びついている。僕はこのあざによって、シナモンの祖父（ナツメグの父）と結びついている。シナモンの祖父と間宮中尉は、新京という街で結びついている。間宮中尉と占い師の本田さんは満州の国境における特殊任務で結びついて、僕とクミコは本田さんを綿谷ノボルの家から紹介された。そして僕と間宮中尉は井戸の底によって結びついている。間宮中尉の井戸はモンゴルにあり、僕の井戸はこの屋敷の庭にある。ここにはかつて中国派遣軍の指揮官が住んでいた。すべては輪のように繋がり、その輪の中心にあるのは戦前の満州であり、中国大陸であり、昭和十四年のノモンハンでの戦争だった。

（村上春樹　一九九五年　二七五頁）

先に述べたように村上にとって物語とは「人の魂の奥底にあるもの」であり、それゆえに、「人と人を根元でつなぎあわせることができる」ものなのである。村上はこのような信条に基づいて岡田亨を主人公にして物語を書いたのであり、その中で亨は綿谷ノボルを介して本田さんと結びつき、本田さんを介してクミコと結びつき、井戸を介して間宮中尉と結びつき、あざを介して主任獣医とその娘のナツメグとその孫のシナモンと結びついたのである。そして村上はこのように亨を中心として輪のように繋がった人々の錯綜する関わり合いを書きながら、愛の儚さと救済、空虚で無為の現代政治、第二次世界大戦中の日本の無謀な武力侵略といった諸問題に取り組んで、この大長篇小説を上梓することになったのである。この作品は一九九七年にジェイ・ルービンによって翻訳されてクノップフ社から出版され高く評価され、同年代に出版されたフィリップ・ロスの『アメリカン・パストラル』、トマス・ピンチョンの『メイスン&ディクソン』、ドン・デリーロの『アンダーワールド』と並んで論じられることになり、その結果村上はアメリカ文学界で現代を代表する国際的な作家として確たる地位を築くことになったのである。

最後にこの作品の書名である『ねじまき鳥クロニクル』について簡単に説明しておく。正体不明の鳥がしばしば近所の木立にやってきてギイイイッと鳴くのだが、それはまるで世界のねじを巻くように思われたので、クミコが「ねじまき鳥」と名付けたのである。さらに笠原メイにとって、岡田亨が「ねじまき鳥」なのであって、「ねじまき鳥」として世界のねじを巻くことによって、世界が緩んで停止してしまうのを阻止するのである。具体的に言えば、亨はクミコをめぐって綿谷ノボルとの熾烈な戦いに臨んで辛うじて勝利を収めることによって、世界が解体して崩壊してしまうのを回避することになったのである。そういった意味で、『ねじまき鳥クロニクル』とは岡田亨の一連の過酷な闘争行動を書き記した「年代記」なのである。

リービ英雄の著書

『星条旗の聞こえない部屋』（講談社　一九九二年）
『新宿の万葉集』（朝日新聞社　一九九六年）
『日本語を書く部屋』（岩波書店　二〇〇一年）
『英語で読む万葉集』（岩波書店　二〇〇四年）
『越境の声』（岩波書店　二〇〇七年）
『我的日本語』（筑摩書房　二〇一〇年）
『バイリンガル・エキサイトメント』（岩波書店　二〇一九年）

多和田葉子の著書

『あなたのいるところだけ何もない：Nur da wu du bist da ist nichts』（一九八七年）
『犬婿入り』（講談社　一九九八年）
『容疑者の夜行列車』（青土社　二〇〇二年）
『旅をする裸の眼』（講談社　二〇〇四年）
『アメリカ　非道の大陸』（青土社　二〇〇六年）
『エクソフォニー』（岩波書店　二〇一二年）
『雪の練習生』（新潮社　二〇一三年）
『言葉と歩く日記』（岩波書店　二〇一三年）
『献灯使』（講談社　二〇一七年）
『不死の島』（講談社　二〇一七年）
『地球にちりばめられて』（講談社　二〇一八年）
『星に仄めかされて』（講談社　二〇二〇年）
『溶ける街　透ける路』（講談社　二〇二一年）
『太陽諸島』（講談社　二〇二二年）

『カタコトのうわごと』（青土社　二〇一二年）

アーサー・ビナードの著書

『釣り上げては』（思潮社　二〇〇〇年）
『日本語　ぽこり　ぽこり』（小学館　二〇〇五年）
『出世ミミズ』（集英社　二〇〇六年）
『ここが家だ―ベン・シャーンの第五福竜丸』（集英社　二〇〇六年）
『左右の安全』（集英社　二〇〇七年）
『日本の名詩、英語でおどる』（みすず書房　二〇〇七年）
『ゴミの日』（理論社　二〇〇八年）
『空からきた魚』（集英社文庫　二〇〇八年）
『日々の非常口』（朝日新聞社　二〇〇六年、新潮社　二〇〇九年）
『亜米利加ニモ負ケズ』（日本経済新聞出版社　二〇一一年）
『どうぶつ　どうして　どんどんどんと』（岩崎書店　二〇一一年）
『泥沼はどこだ』（かもがわ出版　二〇一二年）
『さがしています』（童心社　二〇一二年）
『えをかくかくかく』（偕成社　二〇一四年）
『もしも、詩があったら』（光文社新書　二〇一五年）
『知らなかった、ぼくらの戦争』（小学館　二〇一七年）
『Rain Won't（＝雨ニモマケズ）』（今人舎　二〇一三年）
『Heartbloom Hill』（岩崎書店　二〇二〇年）

カズオ・イシグロの著書

『遠い山なみの光』（小野寺健訳　早川書房　二〇〇一年）
『日の名残り』（土屋政雄訳　早川書房　二〇〇一年）

『充たされざる者』（古賀林幸訳　早川書房　二〇〇七年）
『わたしを離さないで』（土屋政雄訳　早川書房　二〇〇八年）
『特急二十世紀の夜と、いくつかの小さなブレイクスルー』（土屋政雄訳　早川書房　二〇一八年）
『浮世の画家』（飛田茂雄訳　早川書房　二〇一九年）
『クララとお日さま』（土屋政雄訳　早川書房　二〇二一年）

村上春樹の著書
『風の歌を聴け』（講談社　一九八二年）
『一九七三年のピンボール』（講談社　一九八三年）
『羊をめぐる冒険』（講談社　一九八五年）
『ねじまき鳥クロニクル第一部』（新潮社　一九九四年）
『ねじまき鳥クロニクル第二部』（新潮社　一九九四年）
『ねじまき鳥クロニクル第三部』（新潮社　一九九五年）
『村上春樹　河合隼雄に会いに行く』（新潮文庫　一九九八年）
『象の消滅』（新潮社　二〇〇五年）
『職業として小説家』（新潮社　二〇一六年）
『村上春樹翻訳ほとんど全仕事』（中央公論新社　二〇一七年）

村上春樹の翻訳書
『マイ・ロスト・シティー』（中央公論新社　一九八四年）
『僕が電話をかけている場所』（中公文庫　一九八六年）
『キャッチャー・イン・ザ・ライ』（白水社　二〇〇三年）
『グレート・ギャツビー』（中央公論新社　二〇〇六年）
『ロング・グッドバイ』（早川書房　二〇一〇年）

参考文献

李良枝『由熙』(講談社文芸文庫　一九九七年)
小熊秀雄『小熊秀雄詩集』(岩波書店　一九八二年)
加藤典洋(編)『村上春樹』(小学館　一九九七年)
辛島ディヴィッド『ハルキムラカミを読んでいるときに我々が読んでいる者たち』(みすず書房　二〇一八年)
鴻巣友季子『文学は予言する』(新潮社　二〇二二年)
田尻芳樹(編)『カズオ・イシグロと日本』(水声社　二〇二〇年)
中西進『悲しみは憶良に聴け』(光文社　二〇〇九年)
沼野充義『屋根の上のバイリンガル』(筑摩書房　一九八八年)
沼野充義(編)『やっぱり世界は文学で出来ている』(光文社　二〇一三年)
沼野充義(編)『それでも世界は文学で出来ている』(光文社　二〇一五年)
久居つばき『ねじまき鳥の探し方』(太田出版　一九九四年)
平井杏子『カズオ・イシグロ』(水声社　二〇一一年)
吉幾三「俺ら東京さ行ぐだ」(二〇〇六年)
吉本隆明『ふたりの村上』(論創社　二〇一九年)

あとがき

今回は越境という観点から五人の作家達、つまり、リービ英雄、多和田葉子、アーサー・ビナード、カズオ・イシグロ、村上春樹を取り上げて、彼等の文学を分析検討して解明した。それにしても越境とはいかなるものなのか、そして、なぜ彼等は越境したのか、簡単に説明しておこう。

リービ英雄は十七歳の時に、横浜にあったアメリカ領事館を出て山下公園へ渡ったが、その経験について後年次のように書いている。

越境という言葉は、僕自身のイメージとしては、そのような境を越えていくことです。日本のなかにありながらも、日本語をほぼ排除した世界と、ひとつの民族がほかの民族の参加なしで日本語を使っている世界。

（リービ英雄　二〇〇一年　一九一頁）

このようにリービ英雄によれば、越境とは領事館（＝アメリカ）から山下公園（＝日本）へ、あるいは、英語から日本語へ、境を越えていくことであり、原則的には、越境とはある国から外国へ、あるいは、ある言語から外国語へ、境を越えていくことなのである。

ところでこれら五人の作家達は一九八〇年代から作家として活動を開始したのだが、一九八〇年代とは一体どのような時代だったのであろうか。たとえばエズラ・ヴォーゲルは一九七九年に『ジャパン・アズ・ナンバーワン』を出版したが、その中でヴォーゲルは一九七〇年代の日本を政治、大企業、教育、福祉、防犯の観点から考察し評価して「ジャパン・アズ・ナンバーワン」と称することになったが、日本は一九八〇年代に入っても基本的にはその地位を維持して、世界の「ナンバーワン」として君臨し続けて、一九八〇年代の後半には経済の高度成長を発条(=バネ)にしてバブル時代を迎えることになったのである。具体的に言えば、土地投機によって地価は約二倍に跳ね上がったし、投資によって株価は史上最高値の三八九一五円を記録することになった。そして企業家達も大胆な行動に出て、安田火災がゴッホの『ひまわり』を五三億円で落札し、三菱地所がロックフェラーセンタービルを二二〇〇億円で買収し、ソニーがコロンビア映画を四八〇〇億円で買収したのである。一九八〇年代とはこのような激動の時代だったのであり、その結果、外国人達は日本に興味を懐き好奇心に駆られて押し寄せて来ることになったし、日本人達は豊かになって期待に胸を膨らましながら海外へ飛び出すことになったのである。

これら五人の作家達はこのような時代に生きていたのであり、各人が各様に越境してその経験を基盤にして作家活動を推進することになったが、先ずはそれぞれの越境がいかなるものであったのか確認しておこう。

リービ英雄は父親が駐日領事だったので幼少の頃から日本に住んでいたし、十二歳の時に帰国したが、高校を卒業すると一時横浜の領事館に滞在して、早稲田大学に通って日本語の学習に勤しんだ。その後プリンストン大学に進学して日本文学を専攻して『万葉集』の研究に取り組むことになり、そのために四十回も越境して日本に通い詰めることになった。そして一九八二年に『万葉集』を翻訳して出版して、この作品で全米図書賞を受賞することになった。その後リービ英雄は一九九〇年に大胆な決断をして、スタンフォード大学の教官の職を辞して越境して日本へ渡来したのである。そして一九九二年に『星条旗の聞こえない部屋』を発表して野間文芸新人賞を獲得して、それ以降越境文学の主導者として精力的に活動することになったのである。

多和田葉子は一九八二年に早稲田大学を卒業すると日本から越境してインド経由でヨーロッパへ向かい五月にハンブルグに到着してそのまま住み着くことになった。そして多和田はドイツ語の学習に精励して、その結果日本語とドイツ語を駆使しながら執筆活動に取り組むことになって、毎年のように秀逸な作品を出版することになったのである。その後多和田は二〇〇六年にベルリンに引越したがそこでも着実に文筆活動を継続して多彩な作品を出版し続けているのである。

アーサー・ビナードはコルゲート大学で卒業論文を執筆中にエズラ・パウンドの『キャントーズ』に関する論文を読んで日本語の存在を知って興味を掻き立てられて、一九九〇年に卒業するとその二か月後に越境して来日して池袋に住み着くことになった。その後彼は英会話スクールでアルバイトをしながら、日本語学校に通って日本語の基礎を学び、さらにあらゆる機会をとらえて日本語を学習したのであり、その結果日本語を自由に使いこなすことができるようになって、その挙句に二〇〇〇年に第一詩集『釣り上げては』を出版して中原中也賞を受賞して詩人として文学界に登場することになったのである。その後アーサー・ビナードはバイリンガル作家として日本語と英語を使い分けながら創作と翻訳に取り組んで多様な業績を挙げることになったのである。

カズオ・イシグロは一九五四年に長崎に生まれたが、一九六〇年に父親が研究者として招聘されたので家族と共にイギリスに移住することになった。その後イシグロはイギリスのグラマースクールを卒業して、ケント大学で英文学を専攻し、イースト・アングリア大学大学院で創作を学んで執筆に取り組んで、一九八二年に『遠い山なみの光』を出版して作家として身を立てることになったのである。このようにイシグロは五歳の時にイギリスへ越境しただけなのであるが、これがイシグロに決定的な影響を与えることになったのである。つまり、イシグロは日本に関する「大量で明確な記憶」を蓄積していて、それが「彼が属する場所」を、「彼に自信とアイデンティティの感覚を与えてくれる場所」を作り上げていたのである。そしてイシグロはその記憶が「心から永久に失われてしまわないうちに紙に書き残すこと」を決心したのであり、その結果、第一作『遠い山なみの光』を書き上げて発表することになったのである。

村上春樹は一九八六年に越境してローマに向かい、一九八九年まで約三年間ヨーロッパに滞在することになった。村上はその間にローマを拠点にして、イタリアやギリシャやトルコやイギリスを旅しながら執筆活動を推し進めて、『ノルウェイの森』と『ダンス・ダンス・ダンス』を書き上げて出版したのである。この時村上は「掘れるところまで自分の足元を掘ってみた」のであり、そのためにこれらの作品には「異国の影のようなものが宿命的にしみついている」のである。

村上はその後一九九一年からプリンストン大学の「ビジティング・スカラー」としてプリンストンに住み、一九九三年からはタフツ大学の「ビジティング・スカラー」としてボストンの郊外に住んで執筆活動に集中して、一九九四年から一九九五年にかけて「要」となった作品『ねじまき鳥クロニクル』を出版することになったのである。

このように村上は一九八六年から約三年間、そして、一九九一年から約四年間、日本から越境して、先ずはヨーロッパで、次いでアメリカで、作家活動に精進して、代表作の『ノルウェイの森』と『ねじまき鳥クロニクル』を書き上げて作家的立場を確立することになったのである。

今回も執筆中に多くの図書館に通って仕事をしたが、特に東京都立図書館と小平市立図書館、および有能な図書館員達に感謝する。

彩流社の河野和憲氏はこの出版を快く引き受けてくれた。その見識と決断に敬意を表する。

ワイフの正子はいつも元気で、日常の生活を平穏無事に維持してくれているので、私は執筆に専念して本書を書き上げることができたのである。ただただ感謝。

田野　勲

令和六年一月吉日

索引

さ行

た行

な行

は行

ま行

や行

ら行

わ行

【著者】 田野勲 （たの・いさお）

1942年生まれ。1968年東京大学人文科学研究科修士課程修了。専門はアメリカ文学・文化専攻。名古屋大学名誉教授。主な著書には『祝祭都市ニューヨーク――1910年代アメリカ文化論』(彩流社)『演技する道化サダキチ・ハートマン伝――東と西の精神誌』『青山二郎』(ともにミネルヴァ書房)等がある。

越境《えっきょう》する作家《さっか》たち

二〇二四年二月二十日　初版第一刷

著者――田野勲
発行者――河野和憲
発行所――株式会社 彩流社
〒101-0051
東京都千代田区神田神保町3-10大行ビル6階
電話：03-3234-5931
ファックス：03-3234-5932
E-mail：sairyusha@sairyusha.co.jp

印刷――明和印刷(株)
製本――(株)村上製本所
装丁――中山銀士＋杉山健慈

ISBN978-4-7791-2947-6 C0095
https://www.sairyusha.co.jp

フィギュール彩

〔既刊〕

⑪ 壁の向こうの天使たち

越川芳明◉著

定価(本体 1800 円＋税)

天使とは死者たちの声なのかもしれない。あるいは森や河や海の精霊の声なのかもしれない。「ボーダー映画」に登場する人物への共鳴。「壁」をすり抜ける知恵を見つける試み。

㊼ 誰もがみんな子どもだった

ジェリー・グリスウォルド◉著／渡邊藍衣・越川瑛理◉訳

定価(本体 1800 円＋税)

優れた作家は大人になっても自身の「子ども時代」と繋がっていて大事にしているので、子どもに向かって真摯に語ることができる。大人(のため)だからこその「児童文学」入門書。

㊵ 編集ばか

坪内祐三・名田屋昭二・内藤誠◉著

定価(本体 1600 円＋税)

弱冠32歳で「週刊現代」編集長に抜擢された名田屋。そして早大・木村毅ゼミ同門で東映プログラムピクチャー内藤監督。同時代的な活動を批評家・坪内氏の司会進行で語り尽くす。